美国亚裔文学研究丛书

总主编◎郭英剑

静墨流声

山本久枝、汤亭亭和小川乐

Articulate Silences:
Hisaye Yamamoto, Maxine Hong Kingston, Joy Kogawa

[美]张敬珏◎著

王 璐 张子清 李汉平◎译

U0852625

中国人民大学出版社

·北京·

图书在版编目（CIP）数据

静墨流声：山本久枝、汤亭亭和小川乐 /（美）张敬珏著；王璐，张子清，李汉平译. -- 北京：中国人民大学出版社，2023. 8

（美国亚裔文学研究丛书 / 郭英剑总主编）

ISBN 978-7-300-26147-8

Ⅰ. ①静… Ⅱ. ①张… ②王… ③张… ④李… Ⅲ. ①亚细亚人—文学研究—美国—现代 Ⅳ. ①I712. 065

中国国家版本馆 CIP 数据核字（2023）第 168395 号

美国亚裔文学研究丛书

总主编　郭英剑

静墨流声：山本久枝、汤亭亭和小川乐

[美] 张敬珏　著

王　璐　张子清　李汉平　译

Jingmo Liusheng: Shanben Jiuzhi、Tang Tingting he Xiaochuan Le

出版发行	中国人民大学出版社		
社　　址	北京中关村大街 31 号	**邮政编码**	100080
电　　话	010-62511242（总编室）		010-62511770（质管部）
	010-82501766（邮购部）		010-62514148（门市部）
	010-62515195（发行公司）		010-62515275（盗版举报）
网　　址	http://www. crup. com. cn		
经　　销	新华书店		
印　　刷	中煤（北京）印务有限公司		
开　　本	720 mm × 1000 mm　1/16	**版　　次**	2023 年 8 月第 1 版
印　　张	15.5 插页 6	**印　　次**	2023 年 8 月第 1 次印刷
字　　数	226 000	**定　　价**	68.00 元

费伦斯教授与作者张敬珏教授合影

2023 年 8 月，美国加州大学洛杉矶分校

费伦斯教授与作者张敬珏教授合影于第31届波兰美国研究年会。图中雕塑为波兰著名实验戏剧家、导演耶日·格洛托夫斯基（Jerzy Grotowski），他曾倡导“质朴戏剧”（the poor theatre），被誉为20世纪最负盛名的剧场大师之一。

2019年10月，波兰奥波莱大学（University of Opole）

张敬珏教授荡舟康河

2018 年 8 月，英国剑桥

张敬珏教授与译者王璐副教授合影

2016 年 10 月，广州保利山庄酒店

译者张子清教授
2006 年，北京外研社

山本久枝女士与张敬珏教授合影
1991 年，美国洛杉矶小东京

汤亭亭女士访问南京
2006 年 11 月，南京“美龄宫”

汤亭亭女士与张敬珏教授合影
2011 年，美国加州大学洛杉矶分校

汤亭亭女士与丈夫厄尔·金斯顿先生访问广东

2006 年 11 月，广州珠江游船

汤亭亭女士与译者王璐副教授合影
2006年11月，广州电视台

忆双亲

母亲教我言说之迫
父亲传我静默之韵

总序

美国亚裔文学的历史、现状与未来

郭英剑

一、何谓“美国亚裔文学”？

“美国亚裔文学”（Asian American Literature），简言之，是指由美国社会中的亚裔群体作家所创作的文学。也有人称之为“亚裔美国文学”。

然而，“美国亚裔文学”这个由两个核心词语——“美国亚裔”和“文学”——所组成的术语，远没有它看上去那么简单。说它极其复杂，一点也不为过。因此，要想对“美国亚裔文学”有基本的了解，就需要从其中的两个关键词入手。

首先，“美国亚裔”中的“亚裔”，是指具有亚裔血统的美国人，但其所指并非一个单一的族裔，其组成包括美国来自亚洲各国（或者与亚洲各国有关联）的人员群体及其后裔，比如美国华裔（Chinese Americans）、日裔（Japanese Americans）、菲律宾裔（Filipino Americans）、韩裔（Korean Americans）、越南裔（Vietnamese Americans）、印度裔（Indian Americans）、泰国裔（Thai Americans）等等。

根据联合国的统计，亚洲总计有 48 个国家。因此，所谓“美国亚裔”自然包括在美国的所有这 48 个亚洲国家的后裔，或者有其血统的人员。由此所涉及的各国（以及地区）迥异的语言、不同的文化、独特的人生体验，以及群体交叉所产生的多样性，包括亚洲各国由于战争交恶所带给后裔及其有关人员的深刻影响，就构成了“美国亚裔”这一群体具有的极端复杂性。在美国统计局的定义中，美国亚裔细分为“东亚”（East Asia）、“东南亚”（Southeast Asia）和南亚（South Asia）。[1] 当然，也正由于其复杂性，到现在有些亚洲国家在美国的后裔或者移民，尚未形成一个相对固定的族裔群体。

其次，文学主要由作家创作而成，“美国亚裔”群体的复杂性自然导致“美国亚裔”的“作家”群体同样处于极其复杂的状态，但也因此使这一群体的概念具有相当大的包容性。凡是身在美国的亚裔后裔、具有亚洲血统或者后来移民美国的亚裔作家，都可以称为“美国亚裔作家”。

由于亚裔群体的语言众多，加上一些移民作家的母语并非英语，因此，“美国亚裔文学”一般指的是美国亚裔作家使用英语所创作的文学作品。但由于历史的原因，学术界把亚裔最早进入美国时，用本国语言所创作的文学作品，无论是口头作品还是文字作品——比如19世纪中期，华人进入美国后遭到拘禁时所创作的诗句，也都纳入“美国亚裔文学”的范畴之内。同时，随着全球化时代的到来，各国之间的文学与文化交流日益加强，加之移民日渐增加，因此，也将部分发表时为亚洲各国语言，但后来被翻译成英语的文学作品，同样纳入“美国亚裔文学”的范畴。

最后，“美国亚裔”的划分，除了语言、历史、文化之外，还有一个地理的因素需要考虑。随着时间的推移与学术界研究【特别是离散研究（Diaspora Studies）】的进一步深化，“美国亚裔”中的“美国”（America），也不单单指“the United States”了。我们知道，由于全球化时代所带来的人口流动性的极度增加，国与国之间的界限有时候变得模糊起来，人们的身份也变得日益具有多样性和流动性。比如，由于经济全球化的原因，美国已不单单是一个地理概念上的美国。经济与文化的构成，造就了可口可乐、麦当劳等商业品牌，它们都已经变成了流动的美国的概念。这样的美国不断在“侵入”其他国家，并对其他国家产生了巨大的影响。当然，作家的流动性，也无形中扩大了“美国”的概念。比如，一个亚洲作家可能移民到美国，但一个美国亚裔作家也可能移民到其他国家。这样的流动性拓展了“美国亚裔”的定义与范畴。

为此，“美国亚裔文学”这一概念，有时候也包括一些身在美洲地区，但与美国有关联的作家，他们用英语进行创作；或者被翻译成英语的文学作品，也会被纳入这一范畴之内。

应该指出的是，由于“亚裔”群体进入美国的时间早晚不同，加上“亚裔”群体的复杂性，因此，每一个“亚裔”群体，都有其独有的美国族裔特征，比

1 参见：Karen R. Humes, Nicholas A. Jones, Roberto R. Ramirez (March 2011). “Overview of Race and Hispanic Origin: 2010” (PDF). United States Census Bureau. U.S. Department of Commerce.

如华裔与日裔有所不同，印度裔与日裔也有所不同。如此一来，正如一些学者所认为的那样，各个族裔的特征最好应该分开来叙述和加以研究。[1]

二、为何要研究“美国亚裔文学”？

虽然上文中提出，“美国亚裔”是个复杂而多元的群体，“美国亚裔文学”包含了极具多样化的亚裔群体作家的作品，但是我们还是要把“美国亚裔文学”当作一个整体来进行研究。理由有三：

首先，“美国亚裔文学”与“美国亚裔作家”（Asian American Writers）最早出现时，即是作为一个统一的概念而提出的。1974 年，赵健秀（Frank Chin）等学者出版了《哎咿！美国亚裔作家选集》。[2] 作为首部划时代的“美国亚裔作家”的文学作品选集，该书发现和挖掘此前 50 年中被遗忘的华裔、日裔与菲律宾裔中的重要作家，选取其代表性作品，进而提出要建立作为独立的研究领域的“美国亚裔文学”（Asian American Literature）。[3]

其次，在亚裔崛起的过程中，无论是亚裔的无心之为，还是美国主流社会与其他族裔的有意为之，亚裔都是作为一个整体被安置在一起的。因此，亚裔文学也是作为一个整体而存在的。近年来，我国的“美国华裔文学”研究成为美国文学研究学界的一个热点。但在美国，虽然有“美国华裔文学”（Chinese American Literature）的说法，但真正作为学科存在的，则是“美国亚裔文学”（Asian American Literature），甚至更多的则是“美国亚裔研究”（Asian American Studies）。

最后，1970 年代之后，“美国亚裔文学”的发展在美国学术界逐渐成为研究的热点，引发了研究者的广泛关注，为此，包括耶鲁大学、哥伦比亚大学、布朗大学、宾夕法尼亚大学等常青藤盟校以及斯坦福大学、加州大学系统的伯克利分校和洛杉矶分校等美国众多高校，都设置了“美国亚裔研究”（Asian American Studies）专业，也设置了“美国亚裔学系”（Department of Asian American Studies）或者“亚裔研究中心”，开设了丰富多彩的亚裔文学与亚裔研究方面的课程。包

---

1 参见：Chin, Frank, et al. 1991. “Preface” to *Aiiieeeee! An Anthology of Asian American Writers*. Edited by Frank China, Jeffery Paul Chan, Lawson Fusao Inada, and Shawn Wong. A Mentor Book. p.xi.

2 Chin, Frank, Chan, Jeffery Paul, Inada, Lawson Fusao, et al. 1974. *Aiiieeeee! An Anthology of Asian-American Writers*. Howard University Press.

3 参见：Chin, Frank, et al. 1991. “Preface” to *Aiiieeeee! An Anthology of Asian American Writers*. Edited by Frank China, Jeffery Paul Chan, Lawson Fusao Inada, and Shawn Wong. A Mentor Book. pp.xi–xxii.

括哈佛大学在内的众多高校也都陆续开设了众多的美国亚裔研究以及美国亚裔文学的课程，学术研究成果丰富多彩。

那么，我们需要提出的一个问题是，在中国语境下，研究“美国亚裔文学”的意义与价值究竟何在？我的看法如下：

第一，“美国亚裔文学”是“美国文学”的重要组成部分。不研究亚裔文学或者忽视甚至贬低亚裔文学，学术界对于美国文学的研究就是不完整的。如上文所说，亚裔文学的真正兴起是在20世纪六七十年代。美国六七十年代特殊的时代背景极大促进了亚裔文学发展，自此，亚裔文学作品层出不穷，包括小说、戏剧、传记、诗歌等各种文学形式。在当下的美国，亚裔文学及其研究与亚裔的整体生存状态息息相关；种族、历史、人口以及政治诉求等因素促使被总称为“亚裔”的各个少数族裔联合发声，以期在美国政治领域和主流社会达到最大的影响力与辐射度。对此，学术界不能视而不见。

第二，我国现有的“美国华裔文学”研究，无法替代更不能取代“美国亚裔文学”研究。自从1980年代开始译介美国亚裔文学以来，我国国内的研究就主要集中在华裔文学领域，研究对象也仅为少数知名华裔作家及长篇小说创作领域。相较于当代国外亚裔文学研究的全面与广博，国内对于亚裔的其他族裔作家的作品关注太少。即使是那些亚裔文学的经典之作，如菲律宾裔作家卡罗斯·布鲁桑（Carlos Bulosan）的《美国在我心中》（*America Is in the Heart*，1946）、日裔女作家山本久枝（Hisaye Yamamoto）的《十七音节及其他故事》（*Seventeen Syllables and Other Stories*，1949）、日裔作家约翰·冈田（John Okada）的《不－不仔》（*NO-NO Boy*，1959），以及如今在美国文学界如日中天的青年印度裔作家裘帕·拉希莉（Jhumpa Lahiri）的作品，专题研究也十分少见。即便是像华裔作家任璧莲（Gish Jen）这样已经受到学者很大关注和研究的作家，其长篇小说之外体裁的作品也没有得到足够的重视，更遑论国内学术界对亚裔文学在诗歌、戏剧方面的研究了。换句话说，我国学术界对于整个“美国亚裔文学”的研究还很匮乏，属于亟待开发的领域。实际上，在我看来，不研究“美国亚裔文学”，也无法真正理解“美国华裔文学”。

第三，在中国“一带一路”倡议与中国文化走出去的今天，作为美国文学研究的新型增长点，大力开展“美国亚裔文学”研究，特别是研究中国的亚洲周边国家如韩国、日本、印度等国在美国移民状况的文学表现，以及华裔在美国的文学再现，使之与美国和世界其他国家的“美国亚裔文学”保持同步发展，具有较大的理论意义与学术价值。

三、“美国亚裔文学”及其研究：历史与现状

历史上看，来自亚洲国家的移民进入美国，可以追溯到 18 世纪。但真正开始较大规模的移民则是到了 19 世纪中后期。然而，亚裔从进入美国一开始，就遭遇到来自美国社会与官方的阻力与法律限制。从 1880 年代到 1940 年代这半个多世纪的岁月中，为了保护美国本土而出台的一系列移民法，都将亚洲各国人民排除在外，禁止他们当中的大部分人进入美国大陆地区。直到 20 世纪 40 至 60 年代移民法有所改革时，这种状况才有所改观。其中的改革措施之一就是取消了国家配额。如此一来，亚洲移民人数才开始大规模上升。2010 年的美国国家统计局分析显示，亚裔是美国社会移民人数增长最快的少数族裔。[1]

“美国亚裔”实际是个新兴词语。这个词语的创立与诞生实际上已经到了 1960 年代后期。在此之前，亚洲人或者具有亚洲血统者通常被称为“Oriental”（东方人）、“Asiatic”（亚洲人）或“Mongoloid”（蒙古人、黄种人）。[2] 美国历史学家市冈裕次（Yuji Ichioka）在 1960 年代末期，开创性地开始使用 Asian American 这个术语，[3] 从此，这一词语开始被人普遍接受和广泛使用。

与此时间同步，“美国亚裔文学”在随后的 1970 年代作为一个文学类别开始出现并逐步产生影响。1974 年，有两部著作几乎同时出版，都以美国亚裔命名。一部是《美国亚裔传统：散文与诗歌选集》，[4] 另一部则是前面提到过的《哎咿！美国亚裔作家选集》。[5] 这两部著作，将过去长期被人遗忘的亚裔文学带到了聚光灯下，让人们仿佛看到了一种新的文学形式。其后，新的亚裔作家不断涌现，文学作品层出不穷。

最初亚裔文学的主要主题与主要内容为种族（race）、身份（identity）、亚洲文化传统、亚洲与美国或者西方国家之间的文化冲突，当然也少不了性别（sexuality）、社会性别（gender）、性别歧视、社会歧视等。后来，随着移民作

---

1 参见：Wikipedia 依据 “U.S. Census Show Asians Are Fastest Growing Racial Group” (NPR.org) 所得出的数据统计。https://en.wikipedia.org/wiki/Asian_Americans。

2 Mio, Jeffrey Scott, ed. 1999. *Key Words in Multicultural Interventions: A Dictionary*. ABC-Clio ebook. Greenwood Publishing Group, p. 20.

3 K. Connie Kang, “Yuji Ichioka, 66; Led Way in Studying Lives of Asian Americans,” *Los Angeles Times*, September 7, 2002. Reproduced at ucla.edu by the Asian American Studies Center.

4 Wand, David Hsin-fu, ed. 1974. *Asian American Heritage: An Anthology of Prose and Poetry*. New York: Pocket Books.

5 Chin, Frank, Chan, Jeffery, Paul, Inada, Lawson Fusao, et al. 1974. *Aiiieeeee! An Anthology of Asian-American Writers*. Howard University Press.

家的大规模出现、离散文学的兴起，亚裔文学也开始关注移民、语言、家国、想象、全球化、劳工、战争、帝国主义、殖民主义等问题。

如果说，上述1974年的两部著作代表着亚裔文学进入美国文学的世界版图之中，那么，1982年著名美国亚裔研究专家金惠经（Elaine Kim）的《美国亚裔文学的创作及其社会语境》的出版，作为第一部学术著作，则代表着美国亚裔文学研究正式登上美国学术界的舞台。自此以后，不仅亚裔文学创作兴盛起来，而且亚裔文学研究也逐渐成为热点，成果不断推陈出新。

同时，人们对于如何界定"美国亚裔文学"等众多问题进行了深入的探讨，进一步推动了这一学科向前发展。相关问题包括：究竟谁可以说自己是美国亚裔（an Asian America）？这里的America是不是就是单指"美国"（the United States）？是否可以包括"美洲"（Americas）？如果亚裔作家所写的内容与亚裔无关，能否算是"亚裔文学"？如果不是亚裔作家，但所写内容与亚裔有关，能否算在"亚裔文学"之内？

总体上看，早期的亚裔文学研究专注于美国身份的建构，即界定亚裔文学的范畴，以及争取其在美国文化与美国文学中应得的席位，是20世纪七八十年代亚裔民权运动的前沿阵地。早期学者如赵健秀、徐忠雄（Shawn Wong）等为领军人物。随后出现的金惠经、张敬珏（King-Kok Cheung）、骆里山（Lisa Lowe）等人均成为亚裔文学研究领域的权威学者，他/她们的著作影响并造就了第二代美国亚裔文学研究者。20世纪90年代之后的亚裔文学研究逐渐淡化了早期研究中对于意识形态的侧重，开始向传统的学科分支、研究方法以及研究理论靠拢，研究视角多集中在学术马克思主义（academic Marxism）、后结构主义、后殖民、女权主义以及心理分析等。

进入21世纪以来，"美国亚裔文学"研究开始向多元化、全球化与跨学科方向发展。随着亚裔文学作品爆炸式的增长，阿富汗、印度、巴基斯坦、越南等族裔作家的作品开始受到关注，极大丰富与拓展了亚裔文学研究的领域。当代"美国亚裔文学"研究的视角与方法也不断创新，战争研究、帝国研究、跨国研究、视觉文化理论、空间理论、身体研究、环境理论等层出不穷。新的理论与常规性研究交叉进行，不但开创了新的研究领域，对于经典问题（例如身份建构）的研究也提供了新的解读方式与方法。

---

1 Kim, Elaine. 1982. *Asian American Literature: An Introduction to the Writings and Their Social Context*. Philadelphia: Temple University Press.

四、作为课题的“美国亚裔文学”研究及其丛书

“美国亚裔文学”研究，是由我担任课题负责人的2017年度中国人民大学科学研究基金重大规划项目。“美国亚裔文学研究丛书”，即是该项课题的结题成果。作为“美国亚裔文学”方面的系列丛书，将由文学史、文学作品选、文学评论集、学术论著等组成，由我担任该丛书的总主编。

“美国亚裔文学”研究在2017年4月立项。随后，该丛书的论证计划，得到了国内外专家的一致认可。2017年5月27日，中国人民大学科学研究基金重大规划项目“美国亚裔文学研究”开题报告会暨“美国亚裔文学研究高端论坛”在中国人民大学隆重召开。参加此次会议的专家学者全部为美国亚裔文学研究领域中的顶尖学者，包括美国加州大学洛杉矶分校的张敬珏教授、南京大学海外教育学院前院长程爱民教授、南京大学海外教育学院院长赵文书教授、北京语言大学应用外语学院院长陆薇教授、北京外国语大学潘志明教授、解放军外国语学院石平萍教授等。在此次会议上，我向与会专家介绍了该项目的基本情况、未来研究方向与预计出版成果。与会专家对该项目的设立给予高度评价，强调在当今时代加强“美国亚裔文学”研究的必要性，针对该项目的预计研究及其成果，也提出了一些很好的建议。

根据最初的计划，这套丛书将包括文学史2部：《美国亚裔文学史》和《美国华裔文学史》；文学选集2部：《美国亚裔文学作品选》和《美国华裔文学作品选》；批评文选2部：《美国亚裔文学评论集》和《美国华裔文学评论集》；访谈录1部：《美国亚裔作家访谈录》；学术论著3部，包括美国学者张敬珏教授的《静墨流声》和《文心无界》。总计10部著作。

根据我的基本设想，《美国亚裔文学史》和《美国华裔文学史》的撰写，将力图体现研究者对美国亚裔文学的研究进入了较为深入的阶段。由于文学史是建立在研究者对该研究领域发展变化的总体认识上，涉及文学流派、创作方式、文学与社会变化的关系、作家间的关联等各方面的问题，我们试图对亚裔文学发展进行总结和评价，旨在为当前亚裔文学和华裔文学的研究和推广做出一定贡献。

《美国亚裔文学作品选》和《美国华裔文学作品选》，除了记录、介绍等基本功能，还将在一定程度上发挥形成民族认同、促进意识形态整合等功能。作品选编是民族共同体想象性构建的重要途径，也是作为文学经典得以确立和修正的最基本方式之一。因此，这样的作品选编，也要对美国亚裔文学的研究起到重要的促进作用。

《美国亚裔文学评论集》和《美国华裔文学评论集》，将主要选编美国、中国以及世界其他国家最有学术价值的学术论文，虽然有些可能因为版权问题而不得不舍弃，但我们努力使之成为中国学术界研究“美国亚裔文学”和“美国华裔文学”的重要参考书目。

《美国亚裔作家访谈录》、美国学者的著作汉译、中国学者的美国亚裔文学学术专著等，将力图促使中美两国学者之间的学术对话，特别是希望中国的“美国亚裔文学”研究，既在中国的美国文学研究界，也要在美国和世界上的美国文学研究界发出中国学者的声音。“一带一路”倡议的实施，使得文学研究的关注发生了转变，从过分关注西方话语，逐步转向关注中国（亚洲）话语，我们的美国亚裔（华裔）文学研究，正是从全球化视角切入，思考美国亚裔（华裔）文学的世界性。

2018 年，我们按照原计划出版了《美国亚裔文学作品选》《美国华裔文学作品选》《美国亚裔文学评论集》《美国华裔文学评论集》。2022 年上半年，我们出版了学术专著《文心无界——不拘性别、文类与形式的华美文学》。2022 年下半年，还将出版《美国日裔文学作品选》《美国韩裔文学作品选》《美国越南裔文学作品选》《美国西亚裔文学作品选》《美国南亚裔文学作品选》等 5 部文学选集。

需要说明的是，这 5 部选集是在原有计划之外的产物。之所以在《美国亚裔文学作品选》之外又专门将其中最主要的国家与区域的文学作品结集出版，是因为在研究过程中我发现，现有的《美国亚裔文学作品选》已经无法涵盖丰富多彩的亚裔文学。更重要的是，无论是在国内还是在美国，像这样将美国亚裔按照国别与区域划分后的文学作品选全部是空白，国内外学术界对这些国别与区域的文学创作的整体关注也较少，可以说它们都属于亟待开垦的新研究领域。这 5 部选集可以让国内对于美国亚裔文学有更为完整的了解。我也希望借此填补国内外在这个领域的空白。

等到丛书全部完成出版，将会成为一套由 15 部著作所组成的系列丛书。2018 年的时候，我曾经把这套丛书界定为“国内第一套较为完整的美国亚裔文学方面的系列丛书”。现在，时隔 4 年之后，特别是在有了这新出版的 5 部选集之后，我可以说这套丛书将是“国内外第一套最为完整的美国亚裔文学方面的系列丛书”。

那么，我们为什么要对“美国亚裔文学”进行深入研究，并要编辑、撰写和翻译这套丛书呢？

首先，虽然“美国亚裔文学”在国外已有较大的影响，学术界也对此具有相当规模的研究，但在国内学术界，出于对“美国华裔文学”的偏爱与关注，“美国亚裔文学”相对还是一个较为陌生的领域。因此，本课题首次以“亚裔”集体的形式标示亚裔文学的存在，旨在介绍“美国亚裔文学”，推介具有族裔特色和代表性的作家作品。

其次，选择“美国亚裔文学”为研究对象，其中也有对“美国华裔文学”的研究，希望能够体现我们对全球化视野中华裔文学的关注，也体现试图融合亚裔、深入亚裔文学研究的学术自觉。同时，在多元化多种族的美国社会语境中，我们力主打破国内长久以来专注“美国华裔文学”研究的固有模式，转而关注包括华裔作家在内的亚裔作家所具有的世界性眼光。

最后，顺应美国亚裔文学发展的趋势，对美国亚裔文学的研究不仅是文学研究界的关注热点，还是我国外语与文学教育的关注焦点。我们希望为高校未来“美国亚裔文学”的课程教学，提供一套高水平的参考丛书。

五、“美国亚裔文学”及其研究的未来

如前所述，“美国亚裔文学”在 20 世纪 70 年代逐渐崛起后，亚裔文学从沉默走向了发声。到 21 世纪，亚裔文学呈现出多元化的发展特征，更重要的是，许多新生代作家开始崭露头角。单就这些新的亚裔作家群体，就有许多值得我们关注的话题。

2018 年 6 月 23 日，“2018 美国亚裔文学高端论坛——跨界：21 世纪的美国亚裔文学”在中国人民大学隆重召开。参加会议的专家学者将近 150 人。

在此次会议上，我提出来：今天，为什么要研究美国亚裔文学？我们要研究什么？

正如我们在会议通知上所说，美国亚裔文学在一百多年的风雨沧桑中历经“沉默”“觉醒”，走向“发声”，见证了美国亚裔族群的沉浮兴衰。21 世纪以来，美国亚裔文学在全球冷战思维升温和战火硝烟不断的时空背景下，不囿于狭隘的种族主义藩篱，以“众声合奏”与“兼容并蓄”之势构筑出一道跨洋、跨国、跨种族、跨语言、跨文化、跨媒介、跨学科的文学景观，呈现出鲜明的世界主义意识。为此，我们拟定了一些主要议题。包括：1. 美国亚裔文学中的跨洋书写；2. 美国亚裔文学中的跨国书写；3. 美国亚裔文学中的跨种族书写；4. 美国亚裔文学中的跨语言书写；5. 美国亚裔文学中的跨文化书写；6. 美国亚裔文学的翻译跨界研究；7. 美国亚裔文学的跨媒介研究；8. 美国亚裔文学的跨学科研究等。

2019年6月22日，“2019美国亚裔文学高端论坛”在中国人民大学举行，会议的主题是“战争与和平：美国亚裔文学研究中的生命书写”。那次会议，依旧有来自中国的近80所高校的150余位教师和硕博研究生参加我们的论坛。

2020年年初，全球疫情大暴发，我们的“2020美国亚裔文学高端论坛”一直往后推迟，直到2020年12月5日在延边大学举行，会议的主题是“疫情之思：变局中的美国亚裔文学”。因为疫情原因，我们劝阻了很多愿意来参会的学者，但即便如此，也有近百位来自各地的专家学者与研究生前来参会。

2021年6月26—27日，“相遇与融合：2021首届华文 / 华裔文学研讨会”在西北师范大学举行。这次会议是由我在延边大学的会议上提出倡议，得到了中国社会科学院文学所赵稀方教授的积极响应，由他和我一起联合发起并主办，由西北师范大学外国语学院承办。我们知道，长期以来，华裔文学和华文文学分属不同的学科和研究领域，其研究对象、传统和范式都有所不同，但血脉相承的天然联系终究会让两者相遇、走向融合。从时下的研究看，虽然两者的研究范式自成体系、独树一帜，但都面临着华裔作家用中文创作和华人作家用外文创作的新趋势，这给双方的学科发展与研究领域都带来了新的挑战，也带来了新的学科发展机遇。我们都相信，在学科交叉融合已成为实现创新发展必然趋势的当下语境中，华裔 / 华文文学走到了相遇与融合的最佳时机。为此，我们倡议并搭建平台，希望两个领域的学者同台进行学术交流与对话，探讨文学研究的新发展，以求实现华裔文学和华文文学的跨界融通。

事实上，21世纪以来，亚裔群体、亚裔所面临的问题、亚裔研究都发生了巨大的变化。从过去较为单纯的亚裔走向了跨越太平洋（transpacific）；从过去的彰显美国身份（claiming America）到今天的批评美国身份（critiquing America）；过去单一的America，现在变成了复数的Americas，这些变化都值得引起我们的高度重视。由此所引发的诸多问题，也需要我们去认真对待。比如：如何在“21世纪”这个特殊的时间区间内去理解“美国亚裔文学”这一概念？有关“美国亚裔文学”的概念构建，是否本身就存在着作家的身份焦虑与书写的界限划分？如何把握“美国亚裔文学”的整体性与区域性？“亚裔”身份是否是作家在表达过程中去主动拥抱的归属之地？等等。

2021年年底，国家社会科学基金重大招标课题揭晓，我申请的“美国族裔文学中的文化共同体思想研究”喜获中标。这将进一步推动我目前所从事的美国亚裔文学研究，并在未来由现在的美国亚裔文学研究走向美国的整个族裔文学研究。

展望未来，“美国亚裔文学”呈现出更加生机勃勃的生命力，“美国亚裔文学”的研究也将迎来更加光明的前途。

2018 年 8 月 28 日定稿于哈佛大学

2022 年 8 月 28 日修改于北京

序一

美国独立后便将自己标榜为种族平等的乐土，沉浸于捍卫人权、自由、平等、博爱等宏伟叙事之中，并将全世界的其他地方——甚至欧洲——建构成埋葬自由、冷漠无情、无视基本人权的野蛮之地。如刻录于纽约自由女神像底座上的献辞所张扬的那样：

把你们疲惫潦倒的穷人，
渴望自由蜷曲的芸芸众生，
被挡在你们海岸的不幸者，
还有无数无家可归的人啊，
都随暴风雨送来吧！
我在金门外为他们举起火炬。

毋庸置疑，诗人昂扬的理想真诚动人，吸引无数欧洲人劈波斩浪，跨越大西洋蜂拥来到美国。伴随淘金热的兴起，大量华人和其他亚裔自19世纪中叶登陆美国，寻找生计。结果，亚裔们很快就发现，立足于白人优越论的美国政治和文化话语，他们无时不是被“主体”来认识、评价、判断、审视的文化和种族“他者”。用萨义德的话说，亚裔“被当作一个整体……被主流学术思想限定于客体的地位，在西方的审视下被永久地冻结了”。具体而言，对亚裔的歧视“冻结”在了美国大众的文化心理深处，而亚裔也被“冻结”成了“失语的他者”

(silent other)。久而久之，亚裔，尤其是华裔，成了一个寂静、被动、永远失语的认识客体，在美国的政治和文化生活中，显得残缺、羸弱、幼稚，不仅失去了与白人对话的身份，而且成了一个白人优越论话语可以在其身上实现其计划和企图的对象群体。

一边是掷地有声的言论自由，一边是令人窒息的逼迫消音；一边是旌旗猎猎的大熔炉话语，一边是肆无忌惮的种族歧视；一边是催人奋进的宏大叙事，一边是令人义愤填膺的东方主义操作……这就是美国政治、文化和种族话语理想与现实之间不可逾越的鸿沟，鸿沟两边鬻矛誉盾的种族不平等悲剧天天上演。概而言之，美国政治和社会理想的高谈阔论，始终未能穿透皮肤颜色的厚度和对“人”的概念的界定。

在美国的种族主义话语中，白色是完整的，非白色是残缺的，白色的可完善性反衬的是非白色的邪恶性。美国在她几百年的文化－政治－文学历史中，精心建构的就是种族差异。在大众的文化心理和情感世界里，人种的差异首先显现于肤色的差异。于是，“黄色”——也包括“黑色”和其他肤色——就不再是一个简单的语言学所指，而是在一番东方主义操作后，变成一个文化和种族符号，一个具有丰富的文化、话语和意识形态内涵的能指，一种旨在强化从属和统治关系的态度和观念。

所有超出颜色本身以外的超能指内涵和外延，成了大众文化诡谲怪诞的“常识”。正如霍米·巴巴分析的那样，肤色“作为塑造卑劣形象的文化和种族差异的重要能指……在一系列的文化、政治和历史话语中，(最终)被接受为‘常识’，并在殖民社会的种族戏剧中天天上演”。肤色“他者化”成了文化“他者化”的前奏和核心。于是，充斥在政治和文化建构中的“黄色”，就不再是一种事实性的客观描述和人种区分的表征，而是和其他肤色一样，具有了成为“白色”的反面的唯一性。“白色”渐渐成为“中心”，而“非白色”则处于边缘。通过建构和对比，“白”与“非白”之间倏然具有了典型的解构主义的哲学内涵，即“能指”与“所指”断裂，“表象”代替了“本质”，“符号”取代了“内涵”。

如福柯在《有序世界》中精辟指出的那样，美国的种族主义话语着眼于可见的肤色“差异”，并围绕这个“差异”不断建构，最终将“差异”变为貌似客观真实的言说，即，与“白色”的差异就是与“本质”和“纯洁”的差异，因为“可见的”差异“已经通过语言的描述被赋予了一种特定的意义，其重要性并不在于他们（建构者）使得人们可能看见什么，而在于他们隐藏了什么，更在于通过这个消除的过程，又允许什么浮现出来”。无疑，美国种族主义“隐藏”的是支撑东亚文明和亚裔的文化品格，消除的是亚裔的精神内涵和普遍的人性。

西方自文艺复兴以降，经人本主义和古典哲学，坚信人存在的前提和本质是理性主义，因为人是具有主体意识和自由意识的主体，也因为只有人的存在是有目的的，而自然万物只是人用来实现其目的的工具。这似乎没有什么逻辑漏洞，但不可否认的是，长期以来，人本主义思维中的人都是大写的“人”，是抽象意义上的人，是理性的西方“男性”的象征，具有完整性、中心性和普遍性，它所追求的是大写的西方“男性”之下的权力关系，是一个种族对另一个种族的压迫和控制，是男性对女性的压制和剥削。

如果说，经过种族主义的话语建构和欧美理性主义关于抽象的“人”的概念的不断经营，亚裔的黄皮肤使得亚裔在整体上遭受打压和排挤，用李磊伟的话说，就是亚裔“在社会学意义上已经消亡了”，那么，广大的亚裔女性在种族主义话语和男权制传统中的地位如何呢？汤亭亭曾在《女勇士》中道出了所有亚裔女性的心声：“我的怨恨已经凝结成一把利剑。我要拿着它，把他们千刀万剐。”她的怨恨是由亚裔女性在美国遭受的三重压迫所导致的：白人优越论之上的种族主义歧视、美国社会对所有女性的歧视以及亚裔家庭和社区里赤裸裸的男尊女卑的封建观念对女性的束缚和奴役（“女孩子就是大米中的蛆。养一群鸭子都比养女孩子赚钱”）。

多重压迫导致亚裔女性集体失语，这是一个种族问题、一个文化问题、一个性别问题，同时也是一个令人触目惊心的现象。由于这个现象始终伴随亚裔，尤其是亚裔女性的成长过程，因太过平常而变得熟视无睹。相信整个美国亚裔文学界都曾思考过这个现象，但真正将“失语”作为一个至关重要的问题探讨的只有张敬珏教授一人。

敬珏教授在中美华裔美国文学界影响斐然，足以令任何一位华裔美国文学领域的学者羡慕。这当然不仅仅是因为她的文风高古洗练，凤仪优雅，品格高洁，更在于她心无旁骛，潜心学问，成果累累，还在于她几十年如一日，在亚裔美国文学、女性主义文学和比较文学三大领域，纵贯横联，翻空出奇。得益于超强的学术敏锐力，敬珏教授将亚裔美国文学和女性主义文学领域的一个种族现象，幻化为学术问题，这必然令各方英杰，贵风义而企慕。

遵嘱做序，重读大作，"风骨"二字油然心生。刘勰在《文心雕龙》中断言，"《诗》总六义，风冠其首，斯乃化感之本源，志气之符契也。是以怊怅述情，必始乎风；沈吟铺辞，莫先于骨。故辞之待骨，如体之树骸；情之含风，犹形之包气"。其大意是风为六义之首，是推行风化的源泉，展示心灵的手段。状物抒情，风为先行。推敲辞句，用语挺拔，骨为首要。情包含着风，犹如人有血气。

敬珏教授的大作开了风气之先。她书写亚裔女性"集体失语"，饱含激情，充分彰显了她的情怀和骨气。这份情怀是她作为华裔女性的情怀、亚裔女性的情怀和当代女性学者的情怀。正是她广博的情怀赋予她深邃的思想、严谨的逻辑、细致的分析、优美的文体、挺拔的文骨、昂扬的文风和玉润的文心。愿读者诸君潜心阅读这部"体气高妙"的著作时，除汲取绵绵的学术精华之外，还能充分体味敬珏教授作为华裔学者以及女性学者的文心和骨气。

是为序。

李贵苍
浙江师范大学教授，浙江越秀外国语学院首席专家
2019 年 6 月 1 日于加拿大

序二

在《静墨流声》中，张敬珏教授探讨了美国亚裔女性“集体失语”的问题，以局内人的多元认知与敏锐揭示了山本久枝、汤亭亭和小川乐作品中静默的艺术。这里所说的静默并非言说的对立面，而是近似言说的独特表达；它不是思想贫乏、个性缺失的表现，而是言语克制、委婉包容的表达方式。类似非裔文学评论家盖茨的喻指艺术，它是寓意丰富的双声话语，是强权之下的巧妙抵御。它又类似中国水墨留白艺术，以寡胜多，以无言胜有言。它克服了言说之生硬、书写之不可逆，代之以不露锋芒的圆润，是藏有形于无形的艺术。它有阴性文化以柔克刚的韧性，又有弱势文化以弱胜强的机智，还有东方文化规避权威的策略。

敬珏教授不只创造性地用静默诗学概述三位亚裔女作家的双声叙事策略与表达特色，还用学界熟悉的术语解释这一静默之声，阐释亚裔集体失语表象与西方主流学术话语重喧嚣之声、轻静默演绎有关，放大含沙射影、漫不经心的女性/族裔隐性表达。作为文学批评理论，静默诗学平衡了受女权运动影响的女性主义批评偏重权利意识与权力话语的倾向；用有沉鱼落雁之力的女性阴柔之美回应亚裔英雄传统与愤慨叫嚣；用东方文化的以空载道回应西方霸权文化的征服之欲。作为学术话语，静默诗学成为女性主义批评、亚裔文学批评与中西文化比较中新的学术批评范式，它在生态批评中也有较大的应用前景。

谈及敬珏教授的静默诗学对于文学生态批评的潜在价值，粗略估计有三点：

第一，它有助于剖析人类中心主义文化霸权下，处于失声、沉默状态的生命他者的非象征性话语表达，揭示看似木讷、静止的生命他者的自在性，甚至主体性。第二，它对静默的重新概念化，改变了将沉默看作弱智、行将就木的类型化思维模式，表明静默可能是机敏的藏而不露，策略上的以守为攻。这种对沉默不语的颠覆性认知可与文学叙事中的有意缺失、省略等相联系，体现出静默这一情境语言的特点。这与劳伦斯·布伊尔（Lawrence Buell）所说的自然文学中若隐若现的叙事者与其"放弃的美学"不谋而合。第三，静默艺术既是一种艺术表达方式，也是一种生活哲学与生存艺术。如朱厄特（Sarah Orne Jewett）的《一只白苍鹭》中缄默不语的西尔维亚，她并非要与权威一争高低，而是选择知雄守雌，懂得你中有我、我中有你的共存平衡艺术。

敬珏教授的静默诗学与文学的生态批评实践，尤其是生态女权主义也有触类旁通之处。张教授的静默诗学是对小川乐所说的静默之语（language of silence）的探讨与研究。它将西方的消声沉默重新概念化，既包含压抑、禁锢的被动性消声，亦涵盖冷眼旁观、凝神专注、侧耳倾听与潜心感知等主动性静默。相比被动的沉默，主动的静默蕴含积极的感知、清醒的哲思、细腻的情感变化，伴随难以察觉的微表情与情不自禁的肢体语言表达。主动的静默不同于视而不见的漠然与充耳不闻的麻木，它多出自关注与兴趣，表现为凝视、聆听、潜在的回应与对话，体现出艾里斯·默多克（Iris Murdoch）所说的以"专注的爱"为代表的认识论实践。"专注的爱"能够看见并允许那些一直保持遮蔽状态的事物变为实体；它能让人以心传心，听到未出之语、未闻之见；它相信认识主体意味着聆听她或它的故事，分享其生命体验。有了专注的爱，人们能听见女性用非象征语言的表达，亦能懂得花语鸟鸣。它是敲响静默之鼓的鼓槌，亦是解读静默之语的翻译。

静默之声意在传递静默之情。这是敬珏教授所阐释的亚裔的静默艺术与生态批评视域下的文学又一异曲同工之处。无论是汤亭亭，还是山本久枝、小川乐，她们书写的静默背后并非发声文化以为的顺从、屈服与麻木不仁。汤亭亭想象不同版本姑姑自尽的故事，是回应家人对投井姑姑的避而不谈，抒发自己的激愤之情。同样，出于为忍气吞声、沉默不语的华工打抱不平，汤亭亭用沉默寡言父亲及父辈的经历佐以想象的故事，通过创作《中国佬》将19世纪修建美国铁路的劳工写入美国的历史。山本久枝、小川乐对静默的书写，在貌似天真或优雅的叙事者背后，既有对压抑、禁锢的日本父权文化的委婉控诉与声讨，也有对宗主国体制化歧视的谴责。将静默之情悄然隐藏在天真、纯情的叙事者之后，这一艺术手法也用在怀特（E. B. White）的《夏洛之网》中。在蜘蛛夏洛帮助小猪威尔伯逃脱被宰杀、被制成火腿的浪漫童话故事背后，怀特委婉表达了对人类中心主义农场文化的谴责，含蓄地提出要将猪从吃肉文本中的缺席指涉状态中拯救出来，还原其生命力与内在价值。怀特与三位亚裔女作家的静默之情皆发轫于专注与关爱，也与虚怀若谷的谦卑、海纳百川的宽容不无关系。

敬珏教授阐释了三位美国亚裔女作家的静默之语，诠释了她们的静默之声、静默之情与静默之艺，成就了自己的静默诗学。她的著作与山本久枝、汤亭亭、小川乐的文学作品一起成为美国亚裔文化的代表，彰显了亚裔美国文化的沉默感性（sensibility of silence）及其审美价值，使亚裔文化成为具有独特价值、审美取向与表达的美国多元文化中不可或缺的一员。亚裔文化亦可被视为广义的生物区域文化。如生态批评家帕特里克·墨菲（Patrick D. Murphy）所说："人类文化是生物多样性的一部分。"墨菲以帕特·英拉的《绿火》为例提出"历史文化保护与自然保护同样重要""文化保护具有情境化和生态区域性的特点"。类似生物区域文化，亚裔文化不仅能穿越政治界限，它还能抵御压迫性的"人类同质化"（homogenization）。

亚裔文化与生物区域文化皆属人文学者呼吁珍惜与保护的人类多元文化。它们的存在使当代文化更加多姿多彩。作为情境话语研究的典范，敬珏教授的《静墨流声》提醒文学研究者不能任由"理论主义式"话语省略并抹杀文学、文化的情境性，表明文化的"情境话语"也是研究文学作品的重要考量。面对欲将世界吸纳其中的“统摄性语言”（totalizing language）无时不在的影响，注重情境话语的静默诗学有助于阐释族群与个体的文化差异，用静默展示替代被动消声，用非象征性表达替代鹦鹉学舌。静默诗学独特的研究方式与其对沉默的重新概念化使其成为具有生发功效的学术研究范式，为学术研究注入活力。

方红

南京大学教授

2020年8月7日于南京翠岭居

序三

King-Kok Cheung wrote *Articulate Silences: Hisaye Yamamoto, Maxine Hong Kingston, Joy Kogawa* in the midst of an unprecedented outpouring of literature by North Americans of Asian descent, and an equally prolific response by scholars who had been eagerly awaiting those previously unheard minority voices. Because traditional tools devised for interpreting canonical literature did not do justice to these new writings, Cheung and other scholars of ethnic minority literatures had not only to keep up with the outpouring of literary texts but also to invent new toolboxes for interpreting them. For a number of reasons, Cheung's *Articulate Silences*—a major breakthrough when it was published—stands out from among many contemporary studies, having retained critical relevance and freshness of perspective despite the passage of time.

First, Cheung wrote this study somewhat against the 1990s preoccupation with discourse, speech, and articulation of subjectivity, focusing instead on the interpretive potential of that which remains unspoken and which, therefore, demands from the reader a willingness to seek the reasons for various types of silence, both inside the texts and in their historical contexts. Second, for Cheung silence was irreducible to a symptom of oppression, though it could be a response to oppression. She saw silence as a multifaced phenomenon. Silence can speak louder than words, she argued; when words deceive, silence can speak truth to power; used rhetorically, silence can undermine speech and convey grievances that are unspeakable for aesthetic or political reasons. Her study valorizes such notions as reticence, verbal restraint, indirection, and muted voices, all of which reveal the subtle ways in which Asian American writers' juxtapose speech and silence. Third, Cheung close-read Asian American authors with the same respect and attentiveness with which she had read Shakespeare during her doctoral studies at the University of California, Berkeley, assuming that each of these authors is a theorist of her own condition. This was a radical departure from the 1990s trend to read literature as a convenient illustration of one critical theory or another. Although Cheung's research was informed by feminist, postcolonial, and African American literary criticism, as well as by the writings of Michel Foucault and other postmodernists, she used theoretical insights only insofar as they allowed her to show Asian American writers as original thinkers. It is her patient and respectful approach to Asian American fiction that makes Cheung's interpretations seem as fresh today as they were in the 1990s, unencumbered by jargon and "key concepts" that date very quickly. I learned this approach to literature from Cheung's *Articulate Silences*, and I continue to model it for my students in Poland. Finally, Cheung unerringly recognized the little-known fiction of the Japanese American Hisaye Yamamoto as astoundingly complex, and initiated the canonization of this author by getting her stories reprinted and by producing marvelous interpretations that have not been surpassed by any other critic. She did the same for the Japanese Canadian writer Joy Kogawa. Maxine Hong Kingston did not need more critical acclaim. In the 1990s she already was, and remains to this day, the most widely recognized and taught Asian American author, but Cheung related her work thematically to that of other women writers and wrote sustained critiques of both *The Woman Warrior* and *China Men*. In the 1990s, Cheung was one of the few feminist critics—Alice Walker being another—to acknowledge that being silenced is not just a predicament that affects women in patriarchal societies. Her interpretations of Kingston's and Yamamoto's narratives make it clear that men of color in predominantly white societies may be silenced and emasculated by whites, who benefit from structural inequalities. It is on the strength of these interpretations, among others, that *China Men* has been on my department's American literature reading list for the past twelve years.

Meticulously researched, beautifully composed, and lucidly written, *Articulate Silences* deserves to be read by students and academic instructors as a paradigm of literary interpretation. It is used by Asian American studies scholars across Europe. In addition to silencing and silence, it highlights many themes that have not lost their cultural resonance. The most salient is the demonization, exclusion, and incarceration of racial others—so effectively shown by Cheung in her reading of Yamamoto's "The Legend of Miss Sasagawara." When teaching a course at Leibniz University in Hannover, Germany, on representations of Japanese Americans' concentration camp experience during World War Ⅱ, I was gratified by the students' engagement in class discussions prompted by the fact that for the first time in their lives they were reading about camps other than those build by Nazi Germans. Exclusion and incarceration are a common experience of refuges and economic migrants from the Global South when they attempt to enter the Global North—an experience that is shrouded in silence and easily forgotten. In this context, Cheung's interpretations of Yamamoto's "The Legend of Miss Sasagawara" and Kogawa's *Obasan* remain highly relevant; they force readers to attend to the barely audible voices of those who experience life at its most precarious.

As one for whom reading and rereading *Articulate Silences* has been a formative experience, I am delighted that this book will now be available in translation to scholars and students of literature across China.

Dominika Ferens

University of Wroclaw, Poland

序三（中译）

张敬珏教授在撰写《静墨流声：山本久枝、汤亭亭和小川乐》一书时，北美华裔作家的创作正呈现空前繁荣，接踵而来的文学评论亦是百花齐放。文论界终于迎来了众人翘首以待的少数族裔集体发声。先前那些被用来诠释所谓经典作品的传统文论工具，在这些崭新的作品面前，开始显得力不从心。正因如此，敬珏教授及其他少数族裔文学评论家不仅要积极应对文学文本的海量涌出，还要为解读这些作品创造新的文论工具。《静墨流声》一书之所以能从诸多当代同类研究文丛中脱颖而出，今日读来仍觉视角新颖、切中时弊，主要是基于以下几个原因。

第一，20 世纪 90 年代文论界最时髦的关键词是话语（discourse）、言说（speech）、主体性表述（articulation of subjectivity）等，但敬珏教授却反其道而行之，更关注那些未被言说之物背后所隐藏的巨大解读空间，因为她深刻意识到，正是这些未能跻身言说之列的人物或事件在不断提醒与督促读者去文本里、去历史语境中寻找不同类型沉默的成因。

第二，在敬珏教授看来，尽管沉默本身容易成为反抗压迫者所诉诸的一种手段，但绝不可把沉默简单理解为受压迫者的病征。相反，敬珏教授笔下的沉默具有多面性：它可以比文字更胜一筹，也更具力量；文字有时未必可信，但沉默却可向世界述说真相。出于政治原因或美学目的而无法言传的愤怒，反而可以通过沉默来表达。敬珏教授的研究重新定义沉默寡言、顾左右而言他、闪烁其词、缄默不语等语言特征，因为这些恰恰是亚裔美国作家将言语与沉默并置时所采用的特殊表现手法。

第三，敬珏教授在研究亚裔美国作家时所倾注的敬意与热情，丝毫不逊于她当年在加州大学伯克利分校攻读博士学位时对研究对象莎士比亚戏剧所怀有的喜爱与尊重。在20世纪90年代，文论界正流行使用现成的文学理论来阐释文学文本。敬珏教授对此颇不以为然。在她看来，每位作家都自成理论体系。《静墨流声》一书并不缺少理论支撑，文中也不乏对女性理论、后殖民理论、非裔文学批评理论、福柯以及其他后现代理论家的引用。但是，敬珏教授征用现有理论的前提非常明确，即该理论可以用来辅助证明亚裔美国作家写作与思想的原创性。正因为她在分析亚裔美国小说时满怀耐心与敬意，她的作品即使在今天读来仍充满新意，从根本上区别于那些很容易过时的、充斥着各类术语或“关键词”的论文集。我在敬珏教授的《静墨流声》中学到了这种治学方法，并在回返波兰后继续将其付诸自己的研究实践。

另外，张敬珏教授慧眼识珠，准确识别出山本久枝作品的丰富性与多样性，并通过推动其书籍再版、公开发表至今无人媲美的解读，成功地将当时默默无闻的山本推向了文学经典的圣坛。她也是日裔加拿大作家小川乐的伯乐之一。汤亭亭则不同。自20世纪90年代迄今，汤早已备受关注，其作品也最常入选各类教材。照理说，有关她的评论最难写出新意。然而，敬珏教授果断选择了比较研究视角，将汤亭亭作品的主题与其他几位亚裔美国女作家的作品主题进行了细致的比较研究，并最终出品了分别针对《女勇士》及《中国佬》两部小说的精彩评论。在20世纪90年代，只有极少数女性主义评论家公开声明：在男权社会中，被集体消声的绝不仅仅是女性。敬珏教授即是这少数中的一员（另外一位当为爱丽丝·沃克）。在解读汤亭亭及山本久枝的作品时，敬珏教授明确指出，在结构性不平等的社会中，明显占据优势的一方——即白人男性——很容易压制有色人种男性发声，并极有可能压抑其男性气质。基于以上原因，过去二十年来，《中国佬》一直在我系美国文学阅读书单上。

《静墨流声》一书研究细致、行文优雅、表述清晰，是文学评论的范例，非常适合学生及教师阅读。它也是欧洲的亚裔美国研究圈内必读书目。除了消声及沉默，该书还突出讨论了其他一些引发文化共鸣的主题，其中最突出的几个主题是对族裔他者的妖魔化、排外以及监禁。张教授在解读山本久枝的《笹川原小姐的传奇》时，对这些主题进行了精到的分析。我曾在德国汉诺威的莱布尼兹大学教授过一门课程，引导德国学生对第二次世界大战期间日裔美国人集中营事件进行全方位解读。我很高兴看到学生们非常积极地参与课堂讨论，因为对他们而言，这是他们平生首次读到德国纳粹集中营之外的集中营事件。当今社会中，人们以难民身份或经济移民身份从南半球向北半球大量迁移，排他与监禁似乎已成为普遍现象。基于这样的社会背景，张敬珏教授对山本久枝《笹川原小姐的传奇》及小川乐《欧巴桑》两篇小说的解读毫不过时，因为它们将引领我们时刻关注那些身处生命最艰难时刻却无力发声的人群。

阅读、重读《静墨流声》已成为我学术成长过程中的习惯。我很高兴这本书的中译本在中国出版，也相信这本书将带给学者与学生更多惊喜。

多米尼卡·费伦斯

波兰弗罗茨瓦夫大学英文系教授

黄清华 译

清华大学语言中心副教授

致谢

王璐老师和张子清老师以李汉平初译稿为基础翻译了我的《静墨流声》。从译文启动到完稿这段时间，我正从人生的暗夜走向最美好的时光。海日生残夜，江春入旧年。

人生进入“暗夜”，是因为结发之人在2018年离我而去，另觅前程。那年底，我最敬爱的同事与知交——作品独创一格的雷祖威——因喉癌去世。可想我彼时没有时间也缺乏心情阅读汉平的译文，更不可能对它做出修改。汉平曾是高考状元，但对亚裔美国文学尚无涉猎。所幸，出版社催稿时，执教于暨南大学外国语学院的北美亚裔文学学者王璐应允为我重译此书，我方如释重负。王璐和我又决定邀华裔美国文学领域的开拓者、资深学者张子清教授助她翻译山本久枝一章。我们自知这是个不情之请，耄耋之年的张老却慨然应允，我想这既是出于友情，也是出于他对华裔美国文学的热忱。

“最美好的时光”莫过于我作为文学学者涅槃重生，被文学和身边的才子、才女们唤醒生命活力的日子。山本久枝《十七音节》中的女儿罗茜看到自己母亲的身体里似乎居住着两个人：一个是林登米，勤快的家庭主妇和农场工人；另一个是梅园，“在刷锅洗碗之余复活”的俳句诗人。因苦于生计又缺少丈夫对她写作的认可，梅园的生命“即便对诗人而言，也非常短暂——或许最多三个月”。我那段兼顾工作和家庭的主妇生涯延续了三十余载，然而在《静墨流声》与《文心无界》中作为众位作家的知音、兼为两本书稿译者们的知心同行，我的创造生涯绵延无尽。

《哈佛大学推荐：保持快乐的20个习惯》里，第一条就是感激。我在这段美好的时光中，自然也充溢着感激之情。我向以下诸位致以衷心的谢意。

中国人民大学外国语学院院长郭英剑教授在我的两部专著译成中文之前，就表示要将我的书稿在他主编的“美国亚裔文学研究丛书”这套重量级丛书中出版。他的信任和肯定使我得以在大洋彼岸以母语获得学术上的重生。在此也特别感谢郭院长的学生王凯博士和刘向辉、王庚楠、张龙艳、王会刚等博士、硕士生不断地为我出力、打气。

王璐、张子清、李汉平三位完成的这部译著要求译者熟悉中国、日本、华裔美国和日裔美国的历史与文化。三位译者来自三代，恰好呼应了汤亭亭的《女勇士》《中国佬》、山本久枝的《米子的地震》《笹川原小姐的传奇》和小川乐的《欧巴桑》中的代际沟通。张子清先生曾任南京大学外国文学研究所教授，今已八十高龄。他在翻译过程中几次生病住院，却在四个月内就完成了山本久枝那章的译稿。李汉平翻译初稿的时候还是二十岁出头的硕士生，《欧巴桑》中分析的两种“爱”的汉字象征“愛”和“戀”也是他书写的。

王璐老师是暨南大学外国语学院副教授，彼时于华中师范大学攻读比较文学与世界文学博士学位。她在繁重的教学科研工作和博士论文的双重压力下，勤勉不懈地完成了本书的绪章、汤亭亭章节、小川乐章节和尾声等四章内容的翻译，校订了山本久枝章节，撰写了本书的译者前言、术语说明和全书所有的译者注，负责全书最后的统稿、校审，以及与出版社接洽申报出版选题、修订、校对等工作，并提供了汤亭亭夫妇2006年访问广东时的珍贵照片。她以卓越的学术奉献精神和学识智慧通览全稿，竭尽心力确保译文表述准确，前后一致，风格连贯，其治学精神令人钦佩。

《文化的重量》与《书写他处：亚裔北美文学鼻祖水仙花研究》的作者李贵苍教授、《华裔经验与阈界艺术——汤亭亭小说研究》的作者方红教授、《伊迪斯·伊顿与温妮弗莱德·伊顿：中国城传教士与日本罗曼史》和《认识小地方的几种方法：六十年代以来的美国文学与民族志学之交集》的作者多米尼卡·费伦斯教授为本书慷慨赐序。

在与我同辈的中国大陆老师里，贵苍教授是最早研究华裔美国诗歌的学者。他学术扎实，风骨不凡，为人却极为低调，通常只以“静墨”流声。我有幸与他相交十余载，并都是陈美玲的粉丝（他译美玲的《一抹黄色》已面世）。感谢这位知音在我和吴爽还未拟出《文心无界》的书名前，就在序文中道破“文心”。本书第一篇序文中，贵苍教授将美国亚裔的沉默置于北美的历史语境之中，指引读者注意北美根深蒂固的种族界限。贵苍教授的序文揭示美、加的种族不平等状况如何导致有色人种，尤其是亚裔美国群体的声音被抑制。

而在与之呼应的第二篇序文中，方红教授指出“静”在此书中并非言说的对立面，而是“寓意丰富的双声话语……又类似中国水墨留白艺术，以寡胜多，以无言胜有言”。二十年前与方红老师在港大结缘。2014 年我们在南京的中美比较文化研究会第九届年会重逢，那年日文版的《静墨流声》刚刚译毕，方红老师建议李汉平把书译成中文，中译本就在当年萌芽。最难得的是她把静默诗学伸展到生态批评领域：“静默之声意在传递静默之情。这是……亚裔的静默艺术与生态批评视域下的文学又一异曲同工之处。”

执教于波兰弗罗茨瓦夫大学的多米尼卡·费伦斯教授则着重指出三位作家写作手法的正面效果，揭示他们如何善用修辞，以默然传神的词句表达言外之意。我曾是多米尼卡·费伦斯的博导。2019 年 10 月 23、24 日，我和她分别在主题为“美国文学、文化与政治中的寂静之声”的第 31 届波兰美国研究年会做主旨发言。会议中，多米尼卡告诉我，她在德国和波兰一直在教《欧巴桑》、《米子的地震》和《笹川原小姐的传奇》等作品，德国学生惊悉第二次世界大战期间在美国和加拿大也有集中营出现，对这些作品尤感兴趣。受其触动，我当即邀她为本书的中文版撰写第三篇序文。《十七音节》里的女儿罗茜只是佯装读懂了母亲的俳句，而情同女儿的多米尼卡对《静墨流声》的细读却是从头至尾，不遗一字，通晓言外之意。

因机缘巧合，2018 年秋我在一门金庸课上遇见一位有文才的本科生。朱宇明那时虽年方十八，但中文功底了得，文学品位过人。所以我大胆破出版社之例请少年才子写跋。多米尼卡和宇明的“静墨”也流露出我对学校的心声，感谢加州大学洛杉矶分校（University of California, Los Angeles，简称 UCLA）多年来引进世界各地的奇才，丰富了我的教学生涯，也让我融文入命。

清华大学语言中心的黄清华副教授为本书翻译了多米尼卡·费伦斯的序言；清华大学外文系的刘昊副教授翻译了这篇致谢。她们两位深知我心中的跌宕起伏和学术之峰回路转，因而可以将原作的形、神尽皆传达，她们的中文造诣是我望尘莫及的。西南大学外国语学院的李芳副教授在以富布莱特学者身份访学 UCLA 期间，帮我从头到尾审阅整本译文。斯坦福大学东亚研究中心的硕士生赵之韵曾修订了汉平所译的绪章、汤亭亭一章以及尾声。北京大学比较文学与世界文学专业博士生王荃（已于 2021 年获博士学位并受聘于上海理工大学）挤出在洛杉矶撰写博士论文的时间帮我审阅了王璐翻译的绪章与汤亭亭章节。

《文心无界》的译者吴爽不厌其烦地为我和王璐解答一个个技术问题。文藻外语大学日语系主任林淑丹教授帮我们确认书里日语姓名的中译。北海道大学李雅旬博士为王璐解答书里的日文谚语和部分日文专有名词的中译问题。还有其他许多资深同行，包括北京外国语大学的王立礼、潘志明、刘葵兰、周玮老师，北京语言大学的陆薇老师，南京大学的程爱民、赵文书、方红老师，暨南大学的蒲若茜、程倩、许双如、詹乔老师，与越秀外国语学院的金学品老师都曾帮我答疑解难。

刘石、李贵苍、王玉括教授与陈广琛、解村、黄清华、刘昊、王荃等两岸的双语学者与译者一起兴致勃勃地雅辩无数回合，为我提供书名的中译，并听任作者斟酌各种精彩提议后，最终敲定《静墨流声》的译名。最可贵的是刘石教授应允为本书题字，以他深厚的书法功力将译名之风韵在封面挥洒得淋漓尽致。

南京信息工程大学文学院院长李建波教授提供了汤亭亭在南京美龄宫的照片。书中山本久枝与我的合影由摄影家玛丽琳·桑德斯（Marilyn Sanders）摄于洛杉矶小东京（1991）。

我在失落之时，曾得到无数亲友撑扶。我人生的暗夜正逢儿子马念东在康奈尔大学的间隔年（Gap Year），因而他在洛杉矶与母亲相依为命（东东已于

2020年毕业）。感谢兄姊张敬玲、敬珑、敬德、敬安、敬瑜，嫂嫂招国美、姐夫黄福鑫；干儿女杨雨和潘云霞。感谢老友区炎容、冯品佳、福史德（Staci Ford）、郝容榕、徐瑞雯、雷金影照、林守真、潘裕诚、单德兴、石颖梅、苏其康、王军、谢江南；新朋金雪飞、林淑丹、牟少祝、裘小龙、邵华强、孙敏、黄剑兰、谢汉兰、张家和、周铭。感谢与我合力帮扶跨国学生和学者的同事汤维强（维强教授已于2020年病逝于洛城）。感谢半生知音梁志英、李国彰、陈美玲，忘年知己刘昊、吴爽、UCLA英语系博士生南元景（Hannah Nahm）（已于2021年获博士学位）；忘年交陈广琛、国荣、胡雅文、黄清华、王惠、王荃、解村、杨晓丽、张红霞、张欣、赵明；亲如一家的近邻刘俊民阿姨和她的儿女杨学宁、杨卫宁、杨继宁。90岁高龄的陆仁安太极师父，还有林添进师父与马莉君师母和他们的子女致承师兄、宣里师姐，及年青的洛城赵云师父都敦促我保持身体康健。感恩这个无界的大家庭领我走出秋扇之悲，重振此生，惜取黄金岁月。

2017年底，幸得中美桥梁何勇博士盛情介绍，我与徐志摩嫡孙徐善曾一家结下诗意的缘分，更得到UCLA史嘉柏院长（David Schaberg）的支持，于2018年“五四”之际与东亚系同事白睿文（Michael Berry）教授共同在学校举办了一个非常独特的新月研讨会（Crescent Moon Symposium）。同年8月又应邀参加剑桥大学国王学院举办的第四届徐志摩诗歌艺术节暨徐志摩花园开幕典礼，与吴爽在国王学院合作发言，携手畅游康桥。那几日是我在戊戌年间最惬意的一段时光，志气摩天风云会，此年秋日胜春朝。

特别感谢康奈尔大学出版社（Cornell University Press）授权出版《静墨流声》的日文和中文译本。日文版于2015年面世，中译本即将付梓。感谢素未谋面的三位日本学者——译者和泉邦子、小松恭代、中根久代对拙作的谬爱，使它20多年后在异国复苏。感谢中国人民大学出版社黄婷编辑促成中译本的出版。

经历了两年的剧变，我开始学习一点《易经》与《黄帝内经》。与二者同源的《道德经》第四十一章中有一语，“大音希声”，恰是汉平和刘昊为本书提议的书名。所谓默与喧、静与动、静墨与流声，乃至大悲与大喜，也许便是阴阳变化的表征。正是阴阳交变使得人生成为一部变易之书，通向无穷的解读，也通向悬念，连作者都不知道结局。

再次感谢诸位对《静墨流声》中译本和我本人的帮助。愿身长健，且凭栏，明年还放春消息。

张敬珏

2019 年 12 月 21 日于洛杉矶

2021 年 9 月 8 日修订

（刘昊 译）

译者前言

张敬珏教授是美国加州大学洛杉矶分校英语系终身教授、博士生导师，加州大学伯克利分校（University of California，Berkeley）英语系博士，兼任中国人民大学外国语学院讲座教授，曾任加州大学在华中心主任。除本书外，她的代表作还有《文心无界——不拘性别、文类与形式的华美文学》（*Asian American Literature without Borders: Gender, Genre and Form,* 2016）、《文章千古事：亚美作家对话录》（*Words Matter: Conversations with Asian American Writers,* 2000）、《亚美文学指南》（*An Interethnic Companion to Asian American Literature,* 1997）等。

《静墨流声：山本久枝、汤亭亭和小川乐》（*Articulate Silences: Hisaye Yamamoto, Maxine Hong Kingston, Joy Kogawa*）于1993年由康奈尔大学出版社出版，为张敬珏教授涉足亚裔文学领域的第一部学术专著，在北美族裔文学领域享有很好的声誉，是该领域的必读书目以及相关领域的重要参考书目。本书已于2015年7月出版了日文译本，此次被纳入“美国亚裔文学研究丛书”出版，为张敬珏教授的专著在全球范围内首次出版中文译本。我们衷心希望本书与《文心无界》中译本的出版能有利于国内学界了解这一重量级亚裔文学研究学者的思想精髓和学术发展脉络。

本书的中文译名“静墨流声”得来不易。最初的备选译名为“无声胜有声”和“沉默的诉说”，历经了“大音希声”“沉默喧天”“静默之声”“于无声处”等十余个译名的提名、淘汰和甄选，其间太平洋两岸中美两国十几位学者和文友借助电子邮件隔空热议，前后长达半个多月之久，最后敬珏教授汇聚多方英才之意见，拍板将中译本定名为“静墨流声”。我们最后选定这一译名，主要基于以下几方面的原因：

其一，译名“静墨流声”最贴切地传递了原英文标题中的悖论意义“沉默亦能发出声音”。“静墨”取谐音“静默”之意，对应书名中的Silences，既可指声音，又可指动作；既可表现内部心境，亦可指涉外部环境，很好地展现了Silences一词的复数概念“各种形式的静默”。在东亚文化传统中，“静默”象征着沉思、警觉、优雅和智慧，内涵丰富。“墨”指代文章，表示三位作家执笔（谐音纸笔）为剑，意图用写作为亚裔群体代言。“流声”对应Articulate，既指三位作家勇于为亚裔发声，又指这三位亚裔文学开拓者在北美和世界文坛声名远扬，流芳后世。同时，“静墨”与“流声”二词形成强烈的反差，能将Articulate Silences中的悖论意蕴准确地传达出来。

其二，“静墨流声”一词暗含了“石”与“水”的静、动之张力，以及二者和谐共处之意象，暗合小说《欧巴桑》结尾处的情景：皎皎月光下，鸦没鹊静中，水石共舞，交映生辉；同时也道出三位作家之心声：沉默如磐石，语言似流水，唯有静默与言语两相结合，张弛有道，方能展现北美亚裔群体独特的生存智慧。

其三，“静默”与“流声”二词皆有丰富的中文典故，因而作为书名典雅隽永，有益于译本的流传。现摘录一二如下：“圣人深居以避患，静默以待时。”（《文子·微明》）；“退静默而莫余知兮，进号呼又莫吾闻。”（《楚辞·九章·惜诵》）；“练色娱目，流声悦耳。”（《七发》）；“独步当时，流声后代。”（《文心雕龙·论说》）。

其四，“静”与敬珏教授芳名中的“敬”谐音，而“墨”的英文ink与汤亭亭女士姓名中的Maxine、Kingston二词皆有谐音，“墨”的中文读音与山本久枝女士的姓氏英文Yamamoto谐音。如果这些解读不算是我们一厢情愿地过度阐释的话，想来也能为书名的文字游戏增添些许趣致。

十几年前我攻读硕士学位时的论文选题方向是加拿大华裔文学，那时就曾阅读和引用敬珏教授的论著，近些年我在北美新移民英语文学研究课题的进行中，通过学术会议、讲座、电邮和微信等与敬珏教授有了更为深入的交流互动。敬珏教授不仅学养深厚、见识广博，为人真诚坦荡、爽朗谦和，而且尤其提携后学，经常第一时间将最新的亚裔文学研究动态传递给我，总是耐心细致地回应我的疑问，同时还给予我很多信息和资料上的帮助。此番应敬珏教授之邀翻译这部学术专著，我感到非常荣幸，三年来也收获良多。《静墨流声》不仅领我重新研读了华裔作家汤亭亭的经典作品《女勇士》和《中国佬》，还引导我走进日裔作家山本久枝和小川乐构筑的文学世界。于我而言，这部专著具有文学研究治学方法上的启迪意义：

首先，《静墨流声》一书具有强烈的比较文学跨文化意识、东西汇通的学术视野和鲜明的女性学者论述特色。书中选取的研究对象均为第二代北美亚裔经典女作家的代表性叙事作品，不仅可以作为西方的英语文学来解读，其中大量的东方文学和文化现象也值得细细品味。敬珏教授出生于中国香港，在美国一流大学接受了系统的学术训练，长期在亚美文学、比较文学和女性文学领域深耕，且与东西方学术界保持密切互动，因此能以双重“局内人”的视角检视作品中的跨文化现象，在东西文化观念互照中提出自己独特的见解。

其次，研究视角新颖，问题意识突出，在亚裔文学研究中独辟蹊径：从静默的表征与内涵切入，探讨亚裔文学中的集体失语现象，却打破了静默与言说的二元对立模式，对二者的各种不同表征及其优劣工拙予以厘清界定、细致考辨。敬珏教授颇具创意地将静默也视作一种主动表达的方式，深入探讨了亚裔，特别是日裔人士的非言语交流、肢体语言和心灵契合，充分挖掘了亚裔作家对静默和言说表达的丰富层次。

再次，学术视野开阔，理论视角多元，且理论与文本密切贴合。敬珏教授熟悉学界前沿的批评话语，不仅采用了女性主义、后殖民主义、文化研究、福柯话语理论等研究方法，还旁征博引了哲学、语言学、心理学、人类学、民族学、社会学、教育学等领域的相关理论进行论证；在论述的过程中，始终秉持客观中立、不偏不倚的立场，理据充分，层层推进，做到将论证文本语境化和文化语境化。

最后，敬珏教授以北美亚裔“静默诗学”这一研究问题将内容丰富、文体多样的研究对象统摄在一部专著之内，突破了文体（长篇小说、短篇小说、传记小说）、族裔（华裔、日裔）、国籍（美国、加拿大）等藩篱，堪称文学跨界研究之典范。《静墨流声》不仅在成书之时就立意新颖，论证严密，文风清丽，在近三十年后的今天读来亦毫不过时，让人常读常新，回味悠长。

从事文学翻译就像追求彼岸之花：隔远观望，觉其明艳可喜，令人欲罢不能；临渊而立，惊觉缥缈不已，道阻且跻，可望却难达。翻译文学类学术专著更是犹行蜀道之难。面对这样一本丰凝厚重的亚裔文学研究专著，尤其本次出版经历了中译本—双语版—中译本的复杂历程，译文几番删增查改，作为译者的我内心不免忐忑。作品、论述、引文、注释、序跋、插图、照片等来源不一，风格各异，皆需译者字斟句酌、精推细敲，多方查证，反复修订。在翻译本书的过程中，我也逐渐习得书中提及的会心凝神之术，力求与作品、作者和读者心神合一，去参透作品中的文学世界与作者的批评观念，去考量读者的阅读期待和接受视野。

若从汉平初译算起，我们三位译者前后经历八年的努力，终于将《静墨流声》的中译本呈现在读者面前。在此，由衷感谢敬珏老师的信任，感谢李贵苍、汤亭亭、林淑丹、刘石、李建波、王玉括等老师的答疑和提点，感谢李芳、黄清华、吴爽、朱宇明、王荃、解村、刘昊、赵之韵、李雅旬等同行朋友对本书在翻译过程中提供的各种帮助。特别感谢中国人民大学郭英剑院长和中国人民大学出版社黄婷女士、程子殊女士积极促成本书的出版。借此机会，我也要向多年来悉心教导我的导师苏晖老师和卫景宜老师，一直关心我学术成长的聂珍钊、乔国强、程倩、蒲若茜、赵君、马利红、朱桃香、詹乔等老师，启蒙我翻译之路的陈垣光、刘春英、陈蕾蕾老师，以及我所在单位的领导和同事官齐、廖开洪、赵雯、梁瑞清、汤琼、王进、李洪、胡慕辉、邹红英、彭帆、王东、杨才英、朱湘军等老师表示感谢！最后，深谢家人无私的爱和默默的支持！

全书译文已由张敬珏教授审校，部分与原文不一致之处均获张教授授权修改。虽然我们已经倾心竭力，但由于时间和精力所限，译文的瑕疵和不足在所难免，恳请各位读者朋友批评指正！

王璐

2021年9月3日于广州暨南园

2022年5月修订

术语说明

本书中，笔者使用“亚裔美洲/国”（Asian American，简称“亚美”）一词泛指北美亚裔作家的归属。美国亚裔和加拿大亚裔的经历和遭遇曾何其相似。例如，珍珠港事件之后，住在美、加两国太平洋沿岸，具有日本血统的居民都曾被强行驱逐出家园。这些日裔本就是美国和加拿大的公民，却被剥夺了美、加宪法赋予他们的权利。

“亚裔美洲/国文学”（Asian American Literature）一词通常用于描述族裔背景多元的亚美作家及其作品，包括华裔、日裔、韩裔、菲裔、印度裔、巴基斯坦裔、越南裔、泰裔、柬埔寨裔、老挝裔和太平洋群岛裔等。在此，笔者只选取一位华裔作家和两位日裔作家进行讨论，绝非意在塑造亚美文学之典型。所选的三位作家对言语表达和非言语表达的态度未必与其同族裔的作家相仿，遑论与其他族裔的作家相类。

笔者在文中交替使用“少数族裔”（minority）、“种族”（race）和“族裔”（ethnicity）等语词来指代有色人种，尽管这些术语也有不尽如人意之处。在美国的许多地方，有色人种在数量上已不再是少数族裔人群。当谈及亚裔美洲/国人时，若用“种族”一词，便是将其特色各异的族裔群体都同质化了。“族裔”一词虽掩盖了种族所衍生的差异，但笔者在对这三位亚裔*创意*作家（creative writers）的讨论中使用这个词确实更具灵活性。“族裔”一词与“种族”不同，它“并非简单借由代代相传之物”，而是动态生成、不断重塑之物（菲舍尔[Fischer]：195）。

本书中使用的其他术语还包括：

nikkei：日裔美洲/国人、日侨/裔；字面意指具有日本血统的人

issei：日本移民；字面意指一世，即第一代日侨

nisei：一世的子女；字面意指二世，即第二代日裔

sansei：二世的子女；字面意指三世，即第三代日裔

kibei：返回北美之前曾在日本长大或受教育的日裔二世；字面意指返美日裔

译者注：本书中重要的人名、地名、作品名等外文专有名词和学术术语首次出现时备注英文原文。书中的人名、地名、作品名尽量与国内学界（尤其是亚美文学界）的通用译名保持一致，人名、地名和重要作品名首次出现时备注英文原文。译者参考华裔美国历史学家麦礼谦（Him Mark Lai）整理的《华裔美国作家、学者、海外知名人士英中姓名对照表》，并通过多方考证，尽力保留亚裔作家和评论家原本的亚洲名字，且力求贴近国内亚裔文学研究界已有的确定译名，例如赵健秀、陈耀光、陈素贞、林玉玲、金惠经、唐锦荣、郑明河、李少强、蔡增乐等。部分亚裔学者的亚洲名字确实考证未果，便依照英文人名中译的通用规则来译，如苏珊·严、德博拉·胡、阿尔弗雷德·S. 王等。日裔人士一般遵循姓前名后的原则，如译为山本久枝、小川乐、笹川原真里、中根直美、山内若子、津岛佑子。但日本著名的浮世绘画家安藤广重（Ando Hiroshige）是个例外，没有按照以上规则译为广重安藤，而采用国内已经接受的译名安藤广重，以免读者混淆。此外，本书日裔人名翻译时考量的三个因素分别是：他们是第几代日裔移民，其本人对待日本文化的态度，以及其英文姓名是否有对应的日文姓名。因此本书中的日裔学者或文学作品中日裔人物的译名也有如下译法：肯尼思·安田、莫妮卡·曾根、西尔维娅·柳迫淳子、S. 弗兰克·宫本、斯蒂芬·H. 住田、乔·吉永、罗纳德·高木等。其他英语姓名译文主要参考商务印书馆2018年12月出版的《英语姓名译名手册（第5版）》。

目录

CONTENTS

一、绪章

《静墨流声》一书涉及三重学术对话。通过分析山本久枝（Hisaye Yamamoto）、汤亭亭（Maxine Hong Kingston）和小川乐（Joy Kogawa）三位北美亚裔女作家的作品，笔者就女性诗学问题，尤其是叙事空白或叙事缺省（narrative gaps or ellipses）方面的诗学问题，与当前的女性主义理论各流派进行对话，同时也与族裔研究学界展开对话。本书不仅推进了女性主义及亚美批评研究，还修正了笔者认为前述研究中带有"欧洲中心论"色彩的某些观点（Eurocentric premises）。笔者既不赞同英美女性主义者肆意发声以维权之举，也不认可"修正派"（revisionist）亚美男性评论家彻底摒弃静默（silence）以批驳族裔刻板印象（stereotypes）之举。此外，笔者还对族裔问题研究者奉为圭臬的某些信条提出质疑：它们或走向坚持统一的（族裔的）自我和文化的"本真性"（authenticity）之一极，或走向试图完全超越族裔性之另一极。

当谈及"欧洲中心论"时，笔者首先考虑的是北美地区关于言语（speech）与静默的社会规范，尤其是教育机构和整个社会对于自信表达（assertiveness）的充分肯定。静默，则恰恰与此相反，常常被消极地视为缺场（absence），或被视为"一种被忽视的现象——一种阻碍话语传递的立场"（坦嫩和萨维尔－特罗伊克［Tannen & Saville-Troike］: xi）。这种逻各斯中心主义倾向（logocentric tendency）往往遮蔽了以下事实：在不同的文化语境中，静默，亦可发出不同的声音。

笔者本人并不认为过分倚重言语乃是欧裔美洲人独具的典型特征。许多女性和少数族裔成长在美国这一“声音意味着权力”的国度，并且长期以来被迫消声禁言，因此他们为了能在这社会中立得一席之地，业已摒弃继续保持缄默的做法。此外，在通常意义上的“西方”内部，如今也充斥着相互冲突的观念以及各种自我批评的声音。在理论哲学领域，诸如奥古斯丁（Augustine）、尼采（Nietzsche）、海德格尔（Heidegger）、皮卡德（Picard）、维特根斯坦（Wittgenstein）、福柯（Foucault）、道恩豪尔（Dauenhauer）、德里达（Derrida）等众多思想家们先后从不同角度展开论述，或褒扬默然不语之美德，或批驳逻各斯中心主义。[1]在文学领域，反讽、言语克制（understatement）以及其他含蓄性的表达方式，长久以来尤其受人青睐（参见波奇［Portch］、桑塔格［Sontag］、斯托特［Stout］及J.A. 沃德［J. A. Ward］）。即使在社会领域，北美地区的不同国家之间也存在着各种情境与地域差异（situational and regional differences）。正如J. 弗农·詹森（J. Vernon Jensen）所言，“静默既能传达蔑视、敌意、冷漠、挑衅、严苛与憎恨，也能传达尊重、良善与赞同”（252；亦可参见霍尔［Hall］的论述）。据说加拿大人比美国人言语更简洁，而且我们对新英格兰式沉默寡言（reticence）也有所耳闻。姑且不论以上论断是否确切，这些地域性差异的确很少让人对其进行褒贬评判。

然而，亚裔美洲式静默，包括禁言（prohibition）所引起的噤言[2]，却更易遭到批判。尽管西方哲学传统中对于言语与静默尚持有不同立场，并且北美国家之间也存在一些地域差异，然而亚洲式或亚裔美洲式矜持（reserve）却始终招致非议或诟病。正如女性常常被认为是神秘而难以捉摸的，安静少言的亚洲/亚裔人士往往被视为狡诈、胆怯、精明，更甚者，“不可理喻”（inscrutable），抑或被视为温驯、屈从、孝顺、配得上“模范少数族裔”（model minority）的标

1 虽然本书无意全面探讨上述哲学家们的各种理论，笔者仍将引用其中有关质疑语言模仿能力（mimetic power of language）的观点展开论述。

2 译者注：“禁言”指北美官方和主流社会不容许亚裔发声；“噤言”指长期以来亚裔群体因害怕或有所顾虑而不敢发声，被迫噤言。

签，就如同传统意义上沉默的女性往往受人盛赞一样。在东方主义话语体系中，“东方”总是与“西方”联系在一起，安静少言则常常与女性阴柔的气质密切关联。也正因如此，在美国流行文化中，亚洲及亚裔美国男性往往被“女性化”（feminized）。[1]

这种态度也影响了人们对亚美文学作品的阅读品鉴。正如葆拉·冈恩·艾伦（Paula Gunn Allen）所述，普通读者“倾向于用他们熟悉的术语来解读异质性文学（alien literature），尽管这些术语可能与其阅读的文学作品毫不相关”（54）。一部旨在展现亚美作家叙事技巧的作品，必须同时拷问种族中心主义（ethnocentric）与逻各斯中心主义，因为这些立场至今仍对主流女性主义有重要影响，同时，这些立场也导致人们将静默完全归因于父权制下的女性气质建构，从而忽略了致使静默产生的外因与内因。静默也许是被禁言的直接后果，但它因个体和文化差异的变化也能承载其他功能和意义。[2] 山本久枝、汤亭亭和小川

---

1 唐锦荣（Benjamin R. Tong，1971）、铃木（Suzuki）和筬岛（Osajima）等学者曾指出“模范少数族裔”的标签将亚裔美国人置于那些难以驾驭的少数族裔群体之上，从而掩盖了主流文化对少数族裔采取的分裂性遏制策略（divisive strategy of containment）。虽然其他少数族裔群体也受到同等歧视，但根据亚美文学选集《哎咿！》（*Aiiieeeee!*）编辑们的说法，亚裔美国人因其所谓的“易于驾驭性”（tractability）而遭遇了最严重的压制：“就美国极度全缺乏文化差异而言……华裔和日裔人士显然成为了白人种族主义成功非难的唯一对象”（赵健秀等［Chin et al.］：xxvi）。

如前所述，在美国，人们对静默的主要评价不但受到性别因素的影响，还受到种族因素的影响。约翰·韦恩（John Wayne）式“西方”英雄的沉默寡言（taciturnity）被视为与其警醒、英勇、果敢的男子汉名声十分匹配，然而，亚裔美国式缄默却往往被诠释为被动消极、鬼鬼祟祟、“完全缺乏男子气概”（赵健秀等：xxx）。赵健秀和陈耀光（Jeffery Paul Chan）、黄哲伦（David Henry Hwang，1989）、张敬珏（King-Kok Cheung，1990b）和李少强（Robert G. Lee）等都曾在相关文献中对这一“男性去势化”（emasculation）难题进行探讨。

译者注：约翰·韦恩于1907年生于美国艾奥瓦州（Iowa），是以饰演美国西部片和战争片著称的好莱坞明星，曾位列“美国十大文化偶像”第4名，代表了美国主流的价值观和理想的男性形象：强硬粗犷、血气方刚、性格内敛、英雄主义色彩浓烈。“emasculation”一词在本书中根据具体语境译为“去势”“阉割”“文化阉割”等。

2 坦嫩和萨维尔－特罗伊克的专著中收录的文章从跨文化与跨学科视角解读静默现象，然而令人遗憾的是，其中并未有论文谈及亚洲或亚裔美洲式静默。

乐三位作家的创作表明，若想在言语上为所有北美亚裔——不论男女——据理力争，意味着尤其要克服性别、文化和种族等各方面的诸多障碍。然而这三位作家并未一直采用带有等级色彩的术语去捕捉和呈现亚裔的言语或非言语交际模式。

在此，我们有必要区分静默的不同形态。三位作家的作品分别从不同角度揭示哑言失语（speechlessness）的多重问题，并强调打破静默的重要性。静默或因家族试图维护尊严和隐匿秘密所致，或因族裔社群坚守文化礼节所致，或因主流文化竭力压制少数族裔的发声所致。不仅如此，她们的作品还挑战了人们对言语的广泛认可，以及对静默的狭隘理解。三位作家质疑了语言的权威（尤其是那些久经历史锤炼的语言），亦回应了静默所引致的裨益与危害。她们用质疑、报道、揭露等方式发出了"静默之声"，这些静默或以女性礼仪和文化礼节，或以外部审查和自我审查（self-censorship），或以历史隐匿和政治消音等形式施加在她们及其族人身上。同时，她们还通过各自独特的诉说方式及其塑造的文学人物来揭示：各种形式的静默，如文本省略、非言语姿态、作者的犹豫迟疑（用以对抗道德、历史、宗教或政治权威）等等，亦能催发清晰的声音。

女性主义批评者在女作家们身上发现了几点共同的倾向，尽管这些倾向并非女作家所特有，但却是她们长期遭受主流话语排挤的结果。首先，女性写作不论在主题还是在创作方式上都被视为具有静默的特征。就主题而言，静默是指女性在表达时所面临的诸多壁垒，例如蒂莉·奥尔森（Tillie Olsen）在《静默》（*Silences*）一书中陈述的各种障碍。[1] 就创作方式而言，静默之艺术涵盖了贾尼斯·斯托特（Janis Stout）所称的各种"缄默策略"（strategies of reticence），如反讽、闪烁其词（hedging）、暗语（coded language）、情节隐匿（muted plots）

---

1 奥尔森列举的种种例证包括各种相互冲突的家庭责任、不为文学界接受、缺乏榜样、外界施压以及自我审查等等。安莎杜娃（Anzaldúa，1987）、鲍尔（Bauer）、卡斯蒂略（Castillo：71-95）、克莱斯特（Christ）、格里芬（Griffin）、古芭（Gubar）、里奇（Rich）和拉斯（Russ）等评论家均曾对女性静默的主题进行过详细的论述。

等等，女作家们往往使用这些策略来说不可言说之事，名不可名状之物。[1] 其次，许多女作家质疑历史传承下来的语言，同时也不愿声称自己是在为真理发声。[2] 她们比后结构主义批评者更具超前意识，不仅质疑既有的知识传统，而且还着力强调其作品的虚构性。为了削弱叙事权威（narrative authority），她们经常诉诸梦境、奇幻、不可靠叙述等文学手法，甚至将她们身上的作者焦虑（anxiety as authors）投射到错乱癫狂的人物身上。[3]

再次，由于对语言和文本权威（textual authority）持怀疑立场，女作家们往往在其小说中充分展现开放性和多样性。她们没有采用任何“权威叙事”（master-narrative，利奥塔［Lyotard］），而是用大量例证阐释了蕾切尔·布

---

1 研究过静默艺术的女性主义批评家有弗里德曼（Friedman）、吉尔伯特和古芭（Gilbert & Gubar）、霍曼斯（Homans，1983，1986）、约翰逊（Johnson）、卡默（Kammer）、科劳德尼（Kolodny，1980）、克里斯蒂娃（Kristeva，1980）、兰瑟（Lanser，1981，1989）、米勒（Miller，1981）、奥伦斯坦（Orenstein）、奥斯特里克（Ostriker）、拉德纳（Radner）、雷恩沃特（Rainwater）、瑞森（Rayson）、罗（Rowe）、肖沃尔特（Showalter）、斯托特、华盛顿（Washington）等等。他们中有些评论家曾受到马克思主义理论家如马舍雷（Macherey）和伊格尔顿（Eagleton）的影响，这两位理论家也曾对各种叙事空白与静默问题进行详细阐述。

2 法国与美国女性主义理论家们就语言是否能够表征女性现实这一问题产生了分歧。许多法国女性主义者，如西苏（Cixous）、克莱芒（Clément）、戈捷（Gauthier）、伊里加蕾（Irigaray，1985a，1985b）、克里斯蒂娃（1980）、威蒂格（Wittig）等，认为女性经验无法用传统语言来表述，因为传统语言本就是一种充斥着女性缺场的男性建构（masculine construct）；而与此相反，大多数美国女性主义批评家，如马克斯（Marks）、科劳德尼（1975，1980）、奥斯特里克、耶格尔（Yaeger）等，认为虽然长久以来语言一直服务于父权制，但女性也能通过适当改造主流话语，使之为其所用。霍曼斯试图中和法、美两学派的不同观点，提出虽然“存在着尤其基于性别因素的、对于语言的疏离，但这种疏离却以一种特别的含混立场为特征，即女性既参与又被排斥在某种霸权集团之外的含混立场”，然而包括玛丽莲·弗伦奇（Marilyn French）、爱丽丝·沃克（Alice Walker）、托妮·莫里森（Toni Morrison）、玛格丽特·阿特伍德（Margaret Atwood）等在内的一些北美小说家们，却在创作中通过“表现她们对语言能够表征女性经验的观点持怀疑立场”，表达了这种对语言的疏离态度（1983：205）。正如我们所见，本书所论及的这三位北美亚裔作家，在她们的作品中也表达了类似的怀疑主义立场。

3 有关女性“作者焦虑”（anxiety of authorship）的讨论，参见吉尔伯特和古芭的论述；关于女性诉诸奇幻文学手法的具体分析，参见南希·沃克（Nancy Walker）。

劳·杜普莱西斯（Rachel Blau DuPlessis）所说的“既 / 又双重视角”（both/and vision，1981/1985：276）、戴尔·鲍尔（Dale Bauer）受巴赫金（M. M. Bakhtin）启发提出的“女性主义对话论”（feminist dialogics），以及格洛丽亚·安莎杜娃（Gloria Anzaldúa，1981）和梅·亨德森（Mae Henderson）所说的“言说隐秘之语”（speaking in tongues）。然而自相矛盾的是，言语的含蓄和迂回往往与多样性密切相关，正如琼·拉德纳（Joan Radner）和苏珊·S. 兰瑟（Susan Sniader Lanser）所述，“文本编码中的模棱两可让文本的多重解读成为可能”（423）。

上述女性诗学理论为分析本书所涉及的研究文本开辟了路径，这着实令人激动。然而笔者亦乐于参与讨论，进一步拓展其中的某些基本假设。女性之静默是贯穿山本久枝、小川乐和汤亭亭作品的共同主题。当我们审视三位作家的小说中不仅因性别，也因文化与种族因素而噤声的各色人物之时，往往能激起某种特有的共鸣。山本久枝短篇小说《十七音节》（“Seventeen Syllables”）中的那位母亲林太太（Mrs. Hayashi），她的写作生涯因丈夫对她痴迷诗歌极度不满而戛然终止。然而，她选择以十七音节俳句（Haiku）的形式来创作诗歌，这本身便体现了文化的束缚与制约。小川乐的长篇小说《欧巴桑》（*Obasan*）中的叙述者中根直美（Naomi Nakane）回忆起儿时曾遭遇老男人性骚扰的经历，事后他还胁迫她保密，从而破坏了她与母亲之间的关系。这份屈辱感随着她的家族在第二次世界大战期间所遭受的政治迫害而倍加强烈。性与种族双重侮辱的冲击让她二十多年来都带着压抑的罪恶感活着。汤亭亭的小说《女勇士》（*The Woman Warrior*）[1] 中的叙述者玛克辛（Maxine）从小生长在华人移民社区，一直被生活环境中各种厌女症式的俗语所困扰。[2] 但是，当她转入一所“美式”学校

---

1 译者注：关于 *The Woman Warrior* 的译名，本书沿用国内学界已广泛接受的中译本《女勇士》（汤亭亭著，李建波、陆承毅译，张子清校译，桂林：漓江出版社，1998）的译名。本书中有关《女勇士》一书的重要人名和章节标题沿用以上中译本的译文，部分引文的译文亦参考了该译本，特此致谢。

2 为了方便讨论，笔者将《女勇士》中的叙述者称作玛克辛。事实上，《女勇士》整本书中都不曾出现叙述者的名字，一如其受村民厌弃驱逐的无名姑姑。汤亭亭克制地不在作品中给出叙述者的姓名，不仅将叙述者与其姑姑象征性地联系在一起，还暗指这位年轻的叙述者身份模糊，能在不同的主体立场之间游走，而非展现某种固定的身份。

就读后，却因其非英语母语者的身份而受人歧视，被指摘为智力迟钝，于是此时她的沉默变得“最为严重”（thickest）。在适应了“美式”学校老师的语言规范后，玛克辛随即不断折磨另一位沉默寡言的华人女孩，企图让她开口说话。

最后这一情节展现了美国亚裔竭力适应主流社会规范时所遭遇的心理创伤，并指出过度强调发声所带来的危害。对话语能力的单一文化评判标准，甚至女性主义对静默的反感厌恶都可能是在欺凌践踏某些族裔群体的情感。诚然，发声的重要性无可争辩，但将静默视为言语的对立面或者低言语一等，也是一种压制性的单一话语。毫无疑问，《女勇士》描绘了叙述者从寡言少语（tonguelessness）到敢于表达（expression）的变化历程，然而少不更事的玛克辛对主流文化将“说话”等同于“智力”和“品性”的观念全盘接受，实则与托妮·莫里森小说中那位黑人女孩佩科拉（Pecola）可悲地渴望获得一双“最蓝的眼睛”一样令人不安。

社会对静默的负面评价让许多亚美人士感到孤立和困惑。在中国和日本文化中，人们反复强调“言语克制”（verbal restraint），当华裔和日裔在移民社区面对种族主义时，“言语克制”作为一种生存策略被强化和推行，因此很难让一个孩子自在地畅所欲言（vocal assertion），尤其是在她一直被视为“他者”（the Other）的情况之下。[1]然而，亚裔一味地沉默寡言却又让西方那种根深蒂固

---

1 陈素贞（Sucheng Chan）注意到如果班里的亚裔美国学生人数较多，“那些沉默寡言的亚裔学生便能慢慢学会开口表达自己的观点”，但如果班里的亚裔学生被白人学生“以压倒性数量优势”超过的话，他们则会继续保持缄默（1989：270，272）。陈素贞的研究结果在笔者本人的教学经验中也得到证实。陈氏进一步指出，这些亚裔学生往往得克服“双重压抑”（double repression）——“训导年轻人（尤其是年轻女子）谨言、顺从、听话的亚洲传统，以及恶意威慑少数族群‘不可轻举妄动’（stay in their place）的美国种族主义这两重压抑。‘不可轻举妄动’意指保持缄默”（276-277）。菊村（Kikumura）指出，日裔美国人的沉默另有他因：“爸爸［指其第一代居美日侨父亲］也曾教导孩子们：若不确定自己的言行是否适当，则务必要谨言慎行”（94）。虽然在美国社会中亚洲人和亚裔美国人的沉默经常*被认为*是屈服或逃避，但其实他们这样做并不必然意味着屈服或逃避。

心理学家唐锦荣曾指出：将服从权威、自我压抑和温顺懦弱等假定的华裔美国人特征仅仅归因于儒家思想的影响，这样的观点未免有些狭隘。他还认为：华裔美国人的这些

的、认为东方神秘莫测的观念似乎变得更为可信。沉默同样也意味着允许“他者”为其种族发声。最早审视和定义“亚美文学”的文学选集之一《哎咿！亚裔美国作家选集》(*Aiiieeeee! An Anthology of Asian-American Writers*)的编辑们认为，亚裔美国人身上那种“半真半假式静默”(partly real and partly mythical silence)助长了种族主义的气焰，并让文化缺位(cultural invisibility)现象持续下去：

> 衡量白人种族主义是否实现的标准之一就是能否致使少数族裔静默无声，以及白人让少数族裔保持沉默或让其更加沉默需要花费多少精力。华裔－美国人(Chinese-American)总是被告知：这并非他们被忽视和受排斥的问题，而是因为他们沉默不语并且身为异族所导致的问题……
>
> 在这样一个重视言语力量的国度，对发声权利的剥夺已致使公认的亚裔－美国文化整体性(Asian-American cultural integrity)的缺位(在美国出生的亚裔－美国人最多被认为是“美国化”的中国人或者日本人)，同时也导致公认的亚裔－美国男子汉气概的缺位……语言通过组织和编码人们共同经历的各种符号，将其凝聚成一个社群。堵住他们的喉舌，便能肆意抹杀他们的文化和情感。(赵健秀等：xxv-xxvi，xxxviii，xlviii)

正因为“东方人”(Orientals)长久以来一直在美国文化和政治领域处于失语境地(voiceless)，如今的亚裔美国人由此倾向于通过彻底拒斥静默来消除刻

(续7页)特征实际上是他们在美国面对白人种族主义时才逐渐形成的；此外，华人移民中占大比重的是未受教育的广东农民，不但未曾浸淫于儒家伦理思想，而且恰恰与之相反，他们的性格中充满冒险意识和反叛精神(1971；亦可参见铃木的论述：35-38)。赵健秀(1985)进而将华裔美国人的顺从特征(submissive traits)归因于西方教化的影响。虽然唐、赵二位学者将早期华人移民的广东民俗文化与“伟大的华夏传统”(Great Traditions of Cathay，唐锦荣，1971：4)区分开来的观点颇有道理，但笔者也认为他们低估了中国主流思想在民间想象中的渗透程度。在中国主流思想中，英雄精神与儒家教义共存共立。儒家学说确实一贯倡导自我克制、顺从父母、效忠国家。但是，若将华裔美国人的“顺从”特性完全归因于白人种族主义的压制或西方文化的教化，实则忽略了南粤文化的复杂性及其多重的内在矛盾，也忽略了早期华人移民为了生存而衍生的灵活性和适应性。

板印象。[1]“静默并非夏威夷（Hawaii）当地的……亚裔与生俱来的个性，似乎他们兼具高贵野蛮人（noble savage）和高贵圣人（noble sage）的品质：有的孔武而讷言，不善辞令；有的睿智而寡语，无须赘言”，斯蒂芬·H. 住田（Stephen H. Sumida）如是评论，“但是，当局和社会环境却迫使这些夏威夷亚裔保持沉默，也许是对有人发表反抗言论实施的惩罚……在……当地的文学作品和插画中，静默并非美德，而是陋习”（1991：227）。也有评论家进而指出那些谨言慎行的亚裔美国人仅仅只是将白人的专横指令内化了而已（例如，赵健秀等：xxvi-xxvii；罗斯［Rose］，1987：293）。

虽然笔者在本书中阐明了对静默的各种质疑，但同时笔者也拥护静默所蕴含的各种优点。笔者认为许多修正主义批评家早已在不自觉中接受了美国的言语规约（vocal mandate），这让他们对缄默所蕴含的积极正面的文化表征和美学表征视而不见。[2]例如，为言语的力量赋权的观念致使人们带着某种倾向性的偏见去阅读小川乐的小说《欧巴桑》。一些评论家把欧巴桑的安静少语（quietude）看作是她消极顺从和遭遇迫害的标志，他们未能意识到盖尔·K. 藤田（Gayle K. Fujita）所说的“沉默感性”（sensibility of silence），其实在小说《欧巴桑》中这

---

1 亚裔们普遍渴望摒弃静默，不少作品的书名便是有力的证明，例如《打破静默：当代亚裔美国诗人选集》（*Breaking Silence: An Anthology of Contemporary Asian American Poets*，约瑟夫·布鲁查克［Joseph Bruchac］编）、《沉默太久：美国日裔发声录》（*Too Long Silent: Japanese Americans Speak Out*，罗杰·W. 阿克斯福德［Roger W. Axford］著）、《摆脱静默：诗歌与散文》（*Shedding Silence: Poetry and Prose*，美里木谷［Janice Mirikitani］著）等。

2 值得注意的是，在中文和日文中，“静默”与其说是“言语”的反义词，不如说是“噪音”（noise）、“动作”（motion）和“骚动”（commotion）的反义词。笔者将在第四章详细阐述这一点。国广正雄（Masao Kunihiro）认为，“日本人对待语言的态度的特点之一就是不太重视明示外显的语言表达（overt linguistic expression）。对日本人来说，语言只是沟通交流的方式之一；然而对许多其他文化的人来说，语言*就是*沟通交流的方式。日本人生性少言，认为慎言和用非语言方式进行沟通是一种美德。在他们看来，言语表达往往破碎化且具有非系统性，是情绪化的、公共的交流模式”（56）。依国广正雄之见，“中国人……看重水墨画中大量留白所展现的空旷美，然而这些留白却常常被赋予各种解读，引发无尽的争论”（57）。不过，笔者认为国广正雄对日本人与中国人所作的对比似乎有些夸张。

种“沉默感性”是日裔文化传统（nikkei legacy）的一部分。

这种文化传统不仅是社会性的，也是文学性的。相对于欧美文学而言，传统的中国文学和日本文学往往更青睐含蓄内隐而非直言不讳的写作风格，因此，即使是政论性的文章也常常含沙射影。[1]但是在年青一代的北美亚裔之中，许多人开始倾向于用更加尖锐的语调来抗议社会对他们的忽视。此外，人们对文化政治的看法早已渗透到审美尺度的层面。例如，亚美文学选集《哎咿！》的编辑们便试图倡导一种“阳刚”（masculine）的语言风格，他们将雷霆超（Louis Chu）的《吃碗茶》（*Eat a Bowl of Tea*）与约翰·冈田（John Okada）的《不不小子》（*No-No Boy*）这类小说视为典范，因为这两部作品皆有近乎喧嚣的激昂文风（vociferous styles）。这种对阳刚气质的偏好实则漠视了那些完美诠释各种静默艺术的文学作品。（或许，“阳刚”气质与“阴柔”风格［feminine］之间的区别不过是社会文化建构［sociocultural construction］不同而已。）为了平衡《哎咿！》编辑们不断呼吁恢复亚洲英雄传统和“硬汉”（manly）风格的努力，笔者选择为“阴柔”诗学摇旗呐喊，希冀赋予其应有的地位。[2]

此外，各色各样的男性静默也同样被大多数女性主义者和《哎咿！》编辑

---

1 暗示（suggestiveness）和引喻（allusiveness）一直以来都是中国传统诗歌的修辞标志和审美理想。三好将夫（Masao Miyoshi）一贯强调“日本人对言语的典型性厌恶”，他表示：“可以这么说，日本文化主要被定位为视觉的，而不是言语的，因此在日本社会礼俗中，往往是缄默而非雄辩（eloquence）受到嘉许。同样，在艺术领域，人们更加看重的不是清晰的表达，而是静默的微妙艺术呈现。俳句就是这种艺术精神最完美的体现，但在日本文化中，这一精神其实随处可见”（xv）。有关俳句的诗学，参见上田信（Makoto Ueda）和肯尼思·安田（Kenneth Yasuda）；关于《孙子兵法》的编码文风之解读，可参见赵健秀（1985）。

2 但是，若有人认为亚美男性总倾向于奔放式倾诉，而亚美女性则钟情于缺省式含蓄，这样的结论无疑也是不准确的。美里木谷的文风肯定比森俊雄（Toshio Mori）的更加激昂，杰茜卡·哈格多恩（Jessica Hagedorn）较之比恩韦尼多·桑托斯（Bienvenido Santos）更加喧嚣，而汤亭亭也比雷祖威（David Wong Louie）更加激荡。在上述六位作家中，前两对女性比男性年青一代，这表明作家的世代特征（generational characteristics）会对其写作风格产生重大影响。对此，可参见安妮特·科劳德尼（Annette Kolodny，1975）关于假定“女性阴柔风格”之危险的论述（77）。

们所遗忘。虽然在山本久枝、小川乐和汤亭亭的作品中，性别不对称有时会表现得很强烈，但父权主宰、男性刚毅、雄风不再等情形均在这些文本中以特定的静默形式得以呈现。因为深受日本文化中坚忍行为准则（code of stoic behavior）的影响，山本久枝的小说《十七音节》和《米子的地震》（“Yoneko's Earthquake”）中的父亲们压抑着内心的嫉妒和不安，直至其被压抑的情绪最终爆发，以暴力的方式宣泄出来。种族主义也进一步压制了人们的言论。在小川乐的小说《欧巴桑》中，直美的伯父在拘留营（internment camp）中饱受蹂躏，变得像他经常烤的“硬面包”（stone bread）一样顽固不化。同样，在汤亭亭的作品《中国佬》（*China Men*）中[1]，叙述者的曾祖父在夏威夷种植园工作时也曾被明令禁止说话。

男性静默还表现为亚裔对往事的极力压抑。许多早期男性移民在抵达新大陆后继续承担着传统意义上养家糊口者的角色，他们把在新的国度安身立命放置在优先于传承故国文化的地位之上。在小说《十七音节》中，林太太钟情于创作俳句，这是她独特的艺术表达方式，也是她与旧世界联结的方式，她创作俳句的行为在许多方面威胁到了丈夫的夫纲。诚然如此，小说结尾处对其丈夫暴怒所给出的唯一明确的原因却是要先解家庭的番茄收成之急。此外，男性亚裔移民免不了在社会中与白人打交道，他们对白人逆来顺受并遭受其对异族人士的种种歧视。在这样的语境下，亚裔女性在相对安全的、受荫庇的家庭和族裔社群中生活时，她们（尤其是母亲们）往往充当了向下一代传递原生族裔文化的传播者角色（参见格尔尼科特［Goellnicht］，1991：123；另可参见柳迫［Yanagisako］和菊村二位学者对此观点的论述）。在《中国佬》中，叙述者玛克辛的父亲在中国时曾是一位诗人学者，到美国后却沦为了“文盲”洗衣工，当母亲不断向女儿“灌输中国往事”时，父亲却变得近乎沉默、不愿多言：“没

1　译者注：关于 *China Men* 的译名，本书沿用国内学界已广泛接受的中译本《中国佬》（汤亭亭著，肖锁章译，张子清校订，南京：译林出版社，2000）的译名。本书中有关《中国佬》一书的重要人名和章节标题沿用以上中译本的译文，部分引文的译文亦参考了该译本，特此致谢。

有故事。没有过去。没有中国”（1980/1989：14）。[1]

即使亚裔试图抹杀自己的族裔历史背景，他们也未能在美国获得认同。早期亚裔移民发现他们的“存在”（presence）被合法化的歧视所抹除（例如，东方人不得在法庭上作证），同时他们的贡献也逐渐被世人所遗忘。《中国佬》中叙述者的父亲性格孤僻，预示着华裔美国男子普遍被社会刻意忽视的现象；在过去一个世纪的某些特殊时段，他们甚至被剥夺了宪法赋予美国公民的应有权利，在不公正的法律面前被迫噤声。北美地区的日裔文化传统也曾招致残酷的扭曲。珍珠港袭击事件爆发后，美国联邦调查局（FBI）和美国士兵开始搜查日

1 汤亭亭在一次采访中比较了她作品中的女性与男性角色，她表示：“我对作品角色设置的初衷是为了让女人们有回忆，而让男人们没有回忆。男人们什么都记不起来了。例如，‘我父亲’这个人物角色就没有记忆。他忙于着手建立当下的生活，以至于没有时间去延续过往”（拉比诺维茨［Rabinowitz］：180）。她在另一次采访中也曾透露，许多男人的故事“最初也是从女人那里听来的”（金惠经［Elaine Kim］，1982：208）。

女性而非男性成为了族裔文化延续的推动者，这一现象还可能根源于传统亚洲文化在性别观念上的双重标准，以及亚裔女性到达美洲的时间相对较晚等原因。汤亭亭在谈及《女勇士》中的无名姑姑时写道：“她是家中唯一的女儿，四个兄弟跟随父亲、丈夫和叔叔们一同‘外出谋生’，多年以后，他们全都变成了西方男人。……他们希望她能独自一人保持传统的生活方式，如此一来，而今生活在蛮夷之中的兄弟们便能大胆摸索有违传统的生存之道而不被乡亲们察觉。乡土观念深的妇女们身负重任，她们要在移民外涌之潮中守护着传统，等待着父兄们平安地回归家园”（8）。此外，本书中讨论的各类移民母亲——勇兰（Brave Orchid）、林太太、欧巴桑等，都是在她们丈夫来北美多年之后才到达此地，因此这些女性可能较之于其配偶而言对亚洲文化更加亲近。

译者注：汤亭亭女士母亲的本名为“英蘭”（英兰），本书将“Brave Orchid”译为“勇兰”，一来延续国内通用中译本的译法，参见本书第 6 页注释 1；二来“勇”字很好地契合了《女勇士》的文学主题、人物性格和小说书名，且“勇兰”已成为国内学界广泛接受的译名；第三，鉴于《女勇士》《中国佬》等作品糅合自传与小说特征的文类创新，译者将叙述者“Maxine”译为“玛克辛”，将作者“Maxine Hong Kingston”译为“汤亭亭”，并将玛克辛的母亲“Brave Orchid”译为“勇兰”，以区别于汤亭亭的母亲英兰。2021 年 8 月初，张敬珏教授再次通过电子邮件向汤亭亭女士确认该译名，汤女士表示认可，同时透露：她将母亲的名字译为“Brave Orchid”是因为她知道英国（Ying Kwok）的译名在她家乡方言中的意思是“勇敢的国家”（brave country）。张敬珏教授在审阅本书时强调指出：“玛克辛”与“汤亭亭”两个名字在《女勇士》全书中从未出现，文中只有叙述者“我”，意在昭明叙述者与无名姑姑之间的密切关系，从而将这位被除名的姑姑供奉为叙述者“我”叛逆精神成长的引路人。

裔美国人的家园。这些日裔不得不烧毁所有与故国相关的物件，从信件、照片到文学手稿，甚至传家宝，无一幸免。在某种程度上，正是这些遗失的文案稿件驱使着山本久枝、小川乐和汤亭亭等作家借助回忆、想象以及各处零散的记录来试图重铸北美亚裔历史。

鉴于在主流“历史”中，少数族裔的经历经常招致扭曲或完全未被记载，这三位作家比大多数女性作家和后结构主义者更有理由对承载传递客观知识的语言秉持谨慎的态度。[1] 在短篇小说《笹川原小姐的传奇》（“The Legend of Miss Sasagawara”）中，山本久枝以拘留营为背景，虚构了一个疯女人的故事作为一面“讽刺之镜”（ironic mirror），放大了蜚语、流言、中伤的阴暗后果，因为正是这些行径间接导致日裔美国人遭受不公的监禁（由根［Yogi］，1988：116）。在《欧巴桑》中，小川乐也强调了那些将监狱粉饰为“内陆住房项目”（interior housing projects）之论调的虚伪本质。汤亭亭则指出她自己接收到的信息可能存在遗漏之处，同时她的记忆也可能存在缺失或者偏差，从而强调了用语言传达现实并非易事的观点。

尽管山本久枝、小川乐和汤亭亭在各自的作品中反复渲染通过语言来传播的“真相”是多么难以捉摸，但她们的作品受到或褒或贬的评价却几乎毫无例外地来自史学的或人类学的评价标准。山本久枝的短篇小说集《十七音节及其他故事》（*Seventeen Syllables and Other Stories*）被誉为“文学时代之微缩——美国日裔历史中的私密片段”（田尻［Tajiri］：257）。《欧巴桑》的评论者们称赞该小说讲述了加拿大日裔的“真实”故事。然而，许多批评家却指责汤亭亭篡改了中国神话故事，并歪曲了美国华人的历史经历。尽管这三位作家与其他女性作家一样，对语言与传统知识（received knowledge）秉持怀疑态度，并试图唤

1 瓦莱丽·史密斯（Valerie Smith）指出，使用官方主流语言读写的能力同样也让非裔美国作家陷入危险的境地：“读写能力是社会组织和控制的工具，激励着语言学习者去尊重权威。因此，阅读和写作的能力不在于其自身能确保语言表达的自由和精确；话语的内部结构本身就体现了让其挣脱束缚的种种价值观和假设”（4）。海登·怀特（Hayden White）认为，历史本身定当被视为不同人讲述的虚构故事，由不同的言语修辞形塑而成（1978）。

起读者对其作品虚构性的关注，但评论她们作品的大多数批评家们要么视这些作品为真实映射北美亚裔现实生活的镜子，要么视之为歪曲北美亚裔历史的误导。

这些评论界的回应反映了施加在少数族裔作家身上的某些特定的负担，在此主要指北美亚裔作家。正是因为亚裔美洲人的历史经常被掩盖和被操纵，读者从而转向阅读族裔作家的作品，以寻求相关的“真实性”叙述。[1] 鉴于北美亚裔一直遭受来自社会的普遍忽视和刻板成见，加上此前北美地区缺乏在全国范围内出版作品的亚裔作家，于是，目前在文学界受到褒扬的那些亚裔作家很快便被视为其族裔群体的代言人。（有关出版业涉及的其他问题，参见布莱恩·新谷［Brian T. Niiya］和圣胡安［E. San Juan, Jr.］的论述。）

毫无疑问，这三位作家作品中的各种元素值得细细分析。三位作家都将历史资料甚至官方文件灵活地嵌入其小说或回忆录中。但同时，毋庸置疑，她们作品中的叙述都借鉴了现实世界中的真实经历。山本久枝一再谦逊地表示：“我根本没有想象力，只不过是在已经发生的或者他人转述的事情上笔墨渲染、锦上添花而已”（克罗［Crow］，1987：74）。批评家们也经常呼吁读者关注小说《欧巴桑》中的自传性或历史性细节。汤亭亭的《女勇士》更是长久以来一直被归类为自传性作品，她的《中国佬》也被视为非虚构类文学创作。（不过，古典书局［Vintage Books］现如今已在这两部书的国际版的封底上附上了“文学类读物”的标签。）

笔者无意低估上述三位作者再现现实或创造真实的能力，然而读者切不可将她们笔下修饰的过去与确切的历史混为一谈。要重获未经修饰的过去、永远不受语言干预和影响的过去，是不可能的。依照福柯所述，“原点之处总无法避免真相随后的消损，因为事物真实与话语真实相吻合的那一刹那，随着表达飞

1　有关真实性的标准所引发的问题尤以丹尼·圣地亚哥（Danny Santiago）的小说《名震全城》（*Famous All over Town*, 1983）之例最为典型。该书被认为是一部真正的奇卡诺（Chicano）小说，但实际上这部小说却是白人作家丹尼尔·詹姆斯（Daniel James）所写。而较晚近的案例则有福里斯特·卡特（Forrest Carter）的《少年小树之歌》（*The Education of Little Tree*, 1991），这本书曾一度被认为是切罗基人（Cherokee）写的自传，但其实却是“三K党恐怖分子”阿萨·厄尔·卡特（Asa Earl Carter）所著（盖茨［Gates］，1991：26）。

逝而过，被话语逐渐模糊并最终消逝”（1977：143）。《女勇士》的开篇就很好地阐明了这一观点，叙述者尝试通过想象构建几个不同版本的故事，尽力想弄清楚她的无名姑姑究竟曾遭遇了什么。但是对于语言是否中立和透明的问题，上述三位亚美作家均秉持怀疑的态度，她们改写“历史”的创作手法可同时从女性主义和福柯理论的视角来加以解读。[1]

山本久枝、汤亭亭和小川乐或含蓄或明确地质疑了恢复可信的少数族裔历史的可能性，并且她们也注意避免以一种自信满满的态度和文风来重返历史。三位作家不愿擅自以另一部独断专横的历史来取代疑点重重的官方历史，而是更愿意用寓言式或超现实主义的写作手法来弱化她们作为作者的权威。《笹川原小姐的传奇》、《中国佬》和《欧巴桑》这类作品就很好地呈现出琳达·哈琴（Linda Hutcheon）所称的“历史编纂元小说”（historiographic metafiction），其“对于人类建构历史和小说的理论自觉……是对历史之形式和内容进行反思和重构的基础”（1987：12）。[2] 历史并非被否定拒斥，而是被再认识、再关注和再呈现。拉里·麦卡弗里（Larry McCaffery）将加布里埃尔·加西亚·马尔克斯（Gabriel García Márquez）的魔幻现实主义小说《百年孤独》（*One Hundred Years of Solitude*）的特征概括为“对文学传统和模仿极限具有高度的自觉性……但依然尽力让读者对书本之外的世界产生共鸣”——或许，这一描述也适用于

1 关于女性主义与福柯理论之间的其他交汇，参见戴蒙德（Diamond）和昆比（Quinby）的论述。卡罗尔（Carroll）曾在评论文学批评中对形式主义和社会历史批评两者进行错误的二分法时，提出告诫：“一个真正具有批判性的历史回归，必须用质疑其所反对的各种形式主义之术语来质疑自身，而不是摆出一种替代各种形式主义的姿态来争夺今天的主导地位。也就是说，它必须将质疑自身作为一种……叙述形式，因为它侵蚀了‘形式’作为封闭的、完整的、自主的和自我指涉的实体概念。……从这个意义上来说，对历史进行的批判性回归是一个永无止境、难以抵达彼岸、无法实现真正回归的过程，不是因为根本没有理由，而是因为缺乏一个根本性的、决定性的理由，缺乏决定一切的理由”（66；另参见巴巴［Bhabha］、巴特勒［Butler］、兰特里夏［Lentricchia］、拉达克里希南［Radhakrishnan］）。

2 琳达·哈琴本人在详细阐释历史编纂元小说时便囊括了汤亭亭的作品《中国佬》（1987）。格尔尼科特（1989：288）和琼斯（Jones：214）也曾为小川乐的小说《欧巴桑》贴上这一文类标签。

亚美文学文本（264；转引自哈琴，1987：12）。若将这些作品解读为纯粹的模仿，便会削弱其作者创作的艺术性，也会遮蔽这些作品作为另一种“历史编纂”（historiography）的特质。

在本书中，笔者试图既分析宏观的社会历史背景，又阐释每一位作家独特的叙事策略。弗雷德里克·詹姆逊（Fredric Jameson）指出，第三世界的文本，不论它们看起来多么私人化，“必然以一种民族寓言（national allegory）的形式呈现出某种政治维度：个体命运的故事总是影射着第三世界公共的文化困境和社会困境”（1986：69）。[1] 同样，《哎咿！》的编辑们也断言：“社会历史与文学之间的区别是一个颇为棘手的问题，尤其在展现一种新兴情感的文学时，社会历史与文学之间就更难以区分了。少数族裔文学无异于社会历史”（赵健秀等：xxxv）。笔者在将历史和文化背景纳入文本分析时，试图证明这些传统的文本分类本身就是不稳定的，而本书所探讨的这些文本也刻意模糊了传统文类的分界。

尽管作家的背景对我们理解其作品至关重要，但同样重要的是，我们不能过度依赖历史背景来解读亚美文学文本，以免触犯亨利·路易斯·盖茨（Henry Louis Gates，Jr.）所说的“人类学谬误”（anthropological fallacy，1984：5）。鉴于当前的亚美文学批评研究在形式和修辞方面相对而言受到忽视，笔者决定详细阐述所选文本的叙事策略。虽然历史与文化元素在三位作家的作品中随处可见，但是，每一处都展现了作家独特的视角与创见。这就正如迈克尔·菲舍尔（Michael Fischer）所述，族裔特征也由“每一代人中的每一位个体再塑构和再阐释而成”（195）。我们断不能以历史真实性或通用的文类划分之名来束缚文学想象。笔者在一部专著中同时对长篇小说、自传、非虚构作品和短篇小说等各类异质性文本进行讨论的书写策略，恰恰反映了笔者对传统的文类划分界限之质疑。三位亚美作家在创作中将生活与艺术浑然融为一体，因而本书不仅将她们如何映射“经验”（姑且不论其映射程度之好坏）进行语境化考量，同时也在

---

1 阿罕默德（Ahmad）曾批评詹姆逊的论断强化了“第一世界”与“第三世界”之间的二元对立，而且也将归类为“第三世界”的各种文学同质化了。然而，詹姆逊有关“民族寓言”的观点为研究新兴文学（emergent literatures）提供了颇有价值的新视角。正如本书第二章所述，小说《笹川原小姐的传奇》将私人故事与公共故事几乎无缝地糅合于一体。

语境中考量与之相反的意义，即她们如何重构“现实”。

无论是通过多重再现（multiple re-presentations）的方式，抑或是通过女性主义者所称的“复写”（palimpsest）方式，山本久枝、小川乐和汤亭亭都坚持颠覆独语式单一视角所呈现的现实。她们的对话性视野（dialogic visions）根植于其同时作为女性和少数族裔的双重边缘身份。为了回应她们的双重身份背景，笔者将着重分析三种模式的“双声话语”（double-voiced discourse）所蕴含的丰富意义。首先，笔者用“双声话语”这一术语来概括三位作家规避权威叙事（authoritarian narration）的各种方法，意指“真理”与“历史”并不确定；这些方法包括少年视角与成人视角并置、新闻式叙述与诗意性叙述相嵌，以及“记忆”与“反记忆”植入等等。[1]

其次，这一术语与女性写作直接相关，女性写作常常“含沙射影”（coded，参见拉德纳和兰瑟），或者说由“显性”（dominant）和“隐匿”（muted）的故事共同组成：“当表面的、正统的情节逐渐消退，另一原本沉浸在匿名背景中的情节则像拇指印纹一样凸显出来”（肖沃尔特：34）。[2] 许多黑人女性主义者（如黑兹尔·卡比［Hazel Carby］、德博拉·麦克道尔［Deborah McDowell］、瓦莱丽·史密斯等）进一步展示了非裔美国女作家们如何利用模糊的语言传递隐秘的信息。在本书讨论的三位作家之中（她们都在某种程度上采用了编码策略［coding strategies］），山本久枝尤其钟情于设置隐匿的情节。她文本中的静默，

---

1 依笔者之见，福柯对“记忆”一词的使用是为了阐明“传统的历史”（traditional history）之概念，即知识的传播、铭记、认可和不当地拥有“真理”般的地位。与之相反，福柯使用“反记忆”一词是为了阐明“有效的历史”（effective history）之概念，它抵制官方版本的历史进程，“反对将历史作为知识”，同时揭示“知识作为视角”（knowledge as perspective）而存在的事实（1977/1980：160，156）。

2 肖沃尔特将这一现象归因于女性的文学身份，女性的文学身份往往是由占主导地位的男性文化和被遮蔽的女性文化所塑构而成，也可能与隐性的族裔文化相关。肖沃尔特的这一说法源于雪莉·阿德纳（Shirley Ardener）和埃德温·阿德纳（Edwin Ardener）在《感知女人》（*Perceiving Women*）一书中所勾勒的文化模式。其他研究过女性作家复写技巧的女性主义批评家还有米勒（1981）、吉尔伯特和古芭，以及华盛顿。由根（1988，1989）曾使用术语“被埋葬的情节”（buried plot）来描述山本久枝与山内若子（Wakako Yamauchi）两位作家作品中的平行叙事现象。

如同黑人女作家笔下的双声表达（double-voicing），与性别、文化感性（cultural sensibility）以及种族政治密切关联。

“双声话语”的第三种形式由研究多元文化文学的批评家所提出，特指那些以连字符连接其双重身份的族裔作家（hyphenated writers）身上的双重血统（dual lineage）。盖茨指出，“就非裔作家而言，其作品至少阐释了两个传统：一方面是欧洲或美国的文学传统，另一方面是相互关联却又各具特色的黑人传统之一。因此，用西方语言书写的每一部黑人文学作品的‘传统’都是一种双重的传统，似乎具有双重音调一般”（1984：4）。[1] 笔者认为，盖茨所说的“双音调”（two-toned）语言在移民后裔的写作中尤其明显，许多移民后裔不仅兼具双重文化，而且能说两种语言。鉴于此因，笔者把本书的讨论限定在第二代移民作家身上。笔者特意选定了山本久枝、小川乐和汤亭亭三位亚裔作家进行研究，是因为静默在她们的作品中既是共同的主题也是修辞策略。作为少数族裔女性，这些作家不仅遭遇北美社会的白人凝视（white gaze），也受到来自其族裔社群的凝视（communal gaze）。三位作家在宣扬言论“自由”的主流文化（仍存在着少数族裔沉默）和推崇缄默品格的少数族裔文化之间周旋，她们均各自形成迂回的文学手法，用以反映其女性的、种族的和双重文化的传统。

然而，放大北美亚裔的“双重声音”也会招致一些危险，包括诱使人们强化由来已久的东西方差异以及双重人格（dual personality）之观念。爱德华·萨义德（Edward W. Said）曾详细阐述将人们分裂为东方人和西方人这一做法的严重危害：

> 当有人使用诸如东方和西方这样的分类作为分析的起点和终点时……其结果通常是加剧两极分化的程度——东方人变得更加东方化，西方人变得更加西方化——同时，也限制了来自不同文化、传统与社会的人们之间的接触。简而言之，东方主义作为一种对外交往的思维形式，自其最初发端的

1 其他研究“连字符作家”所具有的文化二元性（cultural duality）的多族裔文学研究学者还包括贝克（Baker：1-26）、卡斯蒂略（Castillo：260-292）、金惠经（1982：23-57）、克鲁帕特（Krupat）、林肯（Lincoln，1983：24-40）、林英敏（Amy Ling）、利奥内（Lionnet）、萨尔迪瓦（Saldívar）、瓦莱丽·史密斯（13-28）和索勒斯（Sollors：249-254）。

> 近代史直到如今，始终表现出完全令人遗憾的倾向，即在任何知识领域都按照这种严格的东西方区分进行分野……将各种思想形态归类为东方的或者西方的范畴。（1979：45-46）

这种分野，一旦运用于北美亚裔身上，将对其作为美洲人的整体性和社会地位造成困扰：

> 因此，第四代、第五代和第六代亚裔－美国人仍被视为外国人，因其具有这种双重文化传统（dual heritage），或者因为双重人格概念的影响，这一概念暗指亚裔－美国人可能会人格分裂成美国人和亚洲人两部分……这种持续的内在的双重文化动因使得亚裔－美国人在他们出生的国度依然被视为异乡人。（赵健秀等：xxiv-xxv）

出于对将亚洲人视为异类的先验性观念的敏锐认知，许多亚裔美国人首先强调“亚裔－美国人”这一复合名词的右半部分（即其“美国人”的属性），进而完全去除该复合词中的连字符。汤亭亭也表达过类似的观点：“我们应该去掉‘华裔－美国人’一词中的连字符，因为连字符赋予该复合词两端相等的权重，就像连接两个名词一样……若去除了其中的连字符，‘华裔的’便是形容词，而‘美国人’则是名词；由此一来，华裔美国人便是美国人的一种类型”（1982：60）。

希冀被认可为“美国人”的强烈愿望是可以理解的，但是，这种合法性的承认不应该以牺牲其亚洲属性为代价。这一“认同美国”（to claim America）的冲动不仅导致亚洲移民与在美洲出生的亚裔之间“相互排斥”（mutual exclusion），而且也导致任何与故国相关的一切都被视作东方主义而被摒弃。[1]

---

1 霍姆（Hom，1984）曾对在美国出生的亚裔与亚洲移民之间相互鄙视之现象进行探讨，黄哲伦也在其作品《新移民》（*FOB*［Fresh off the Boat］）中将这一现象进行了戏剧化的呈现。另参见秦家骢（Frank Ching）和赵健秀的论述。《哎咿！》的编辑们认为“此时（指1974年前后），亚裔美国感性是如此脆弱，以至于在中国或日本出生的事实足以将你与美国出生的人（进而与亚裔美国人）区分开来，尽管你可能已经对亚洲的生活经历没有了丝毫记忆”（赵健秀等：ix）。也恰恰是这些编辑们正试图恢复亚洲式英雄主义传统，极力宣扬中国和日本的史诗精神；他们通过这些方式促使读者去了解塑造亚美文学的非西方经典。

无可否认，现实中人们行为差异的程度与范围远远大于“他者”刻板印象所呈现的差异，因而人们往往轻易夸大不同文化之间的分歧。尽管美洲和亚洲文化中对待言语与静默的态度截然相反，但在对比这两种文化时，直言不讳的美洲人（此处指白人或黑人）与安静少语的亚洲人或亚裔美洲人之间经常出现反差。为了避免造就“神秘莫测的东方人”（inscrutable Oriental）之印象，笔者在此必须指出，沉默寡言绝非所有亚洲人或亚裔的共同特征。在本书讨论的文本中，《女勇士》中的勇兰是位“讲古高手”（champion talker），《中国佬》中的伯公（Bak Goong）是个“话痨”（talk addict），而《欧巴桑》中的埃米莉阿姨（Aunt Emily）则是一位“言语勇士”（word-warrior）。汤亭亭的小说《孙行者》（*Tripmaster Monkey*）中的主人公——华裔美国人惠特曼·阿新（Wittman Ah Sing），堪称美国文学中最爱唠叨的人物之一。

尽管笔者对放大北美亚裔之静默的隐患报以警觉，因为这与人们的成见十分接近，但笔者亦相信更加严重的危害在于完全扭转这种刻板印象。断然否定静默会束缚亚裔美洲人的言行，也会抹去他们独特的文化传承中的某些部分。当一位采访者向小川乐问及《欧巴桑》中的“静默之语”（language of silence）时，她回应道：“并不是说这是日本人的特质，而是说……有些文化更安静，言语表达更少，这些文化也许依赖于直觉，并拥有一整套肢体语言来表达情感”（雷德考普［Redekop］：17）。

同样，笔者也无意将静默定义为亚洲人的特性，而是希望在选定的文本中探究静默的种种形式与意义，揭开刻板印象的神秘面纱，同时指出成为美国人和加拿大人的途径多种多样，并非拘泥于某种固定的形式。“亚裔美国人写了太多聚焦于同一主题的作品，即声称自己是美国人，而非亚洲人，以至于我们可能开始怀疑这是否意味着……一种试图‘数典忘祖’（hide our ancestry）的热切期盼，”金惠经反思道，“或者说，莫非这实际上是对我们边缘地位的一种宣告，抗议被主流社会定义的一种强烈表达吗？”（1987：88）。依笔者所见，若要宣告我们的边缘地位，恰恰需要我们同时立足于两种文化，这绝非“数典忘祖”之举。[1] 正如《欧巴桑》中的埃米莉阿姨所强调的，“桃太郎的故事（Momotaro，源自日本寓言）是一个加拿大的故事。我们是加拿大人……加拿大人所做的一切事情都是加拿大的”（57）。亚裔美洲人本就不必通过尽力疏远其祖先文化来证明他们是美洲人。试图通过与刻板印象中的亚洲文化背道而驰来宣告其美洲人身份的做法只会强化主流文化所制定的规范。对白人凝视过度敏感，无论是刻意反转强加于其身的定义标签，还是将这些标签下的观念吸收内化，都会导致自我的丧失。

诚然，笔者赞同《哎咿！》编辑们认为亚裔美国感性是“既非亚洲式的也非美国白人式的”（赵健秀等：xxi），但是，亚裔美国感性当然可以二者兼具。笔者对赵健秀在《大哎咿！》（*The Big Aiiieeeee!*）一书中关于亚美文学的“真”“伪”之辩以及他极其武断的划分方式尤为不喜。他认为那些受到美国文化传统影响的作品是伪亚裔文学，而忠实于“亚洲儿童文学和历史”的作品才是真正的亚裔文学（1991：9）。在对文化纯粹性的考量中，他忽略了亚美文学，甚至大多数美国少数族裔文学中最重要的特征之一：杂糅性。（汤亭亭的作品中混杂着亚洲和西方的文化经典；西方文化与东方文化也在小说《笹川原小姐的传奇》与《欧巴桑》中交相辉映。）[2]《哎咿！》编辑们在极力维护“亚裔 – 美国人的文化完

1 北美的其他少数族裔越来越倾向于维护其多样的文化传承。例如，在术语的使用上，近来人们用不带连字符的“非裔美国人 / 的”（African American）一词代替“非裔 – 美国人 / 的”（Afro-American），反映出美国黑人对其非洲血统的自豪感与日俱增。墨西哥裔美国人（Mexican Americans）称自己为奇卡诺人，同样也肯定了他们身上拥有三重文化传统。少数族裔身上背负着的历史创伤（以第二次世界大战期间北美日裔在拘留营的遭遇最为典型），是由种族、文化和政治亲缘关系等种种不公合力而致，这些历史创伤使得一些北美亚裔难以归认其原生的族裔文化传统。但是，我们也切不可将文化坚守（cultural persistence）与政治认同（political loyalty）混为一谈。

2 《哎咿！》编辑们将所谓的“伪亚裔作家”（fake authors）列入了黑名单，汤亭亭位居前列。诚然如此，短篇小说《笹川原小姐的传奇》与长篇小说《欧巴桑》的选段却被亚美文学选集《大哎咿！》收录其中（陈耀光等，1991）。可见，编辑们的文学评判标准往往超越了其意识形态标准的阈限。关于《哎咿！》编辑们或明确或含蓄地驳斥文化二元性的评论，另可参见林玉玲（Shirley Geok-lin Lim，1990）以及林英敏的论述。

整性”（Asian-American integrity）的同时，可能已经不自觉地屈服于西方的一元化自我（unitary self）的观念，从而低估了多重认知的可能性——这种认知既非精神分裂式也非一分为二式地将东方和西方划分开来，既非固守先祖文化，也非彻底融入主流社会。

三位女作家摒弃了双重人格和一元化自我的模式。她们在作品中展现的错综复杂之情感源自社会对亚裔文化规范和美国白人文化规范的多重态度，关于言语和静默的规范也位列其中。人们能轻易感受到三位作家对于北美亚裔静默的各种表现形式的敏锐洞察与同情理解、对主流话语的深刻怀疑，以及希望得到倾听与关注的迫切需求。她们自己的叙述方式调和了语言的叙事权威。她们以一种类似重铸亚洲与英美的文化传统和实践的方式，将言语与静默、叙事与缺省、自传与小说等不同元素交织在一起。这种广泛的洞察力让她们的作品展现出更具对话性的“新世界”。

为了避免二元对立，笔者对言语与静默的各种*不同*表征均予以重视。语言固然可以解放思想，但同时它也能禁锢、扭曲和控制思想，这一点如今已广为人知。笔者对亚美文学中的静默现象尤为关注，因为目前人们对静默主题的解读尚不够深入。然而笔者却无意为静默蒙上浪漫主义或异国情调的色彩，或将其置于言语的地位之上，以此来颠覆现有的等级秩序。一如语言，静默同样也有许多副丑陋的面孔。但即使是那些在笔者看来不合时宜的静默，例如，羞愧之情所引发的无言，家庭内部压制性或保护性的隐瞒，抑或官方历史中明显的疏漏（glaring oversight）等等，无不存在着各种可以被解读的隐性动机。此外，上述静默远非单纯由其亚洲特质所致，它们往往由先祖流传下来的文化观念和北美地区盛行的排外之力共同形塑而成。因此其中不乏各种主动性的静默（enabling silences），例如汤亭亭笔下的聆听，山本久枝笔下的隐瞒性告知（elliptical telling），以及最重要的，小川乐笔下那令人屏息的、对沉寂无声“精确而机警”的演绎。这些静默，完全处于被动消极的对立面，需作者与读者双方均高度机敏方能捕捉个中微妙。

在此之中，许多静默也源自跨文化的灵感。山本久枝隐晦的叙事手法不仅源于日本文学的简约风格和第二代日裔偏好间接表达等观念的熏陶，也深受现代主义文学不断践行限制性叙述视角（limited point of view）的影响。小川乐将日本文化中的“以心伝心”（attentiveness）和直觉感知（intuitive knowing）的传统与哲理沉思融为一体。因此，如果“亚洲文化”或“美洲文化”都无法代表这一确定的、同质的或独有的文化感性，那么笔者所使用的“双声表达”（亦包括静默式话语）之概念其实指的是“超越单一”的声音，而非特指“两重”声音。当多元族裔背景的美洲人着力重铸“美洲人”之传统概念用以容纳不同族裔之公民时，这种多重声音的认定方式显得尤为必要。致力于实现美洲多元文化前景的作家们正尽力为各种多元文化传统摇旗呐喊，并努力将多语言文本付诸实践。

笔者一贯坚信要孕育出充满活力和多重声音的个体是极其可能的，这与沃纳·索勒斯（Werner Sollors）推崇“文化融合”（cultural syncretism）的主张不谋而合。然而，笔者并不赞同他对“族裔视角”（ethnic perspective）的批评：

> 人们通常所说的“族裔视角”只考虑了作者的血统（*descent*），几乎全然抹杀了艺术行为的作用。……如果有的话，族裔文学史应当*增进*我们对于文化互动（cultural interplays）的理解、不同背景的作家之间的联系以及美国出现的文化融汇（cultural mergers）与分离现象。而只有当我们认识到仅以作家的族群归属作为分类标准是非常片面、短视、无效的划分方法时，上述目标才可能实现。（14-15）

笔者完全赞同“文化互动”和“文化融汇”的观念，然而在美国，一直以来思想的交流主要都是单向进行的。尽管人们始终不懈地为民主式的“求同存异”（consent）努力奔走，但是英裔美国人（Anglo-American）视角的主导地位依然岿然不动。正如越南裔美国电影导演及评论家郑明河（Trinh T. Minh-ha）所述，“文化和性的优势地位曾经一度通过直接统治的方式得以确立……而如今常常通过‘达成共识’（consent）的方式来实现”（1989：49）。主流社会的文化霸权（cultural hegemony）具有压倒性的优势地位，以至于有色人种的“局内”

（inside）观点有时也会危险地向其“局外”（outside）主流社会的观点靠近（关于这一点，笔者将在第三章中进行详细阐述）。虽然这种情况并不总会阻止少数族裔成员实现与主流对话的愿景，但它确实降低了二者之间文化互动的有效性。只有当我们不再从霸权文化特有的优势性视角来阅读文学作品，并停止为了谋求一致而减少文化多样性时，我们才能准备充分地去努力实现“种族超越”（beyond ethnicity）。[1] 诚然如此，与之背道而驰的观点和视角也不会通往真正的双向沟通。三位北美亚裔作家通过文化磋商最终确立了立场，发出了声音。非亚裔读者或许能从她们的写作中领会深意：静默亦可发出强音。

然而，《静墨流声》一书并未流于介绍北美亚裔女性诗学；笔者甚至并不提倡设立这样一个学术“领域”。亚裔美洲感性因作家的国籍、出生地、年龄、社会背景和个人禀赋而各异。因此，笔者意在表明三位作家均已形成各自独特的双文化文风（bicultural idiom），并且，我们必须摒弃“西方”视角以捕捉个中的细微差异。笔者曾在美国大学接受教育，因此也须尽力“忘却”（unlearn）某些预设性观念，以便让本人的亚洲成长经历助推自己的批判性写作，而非成为索勒斯所说的“血统决定论”（biological insiderism: 13）的例证。笔者自身的成长经历和学术背景与本书所讨论的文本语境十分契合。基因血统赋予笔者名副其实的亚裔身份，但作为来自中国香港的移民，笔者对广东文化的看法却与出生于美国的汤亭亭截然不同。此外，作为美国华裔，尽管笔者能洞悉华裔美国文化与日裔美国文化二者在语言源头上的共同之处，但却无法成为日裔文化的“局内人”。

笔者本人的背景恰恰也说明“亚裔美洲 / 国”这一术语的复杂内涵。假使如金惠经所述，该词是“由外界强加的标签，意在主要以种族而非文化作为标

---

1 正如亚伯勒（Yarborough）所述，“若非看重血统的学者们努力坚持，那些如今终于获得认可并在某种程度上受到客观对待的少数族裔文化将依旧受到忽视，甚至更糟，被人们曲解”（865）。博尔豪威尔（Boelhower）则另有他论：“为了切合本土文化的需要，族裔问题曾不断重新界定美国的官方标志，全球文化却沾沾自喜于不曾发现其内部殖民，并未意识到其自身丰富的版图构成”（83-84）。另参见沃尔德（Wald）关于“种族学校”（Ethnicity School）的评论。

准，将我们与其他美国人区分开来，并以此来界定我们的身份”（1982：xii），那么这一术语同时也为消解亚洲某些民族之间的历史纷争提供了契机。[1]步入山本久枝和小川乐笔下的虚构世界，笔者不仅“驱除”（exorcise）了自己过往经历中的幽魂（此处借用蔡增乐［Cheng Lok Chua，1981］所使用的术语），而且还认识到以往唯有分歧之处可能存在着的关联。因此，从单纯的中国人转变成为亚裔美国人，这种身份转变让笔者经历了心理上、地理上、政治上的自我重新定位。

就学术立场而言，笔者将自己置身于不同流派的女性主义者之间，女性主义者与民族主义者之间，以及族裔观念与种族观念的倡导者之间。这种中间立场源于笔者对多重理念的拥护，以及对某些学术观点深深的矛盾之情。笔者有意避开了目前在女性主义和亚美研究领域，甚至在整个学术界普遍存在的对立性话语模式（agonistic modes of discourse）。[2]笔者既不愿与任何一种思想流派结盟，也不愿将其全然排斥，因而笔者本人真实的声音可能会被视为某种逃避或妥协。但笔者相信，以会心关切与精诚合作之态度参与讨论远比固执己见或喧嚣争辩的方式更具说服力。因此，笔者选择了鼓励大家对话和讨论的话语模式，希冀人人得以侧耳倾听。

总而言之，本书的主旨有以下四个层面：（1）挑战欧洲中心论视角中有关言语与静默的观点，在笔者看来，这些观点呈现出两级化、等级化和性别化等特征，在针对亚洲人和亚裔美洲人的言语与静默之讨论中尤其如此；（2）从这三位北美亚裔女作家双声表达策略之视角出发，重新审视和应用当代女性主义理论；（3）提出有关北美亚裔文学的多元研究方法，有别于“东方－西方”分立或者“双重人格”的模式，强调协同合作之愿景；（4）通过发掘族裔作家的

---

1 亚裔将其各自的民族身份让位于集体称谓，这一行为最强烈的动机是政治性的：若非如此，他们将在美国政治舞台上更被视若无物。另可参见骆里山（Lisa Lowe）和圣胡安对“亚裔美国人”一词的局限性与可能性的论述。

2 有关女性主义内部的分野，参见赫希和凯勒（Hirsch & Keller）的论述；有关亚美文学中的性别对抗，参见张敬珏（1990b）、金惠经（1990）的论述。

多元文化传统以及个人的天资禀赋，以弥合历史决定论与形式主义之间的分歧。

诚然如此，具体的论述过程远不似上述四层主旨看起来这般松散。笔者有意避免“理论”与“文本”脱节，尽力忠实地反映每位作家各自独特的写作策略，一如芭芭拉·克莉丝蒂安（Barbara Christian）所说的“以叙事的方式……进行理论研究”（52）。此外，笔者试图让文本自发地生成理论阐释，而非套用某个包罗万象的理论去解读所有作品。同时，笔者也意识到“个体作者”（individual author）这一概念如今尚有待商榷，尤其在福柯颇有深意地发问“什么是‘作者’？”之后，罗兰·巴特（Roland Barthes）同样微言大义地给出了“作者已死”这样符合预期的答案。一位作者若要“已死”，她或他至少曾经得活过。如笔者所见，北美亚裔作家们的创作如今正绿芽始发，生机勃勃。[1]

本书三个主体章节的标题分别为“含蓄的静默”（Rhetorical Silence）、“挑衅的静默”（Provocative Silence）和“会心的静默”（Attentive Silence）。这样的设定仅仅只是出于讨论方便的权宜之策，每一章皆考察了静默的多种形式，其中某些形式与其他两章讨论的内容均有所交叠。笔者在主体章节中着力探究缄默无言（inarticulateness）的各种表现，全心倾听隐匿在作品字里行间的弦外之音。这些叙述缺省往往会弱化那些独断确信的声音，无论它们是历史的声音、官方的声音，抑或是“来自边缘的声音”（the voice in the margin）。

《含蓄的静默》一章从主题和结构两方面拓展了如今盛行的女性主义批评的疆域。在主题上，它同时关注男性压抑与女性压抑；在结构上，它展现了山本久枝故事中那些“隐匿的情节”不仅围绕着性别问题展开，同样也围绕着文化和种族问题展开。该章第一节和第二节聚焦《十七音节》和《米子的地震》这两个短篇小说，考察了两个日裔美国家庭源于外部的禁止和生发于内部的约束，呈现了山本久枝如何利用天真的叙述者（naive narrators）之口来掩饰和揭露那些令人不安的故事，借此来控诉和声讨社会文化中的陈规旧俗。第三节分析短

1 笔者对北美亚裔作家的看法类似于许多女性主义批评家对女性作家的看法。例如，米勒坚持认为这些女性作家还不具备“能潇洒地摆脱女性身份困扰的那种奢华”（1986：274），笔者认为北美亚裔作家也尚未摆脱自己的族裔身份困扰。另参见布罗兹基（Brodzki）以及申克（Schenck：288）的论述。

篇小说《笹川原小姐的传奇》，展现了作者如何构建一个“中国套匣”（Chinese box），以此连接家庭的、社群的以及政治的压迫。在此，笔者反对艺术与政治、文学与社会历史之间的严格对立。我们必须了解日裔美国拘留营的相关历史背景，并对文本进行仔细揣摩，方能层层揭秘隐藏于小说之中的真实意义，揭示山本久枝多重的“作者焦虑”。[1]

此外，有人把女性作品中的叙事空白仅仅视为她们对外部压力做出的回应，笔者对此观点保持警惕的态度。如果将威廉·福克纳（William Faulkner）、亨利·詹姆斯（Henry James）、詹姆斯·乔伊斯（James Joyce）等男性作家的作品中呈现的迂回含蓄视作技巧精湛，而将女作家作品中的同一特征归因于必要性使然，此等观点实在有失公允。在承认女性作家和少数族裔作家面临着某些特定障碍的前提下，笔者在书中分析了山本久枝是如何巧用静默所蕴含的修辞手法及说服之力的。不论她曾遭遇哪些文化的和政治的束缚，都会转化成为创作中的审美约束。同理可见，我们需将文本自身所引发的社会文化批评与作者的叙事技巧区分开来。山本久枝在作品中展现的静默艺术无疑贴切地复现了其笔下人物所遭受的压制，但切不可将二者混为一谈。我们或许会为她笔下沉默的人物角色感到遗憾，但同时也应为作者塑造的静默艺术齐声喝彩。[2]

《挑衅的静默》讨论了存在于汤亭亭作品《女勇士》和《中国佬》中的悖论：源于父母与历史的静默却极大地激发了叙述者或作者的文学创造力。由于勇兰不但禁止讲述无名姑姑的故事，而且还刻意隐瞒真相，《女勇士》的叙述者便编造了无名姑姑故事的几个不同的版本。在《中国佬》中，正是父亲的沉默寡言

1 译者注：张敬珏教授表示，已故华裔美国作家雷祖威曾认为山本久枝是最好的亚裔美国短篇小说家，本书《含蓄的静默》一章便着重探讨山本久枝及其作品。张教授从1987年开始教授山本久枝的短篇小说，多年来不断在学界推介山本的作品。2021年5月，为了纪念“亚太裔美国人传统月”（Asian American and Pacific Islander Heritage Month），谷歌涂鸦为山本久枝特别绘制了肖像并介绍其文学成就（https://www.google.com/doodles/celebrating-hisaye-yamamoto），内附为纪念山本而创建的在线展览链接，该展览图文声并茂地介绍了山本久枝的生平、家庭、创作及各种评论（https://artsandculture.google.com/story/hisaye-yamamoto-an-american-story/TgJSaqAwV3tpLA）。

2 关于作者对人物角色之静默的复现，有评论家持不同看法，参见华盛顿的评论。

促使叙述者去创构关于他的人生故事。同样，正因为美国官方文档中几乎找不到任何有关华人的历史记录，才激发了作者去创作这样一部民族史诗。在上述每一例证中，信息的缺失恰好让作者有充分的理由去进行艺术想象和文学加工，既允许作家替那些无法发声之人立言，也能颠覆父权制以及历史的正统观念。

汤亭亭看似情感横溢的文字同样也展现了“含蓄的静默”，她这两部作品都可被视为女性主义批评家所奉行的双声话语模式之不同变体。《女勇士》明确甚至尖锐地表达了作者的女性主义观点，这些观点在大多数女性小说中常常半遮半掩、若隐若现。但作者并未涉及少年叙述者如何将主流思维方式进行内化（internalization）的过程，在主流观念中，她的民族被视为异类，而她自己也被认为是愚蠢迟钝。作品通过暗示表明，那些隐蔽的种族伤害比女性压抑更难以浮出水面、为世人所知。此外，鉴于所谓的“局内人视野”可能受到外界因素的形塑和扭曲，因此叙述者所陈述的观点不应被视为对其所属文化的客观诠释。然而，读者须得关注叙述者与作者之间不一致的立场以及文本中存在的矛盾之处。例如，汤亭亭将叙述者公开谴责其母亲“讲古”（talk-story）的叙述方式化用为她自己的叙事手法。她将“中式”与“美式”教育相互映照反衬，以含蓄婉转的方式同时削弱了二者的权威。同样，她还采用女性主义策略来同时消解《中国佬》中的华人父权制和白人父权制，作品中美国华人男性移民遭受的种族主义迫害与这些华人男性对女性的传统压制有着不言而喻的相似之处。作者将种族歧视与性别歧视之泛滥等量齐观，表达了种族与性别的双重政治诉求。她扩大了女性主义的视野，囊括了那些曾在美国历史记录中失语的华人男性，但却拒绝将其女性主义关怀依附于民族主义之麾下。

《会心的静默》驳斥了那些对小川乐的小说《欧巴桑》中描绘的静默一概而论并加以抨击的评论。这种抨击性的批评趋势恰恰反映了钱德拉·塔尔佩德·莫汉蒂（Chandra Talpade Mohanty）所称的对第三世界进行的“话语殖民”（discursive colonialism），源自“将‘西方’这一概念（包括其种种复杂性及矛盾性）的隐含假设（implicit assumption）作为理论与实践的主要参照”（334）。如若忽视小说中多层次的静默，将导致小川乐细致描绘的那些差异被“殖民化”，也将导致她所谴责的文化与语言的帝国主义持续长存。非言语行为（nonverbal behavior）在这部小说中呈现的形式多种多样，各具特色，不应一概而论地被贬低为顺从屈服的表现，也不应被全数视为“以心伝心”（会心）的表现。笔者将静默区分为压抑的、禁锢的、保护的、坚忍的，以及会心的几种类型，并分别考量它们各自的价值与意义。

作为一部“历史编纂元小说”，《欧巴桑》无论在内容或形式上都在发声与沉默之间徘徊。一方面，它邀约读者即刻倾听直言不讳的政治活动家埃米莉阿姨发出的正义之声；而另一方面，也让读者倾听叙述者的监护人——伯母欧巴桑充满爱与宽恕的“秘密”之声。作品中还包含了埃米莉阿姨大量的日记和信件，直接批评加拿大政府滥用语言与政治致使日裔加拿大人遭受监禁。在埃米莉阿姨的敦促下，叙述者也尝试去记录自己的过往，但并未采用埃米莉阿姨言之凿凿的论调。主人公直美意识到，传统历史学家定义并自认为客观呈现其研究对象的叙事看似天衣无缝，实则是对历史的扭曲，因此她提供了一份删改过的回忆录作为对比——以个人的微观视角去折射其家族在第二次世界大战前后的境遇。读者不得不主动去体会其字里行间的言外之意，在各种梦境、童话、历史事件乃至“记忆碎片”（fragments of memories）之间构建联系。

山本久枝、汤亭亭和小川乐在叙事策略上存在着显著差异，但是三位作家的文学创作也有一定的关联性和共通之处。例如，她们对发声困难的共同认识，对官方记录的一致怀疑，对“历史编纂元小说”的合力建构，以及她们拥有让噤言者得以发声的相似能力。阅读她们的作品时，读者尤其要关注其口头表达与书面表达之间的倒置关系。三位女作家笔下的许多角色（或许也包括她们自己）将其无法宣之于口的观点诉诸书稿。《十七音节》中的林太太、《笹川原小姐的传奇》中的笹川原小姐，以及《女勇士》与《欧巴桑》中的叙述者们无一不在*讲述*自己的人生故事时遭遇了阻滞。然而，她们的情感都能通过书面表达的方式得以宣泄：她们无处倾诉的情感被付印成诗歌、自传或小说。作为沟通静默与言语的桥梁，这些文学文本有力地表达了：不论是在艺术还是在生活之中，静默与言语二者从来就缺一不可。

二、含蓄的静默：《十七音节》、《米子的地震》和《笹川原小姐的传奇》

在此，我所指的静默是非自然的；是那些挣扎着要形成却无法形成之物所受的非自然的阻挠。

——蒂莉·奥尔森，《静默》

Tillie Olsen, *Silences*

女作家们既乐于隐身在自己的写作中，也以此种隐藏本身为乐。作为语言领域的"梁上君子"，她们必须学会在不被人察觉的情况下进行窃取，不能假装是偷窃者，以免"暴露父亲"[1]。

——郑明河，《女人，土著，他者》

Trinh T. Minh-ha, *Woman, Native, Other*

---

1 译者注：郑明河著作原文中"暴露父亲"（exposing the father）一词来自前文引述20世纪著名女作家阿娜伊斯·宁（Anaïs Nin）的作品《日记》（*Diary*）中的一段，讲述的是叙述者"我"因展现了男性的创造性而产生罪恶感。由于"创造性似乎与女性气质格格不入"（Creation and femininity seem incompatible），因此女性必须隐藏起自己的创造性，如若女性在作品中展现了创造性，那就要为此感到羞愧。在此，"父亲"意指男性的创造性。参见郑明河（1989：19）。感谢西南大学外国语学院李芳副教授提供郑明河原文的出处，并与译者探讨译文。

面对这旗帜铺展的光彩，
我肃然起敬，喑哑无声——
　　这旗红得像太阳，
　　白得像杏花，
　　蓝得像夏日晴空。

——山本久枝，《我也生长在美国》
Hisaye Yamamoto, “Et Ego In America Vixi”

女性主义学者曾对女作家使用的各种间接表达方式进行多方讨论。例如，笔者在《绪章》中曾提及的琼·拉德纳和苏珊·兰瑟关于女性使用编码策略的研究，以及伊莲恩·肖沃尔特（Elaine Showalter）认为女性小说可以被解读为“双声话语”的观点。最近，苏珊·斯坦福·弗里德曼（Susan Stanford Friedman）提出了“心理－政治诠释学”（psycho-political hermeneutic），将女性叙事解读为“被潜抑事物的重复出现”（return of the repressed，弗洛伊德［Freud］精神分析学术语），认为这是对父权社会秩序所审查内容的一种坚持不懈、但又戴着面具的记录：“在言语与静默的辩证关系中，女性（或女性的作品）常常有意识或无意识地借助文本在揭示和隐藏禁忌之间进行妥协与伪装”（142）。[1] 这些解读策略作为分析工具非常有用，但笔者仍认为有必要超越现行的各种女性主义理论，对山本久枝小说中嵌入的多重静默进一步解读。作为第二代日裔美国女作家，山本久枝最擅长通过隐匿的情节和天真的伪装（innocent disguise）进行编码。

虽然女性主义批评家或明确或含蓄地承认，少数族裔女性可能会遭受双重压制，但她们却很少考虑言语和静默在文化表现形式上的差异。根据帕特里西娅·J. 韦策尔（Patricia J. Wetzel）的说法，某些美国语言学家（如拉科

1　琼·拉德纳和苏珊·兰瑟所提出的六种编码策略分别是挪用（appropriation）、并置（juxtaposition）、干扰（distraction）、迂回（indirection）、琐事化（trivialization）和不全（incompetence）。如前所述，由根也曾使用术语“被埋葬的情节”来描述山本久枝与山内若子两位作家作品中的平行叙事现象。

夫［Lakoff］、奥巴尔和阿特金斯［O'Barr & Atkins］）所认为的“女性的语言”（women's language）或“无力的语言”（powerless language）实际上是“日本语言文化常态”（Japanese Norm，555-558）。非言语交流和间接表达在传统的日裔美国家庭中十分普遍，至少在前两代日裔移民中如此，其文化中的沉默寡言因第二次世界大战时遭受拘禁的创伤而进一步加深（藤田：34；菊村：98；宫本［Miyamoto］，1986-1987：35；陈耀光等，1981：26）。因此，切不可将第二代日裔女作家在创作中采用静默和间接表达的手法仅仅归因于其性别因素。此外，女性主义学者往往只关注父权制下的女性沉默，却忽略了因为传统对男子气概的桎梏，男性在某种程度上也不得不压抑自己的情感。在那些将静默与刚毅紧密联系在一起的文化中，这种情况尤为常见。

山本久枝于1921年出生在加州雷东多海滩（Redondo Beach，California）的移民家庭，十几岁时就开始写作，并定期为日裔美国人的报纸撰稿。在第二次世界大战期间，她被羁押在美国亚利桑那州的波斯顿（Poston，Arizona）长达三年，在那里担任当时的拘留营报《波斯顿纪事报》（*Poston Chronicle*）的记者和专栏作家，出版了一部连载悬疑小说《死神降临波斯顿》（*Death Rides the Rails to Poston*）。第二次世界大战后，美国的反日情绪依然激昂。1949年，山本获得约翰·海·惠特尼基金会奖学金（John Hay Whitney Foundation Opportunity Fellowship），成为第二次世界大战后第一批在全国范围内获得认可的日裔美国作家之一。她的短篇小说，如《高跟鞋》（“The High-Heeled Shoes”）、《棕色房子》（“The Brown House”）和《喜歌》（“Epithalamium”）等，入选玛莎·福利（Martha Foley）的“与众不同的短篇小说”（Distinctive Short Stories）名单;《米子的地震》入选了福利主编的《1952年度最佳美国短篇小说集》（*Best American Short Stories: 1952*）。1986年，她获得了前哥伦布基金会（Before Columbus Foundation）颁发的美国图书终身成就奖（American Book Award for Lifetime Achievement）。日裔美国导演大森惠美子（Emiko Omori）将《十七音节》和《米子的地震》改编成电影《炎热夏日风》（*Hot Summer Winds*），1991年5月在美国公共广播公司（PBS）的“美国剧场”（American

Playhouse）系列节目中播出。[1]

由于博览群书且人生阅历独特，山本的写作兼具英美文学与日裔美国文学两家之长。她的双重叙述方式（以一个故事的形式来传达两个故事的内容）关涉对我们所熟知的一种叙事技巧的互文性使用，即不可靠叙述视角（unreliable point of view）。她最令人难忘的三个故事——《十七音节》、《米子的地震》和《笹川原小姐的传奇》（本章此后简称《传奇》）便同时包含了明示的和隐晦的故事情节。在前两个故事中，明示的“行为”从小姑娘的视角展开叙述；而隐晦的情节则以小姑娘的第一代日侨父母之间的冲突为着力点。在《传奇》中，不可靠叙述既是叙事策略，又具有主题意义。在用“不可靠传言”支撑故事线发展的同时，作者也将其巧妙地用作质疑谣言、质疑社会对疯癫定义的工具。山本的文字虽带有明显的现代主义文学实验中有限视角的痕迹，但她将这一方法与日裔美国人的文化语境进行完美融合却十分具有创新性。

山本的故事聚焦于移居美国的第一代日本侨民夫妇之间（参见柳迫：105，122），以及他们与第二代日裔美国孩子之间所缺乏的语言交流。第一代日侨（尤其是父亲）往往向年轻人展现其权威和保护欲，因此父母和孩子之间的交流经常受到抑制（菊村：98）。在《十七音节》和《米子的地震》中，山本通过将第二代美国日裔天真的视角与移居美国的第一代日侨含蓄的静默形成鲜明对比，构建了隐藏的故事情节，转移了人们对令人不安的信息的关注。[2] 小说之所以产生悬念，部分原因在于父母不愿向孩子们透露成年人的问题。因此，我们只有通过第二代日裔女儿们的坦诚相告，才能捕捉到成年人沉默中难以察觉的细微差别。透过小说人物的感受，我们体会到静默给人带来的痛苦和挫折；经由小说叙述，我们感知到其含蓄性修辞的力量。

---

1 关于日裔美国历史与文学之间的关系，参见金惠经（1982：122-172）；有关进一步的历史背景，参见市冈（Ichioka，1988），松本（Matsumoto）和高木（Takaki：179-229）。

2 山本的手法让人想起亨利·詹姆斯在《黛西·米勒》（*Daisy Miller*）一书中如何戏剧化地呈现新世界和旧世界之间的各种社会关系。

山本含蓄的文风也让她免遭社会和政治上的禁言消音（silencing）。正如弗里德曼所言，“文本上的抑制可以反映文化和政治上的压迫”（145；亦可参见劳特［Lauter］的论述）。在女性主义情感几乎无法表达的时代，这位第二代日裔女作家以表面单纯的风格表达了共鸣之情，这种方式将令人不安的潜文本隐藏于字里行间。我们可从她曾使用的笔名“拿破仑”（Napoleon）推断出她作为女作家的自我意识，及其对自己语言能力的认识。据说，“拿破仑”这个名字便是她在“为自己的小疯狂而道歉”（山本，1976b：128）。

少数族裔身份或许也进一步加剧了她的“作者焦虑”，在面对珍珠港事件后爆发的反日情绪时尤其如此。虽然随着战争的结束，超过11万具有日本血统的人得以摆脱监禁，但美国主流文化强加的政治和社会限制使得日裔在文本上所受的牵制远远超出了其身体上遭受的囚禁。[1] 在《传奇》中，山本巧妙地借用了一个“疯”女人的现实写照来讽刺荒唐的美国“拘禁”政策。文本中政治潜台词的隐晦程度也可能与这篇小说最早在1950年《凯尼恩评论》（*Kenyon Review*）上刊发有关，彼时距离第二次世界大战结束才五年时间。

最后，作为一个从小遵循日本礼仪长大的第二代日裔美国人，山本或许仍然受到自己族群“人际交往风格”（interpersonal style，S. 弗兰克·宫本［S. Frank Miyamoto］术语）的影响。这种风格往往不主张言语对抗和公开抗议。她本人在评论为数不多的第二代日裔美国作家时指出，“第二代日裔美国人身上的某些特质”抑制了其写作的冲动：“因为作家往往出于冲动想要传达某种愿景，却不愿承受人们对他的普遍看法。但我们第二代日裔美国人很谨慎细心，非常在乎别人对我们的看法。”（1976b：126）正如罗宾·拉科夫（Robin Lakoff）所述（也可参见斯托特：10-11），如果说美国女性接受的教育使她们在言语和写作上比男

---

1 苏珊·施威克（Susan Schweik：89）在探讨另一位第二代日裔作家末本登代（Toyo Suyemoto）的作品时，曾对这种“社会文本约束”（sociotextual constraint，从安·罗萨琳德·琼斯［Ann Rosalind Jones］处借用的术语）进行了有力的辩护。拘留营的出版物在当时受到美国当局的严格审查，然而，许多日裔美国人在战争结束后仍然继续进行自我审查。山本采用天真的叙述者视角也可被视为一种“天真的伪装”，它使人们的注意力偏离于作者的自我本身。

性更加彬彬有礼，那么对日裔美国女性而言，她们身上的含蓄矜持则被另一种传统中的文化礼仪所强化，因此更倾向于谨慎地表达自我——至少表面上是这样的。

然而，在任何既定的文化中，人类行为的实际范围都远远超越其所设定的框架。在讨论日裔美国人的礼仪时，笔者可能会有强化“神秘莫测的东方人”的刻板印象之嫌，模糊了日本人和日裔美国人之间的区别。然而，笔者的意图正好与之相反：想通过阐明而非否认日本人对非语言或间接交流的偏好来打破这种刻板印象，并强调祖先文化和族裔文化（尤其是在前两代）之间确实存在延续——尽管区分日本人和日裔美国人也很重要。[1]

对于文化影响的问题，山本间接回应道：“因为我和大多数第二代日裔美国人的成长经历一样，生活环境中有着日本人‘忍耐’（*gaman*）和‘客气’（*enryo*）的思想，还有整个日式的礼仪体制，我想我的写作受到了这些行为模式的影响——若不是这样的话，那也太奇怪了。”（引自山本久枝 1988 年 6 月写给笔者的书信，引用已获允许）[2]“客气”和“忍耐”是日语中与举止得当相关的术语。孩子们自幼就耳濡目染了日本家庭世代流传的与 *enryo* 有关的规则（通常译为“敬意”[deference]、“矜持”[reserve] 或“羞怯”[diffidence]）：“孩子们很快便学会了缄默、谦逊、迂回和谦卑的重要性，他们会因自夸、好斗、喧闹和自我中心等行为而受惩罚”（菊村和北野 [Kikumura & Kitano]: 54）。在日本下属与上级或日裔美国人与白人之间的互动中，“*enryo* 的主要表现之一就是有意识

1 西尔维娅·柳迫淳子（Sylvia Junko Yanagisako）评论说：“美国的日裔家庭是通过第一代居美日侨的婚姻形成的，与此同时，他们在日本的家庭关系也被转移到美国。第一代日侨的婚姻从一开始就深深地扎根于跨越国界的家庭之中，而不是脱离日本家庭、孤立地建立起第一代日裔美国家庭”（29）。

2 山本在 1979 年 4 月也作了类似的披露：“我敢肯定，自我父母将日本传统从日本带过来以后，它便对我的写作产生了很大的影响，他们怎么可能不把它传给我们呢？我甚至想知道，如果没有这个传统，我是否还会成为一个作家，因为我的大部分故事似乎都是在讲日本传统与美国经历之间的互动。即使可能会带着偏见去看待美国经历，我也很高兴自己能有机会用英文交流，这让我感到自己真切地活在此时此地”（转引自麦克唐纳和纽曼 [McDonald & Newman]: 23）。

地使用静默作为对尴尬或模棱两可情况的安全或中立的回应”（53）。*gaman* 的意思是“内化……及抑制愤怒和情绪”（北野［Kitano］：136），它与顽强的毅力联系在一起：“移居美国的第一代日本侨民的忍受能力（不惜一切代价地坚持下去）常常让他们得以度过那些艰难、失望和孤独的岁月”（菊村和北野：55）。

山本将文化戒律（cultural precepts）转化为文学游戏（literary gambits），并将社会仪式转化为一种微妙的修辞。例如，她战略性地使用了社会学家斯坦福·莱曼（Stanford Lyman）所指的一种特定的会话技巧：

> 直言不讳在第二代日裔美国人中并非美德。……就像他们在日本的祖先一样，在第二代日裔美国人中，谈话的要点并不会被立即触及。……事实上，第二代日裔美国人之间的谈话几乎总包含人与人之间信息游戏的元素，通过彼此之间的神秘化来保持礼仪。倾听者有责任确定他所听到的言语的语境，并根据他对言说者的了解来推导出信息的重要程度。（1971：53）[1]

《十七音节》、《米子的地震》和《传奇》都邀引我们对故事讲述者表面上随意的言论进行解码。在前两个故事中，叙述者都向我们倾诉了故事中的年轻主角最关心的事情，即在构成显性情节事件的同时观察并对比其家人的“日常生活”。然而，故事的字里行间却隐藏着一条暗线，集中在孩子父母的身上，并通过他们压抑的情绪将我们牢牢抓住。《传奇》汇集了大量关于女主人公的消息，每个人都认为她疯了。然而，到了故事最后，我们得到了更多的信息，这些信息既挑战了大众的阐释，也挑战了我们自己的阐释。读者需要自己努力探寻出故事的“重点”。

女性主义批评家多倾向于将女作家的间接表达视为回避男性凝视

1 莱曼的文章引起了相当大的争论。S. 弗兰克·宫本基本同意莱曼对第二代日裔美国人交际风格的描述，他指责莱曼将这种风格描述为“消极的”（1986-1987：40），而莱曼却强烈否认了这一指控（参见莱曼，1988a，1988b；宫本，1988）。日本当代女作家津岛佑子（Yuko Tsushima）很好地阐释了日本文化中缄默存在的原因之一：“静默是必不可少的。只要我们保持沉默，从而避免干扰，我们就有可能随时恢复沟通”（43）。

（masculine gaze）的手段。对于山本而言，文化导向（cultural orientations）和受白人凝视的压迫感同样具有决定性作用。然而，与那些认为言语克制必然是社会限制造成的障碍的批评者不同，笔者认为它本身就是一种多功能的策略。[1] 山本的风格或许反映了她写作时特定的外部制约因素，但她的故事会因其不言而喻与间接表达而更加扣人心弦。

《十七音节》

《十七音节》的开篇部分看似轻快而又直白：

> 罗茜（Rosie）第一次得知母亲开始写诗是在某个晚上，当时母亲刚做完一首诗，便大声朗读出来，想得到女儿的认可。那是一首关于猫的诗，罗茜假装完全听懂了，赞叹不已，或许是因为她不愿让母亲对自己的日语水平感到幻灭，毕竟她每周六都在上日语学校……尽管如此，母亲想必对罗茜理解日语诗文的深度表示怀疑，随后她便向女儿解释了自己在写一种什么体裁的诗。（8）

小说甫一开始，我们就见证和参与了一场“信息游戏”。这位母亲新爱好的轶事向我们展现了小说的主题和间接迂回的叙事技巧。母亲和女儿是有分寸的、闪烁其词的：她们不承认，也避免去面对沟通问题。罗茜隐瞒了自己日语知识的匮乏；母亲则为了不让女儿难堪而不去质疑她对日语诗文的理解程度。

作者也间接地向我们展现了女儿的印象，同时让我们揣摩母亲不为人知的想法。我们知道，尽管罗茜对母亲的文学创作反应热烈，说“是的，是的，我明白”和“多么美妙啊”（8），但实际上她是在假装欣赏母亲的诗文，以此掩饰

---

1 在对编码策略进行了富有启发性的讨论之后，琼·拉德纳和苏珊·兰瑟得出结论：“编码的必要性必须始终意味着一种不完整的自由”（423）。相比之下，耶格尔敦促评论家们将女性写作视为一处“游戏”（play）的场所（37）。山本小说中的“信息游戏”（information game）无疑具有某种嬉戏特质，往往掩盖了其潜藏的悲剧，这可能源于她对悬疑事物的爱好（毕竟，她曾是《波斯顿纪事报》中连载悬疑小说的作者）。

自己的语言缺陷。她曾读过一首用英语写的俳句，想和母亲分享，但又觉得翻译起来太艰辛：“用‘是的，是的’来敷衍就要容易得多”（9）。相比之下，母亲的思索只是以推测性的词语呈现出来。我们得知，母亲“想必对罗茜理解日语诗文的深度表示怀疑”，于是她继续创作，“要么感到心满意足，要么看穿女儿的谎言而放弃”（8）。与女儿罗茜一样，作为读者的我们也感知到虚拟语气词“想必是”（must have been）和短语“要么……要么……”（either... or）所隐含的不确定性。然而，女儿的窘迫促使我们想象母亲类似的困境：罗茜无法与母亲分享自己所读的英语书籍，同样，更让母亲沮丧的是她无法与女儿分享自己所写的日语诗文。母亲的创作活动在很大程度上必然是“孤军奋战”，因为她既不能和女儿也不能和丈夫讨论俳句创作。在整个故事中，罗茜直截了当的回应与母亲深藏不露的情感形成了间接的类比。

女儿当下的视角和母亲遥远的视角一道启动了故事的两个平行情节。一个情节讲述了罗茜的青少年经历，特别是初尝禁果时的快乐和担忧。另一个情节描述的是母亲越来越强烈地想要创作和探讨俳句——这种冲动几乎和性冲动一样让她难以抑制。我们从一开始就知道，这位母亲已化名为梅园（Ume Hanazono），成了一家日裔美国报刊俳句专栏“奢侈的撰稿人”（extravagant contributor，9）。叙述者的语调展现了女儿明朗欢愉的气质，疏缓了悬置情节（suspended plot）的凝重性。（罗茜轻快的话语和叙述者话语之间的距离很小。）罗茜以超然的旁观者的态度来看待母亲的新爱好，饶有兴致却并不激动：

> 于是，罗茜和父亲便与两个女人共同生活了一段时间，一个是她的母亲，另一个便是梅园。母亲（真名叫林登米［Tome Hayashi］）负责打扫房屋、做饭、洗衣，和丈夫一道……在闷热的地里摘番茄……梅园在打理完晚餐的家务后便焕发了活力，她变成了一个认真专注的、嘴里咕咕哝哝的陌生人，常常对别人的搭话心不在焉，在客厅的桌前忙到深夜。她用铅笔在草稿本上写写画画，或者用粗粗的淡绿色帕克笔在上好的纸张上仔细地誊写文字。（9）

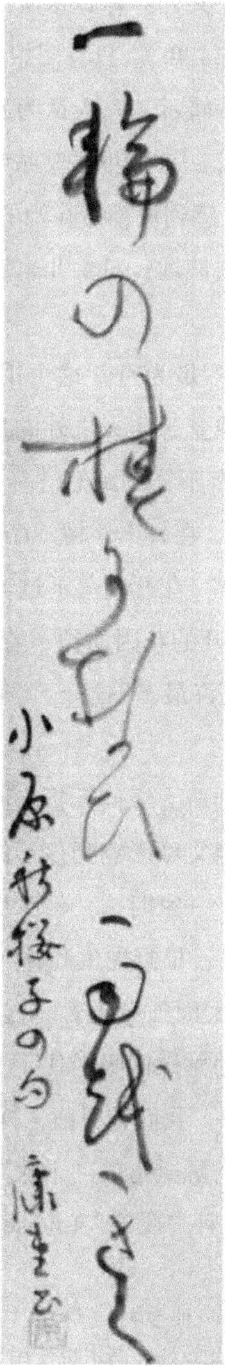

日本俳句一首

林登米和梅园看似能够和平共处：林登米所做的大量家务和田地工作并未影响梅园的写作（参见奥尔森：34-40）。只有回想起来时，我们才会留意文中种种影射的话。形容词“奢侈的”暗示：家人认为她的诗稿是种奢侈品，与“闷热的地里”急需的劳作格格不入。[1]“嘴里咕咕哝哝的陌生人”意味着母亲的诗歌创作让父亲和女儿感到陌生，感到被排斥在她的艺术活动之外。对丈夫而言，妻子的诗歌与他的日常烦恼相去甚远；对女儿来说，母亲的喃喃自语听起来很陌生。

尽管日本诗人取笔名的事不足为奇，这个情节仍然体现了林太太分裂的人格：只有当她认为自己拥有独立于丈夫之外的身份时，她才进行写作。具有讽刺性的是，这个笔名本身带有不祥的寓意。泽诺比娅·巴克斯特·米斯特里（Zenobia Baxter Mistri）曾评论：“在日本，梅（*Ume*）树的花期短，可谓‘红颜薄命’，早春始绽放，晚春果凋零，花开花落不过一季。*Hanazono* 意指‘花园’”（198）。这棵被用作笔名的树所开的花因而预示着梅园的“寿命”，正如我们被告知的那样，它“非常短暂，也许最多不过三个月”（9）；因此，梅园的写作生涯也仿若电光朝露。

读者既想知道这位母亲的创造力缘何夭折，同时又想知道罗茜青春期的困惑。在《十七音节》中，唯有当父母影响到孩子的生活时他们才会被提及。例如，当林家拜访早野（Hayano）一家时，一件少女的新外套便成为纷扰视线的焦点。成人们显然都成为了背景：早野先生和林太太在讨论俳句，林先生（Mr. Hayashi）在翻阅杂志，早野太太则独自坐着。这天夜晚对罗茜来说有些平淡，随后她就被早野家那几个同龄的姑娘们吸引住了。于是，当林先生不向妻子或主人家打一声招呼就突然离开时，我们和罗茜一样感到困惑不解。

这段插曲例证了拉德纳和兰瑟所指的“干扰”的编码策略——对“女性主义信息”的压制，“通过制造某种‘噪音’（noise）、干扰或晦涩的语言使信息

1　笔者受益于黄秀玲 (1988) 对另一种乡村语境中“奢侈”（extravagance）与“必要”（necessity）互不相容的分析，特此致谢。高木也使用这些术语来讨论亚裔美国人的移民问题。

只能被侧耳倾听的人听到，其他人则无法获取”（417-418）。此处的“噪音”是姑娘们因为新衣服而大呼小叫，这是一种正常的女性关注，与林太太“不正常”的全心痴迷形成了不言而喻的反差。可见，林太太醉心于讨论俳句的行为惹得丈夫极为不快。

不同于其他作者试图在尽可能短的时间内设置悬念，山本用看似无关紧要的细节转移了我们的视线，随后用突如其来的张力牢牢地抓住了我们的注意力。年轻姑娘们因为新外套而欢闹不已，林先生心中的怒火却不断沸腾（于是他突然起身离去），这让我们大感意外。林太太自己也吓了一跳。但她既为丈夫的唐突失礼向早野一家道歉，又在追上丈夫后为自己辩解：“你知道，我一谈起俳句就控制不住了……我都忘了时间了”（11-12）。由此可见，我们无法了解林家这对夫妇内心的想法。一个什么也不说，另一个出言安抚也不过是敷衍其词。

然而，作者通过女儿的反应牵引着我们读者的反应。罗茜看着父母，感到“对他俩突如其来的憎恨——因为母亲低声下气的恳求，以及父亲拒人千里之外的决绝”（12）。山本暗示，像罗茜这样无法表达的情感也潜藏在母亲心里，而父亲的沉默并不减弱其家庭地位。再者，当罗茜怒气冲冲地幻想着一场车祸留下“三具扭曲、流血的尸体，其中一具便是她自己”时（12），我们眼睁睁地看着她父母之间发生摩擦，这场冲突最终演变成真正的暴力行为，三人的生命确实在此陷入了漩涡。尽管罗茜当时内心感到不安，表面却不动声色。就像她的父母在孩子面前克制着不说出内心的想法一样，她也学会了控制自己的情绪。

作者也没有自行披露小说人物的内心世界。父母之间的摩擦刚一出现，就被孩子的冒险行径抢了风头。接下来的两节内容几乎完全集中在罗茜与异性的初次亲密接触上。在罗茜与吉泽斯·卡拉斯科（Jesus Carrasco，为她家干活的一对墨西哥夫妇的儿子）会面时，她难抑如痴如醉之情：“当吉泽斯吻上她时，罗茜第一次沦陷在难以言表的幸福与惘然之中”（14）。作者在此处采用了“并置”（juxtaposition）的编码策略：“在一种环境中似乎毫不含糊的一件事可能会在另一种环境中引发争议”（拉德纳和兰瑟：416）。年轻人的相遇本身预示着爱情的开始，但如果我们对照父母那条情节线来看的话，罗茜含苞欲放的浪漫故事便是不祥之兆，甚至是命中注定的，预示着母亲沦陷在难以言表的处境中的那一刻终将到来。

罗茜在经历了新的情感体验后回到家，发现母亲正在和亲戚们谈论一场俳句比赛。她去澡堂时遇到父亲，父亲对她冷言冷语。她以为父亲的言语粗暴是针对她的。我们推测，父亲的怒气是因母亲对俳句的持续兴趣所致。不过，鉴于罗茜是我们信息的来源，我们尚无从知晓父亲内心的不满究竟到达了什么程度。女儿和母亲很少关注林先生的喜怒哀乐，因为她们都专注于自我发现，或沉迷于爱情，或醉心于艺术。

这两条平行的情节线终于在小说的最后一节得以交汇。罗茜在学校里想着吉泽斯，感觉“时而沉甸甸时而轻飘飘”（15）。父亲来接她时告诉她，他们一回到家她就得帮忙分拣番茄：“天气这样热对它们没什么好处，我们今天没时间休息了”（15）。这是林先生唯一一次说了不止一句话。他的话尽管平淡无奇，但却一语成谶。因为紧急的番茄采摘工作被黑田先生（Mr. Kuroda）的到来打断了。黑田是一名报纸编辑，他来告知罗茜的母亲她在最近一次俳句比赛中得了头奖，并给她带来了奖品——安藤广重[1]“用精致的速写勾勒的”一幅版画（17）。当林太太邀请黑田进屋喝茶时，罗茜的父亲第一次直言不讳地评论妻子，或者更确切地说，是评论妻子的艺术热情：“哈，你妈妈疯了吧！”（17）。他随即便叫女儿罗茜进屋去提醒妻子关于采摘番茄的事。罗茜发现母亲正专注地倾听黑山编辑对俳句诗学的阐述，于是传达完父亲的指令便回到地里，和他一道默默地劳作。“但是突然间，父亲发出了一种令人难以置信的声音，就像软木瓶塞砰的一声响一样，罗茜接着便意识到父亲正怒气冲冲地朝屋子走去”（17）。

至此，小说悄无声息的情节也“像软木瓶塞砰的一声响一样”，在令人痛苦的顿悟中爆发：

---

1 译者注：安藤广重（Ando Hiroshige，1797—1858），1832 年改名为歌川广重，日本著名浮世绘画家，师从浮世绘大师歌川丰广，与喜多川歌麿、葛饰北斋齐名。浮世绘一般专指彩色印刷或手绘的木版画，日语称之为锦绘。广重是高产的画家，他的创作受到西方印象派和后印象派的影响。其风景画系列《东海道五十三次》确立了他在浮世绘画界的地位。

很快，黑田先生便一个人出来了……接着，她父亲也出现了，也是一个人，胳膊里抱着什么东西（她意识到正是那幅版画），向澡堂的柴火堆走去。他把画扔在地上，抡起斧头，把画、玻璃镜框和所有的东西都砸碎了（她隐隐约约听到了破碎声），然后把手伸向用来引火洗澡的煤油，把它倒在那些破碎物上。我是在做梦吧，罗茜自言自语地说，我一定是在做梦，可她父亲在确认自己的焚化行为不可挽救后，便又回到了地里。（18）

罗茜冲到屋里，发现母亲透过窗户注视着那堆火，显得“非常平静”（18）。令人恐惧的平静揭示了她痛苦的深处；被点着的版画意味着她的怒火与绝望一同焚烧殆尽。“焚化”（cremation）这个词将物和人联系在一起：艺术品被焚烧映照着母亲艺术生涯的终结。我们现在明白了为什么母亲作为诗人的“寿命”如此之短。为了使故事中主要人物之间的对话尽量简洁，故事的高潮没有设置在话语的对峙中，而在毁灭性的行动中：读者和罗茜母女一样，被迫惊恐地凝视着这暴力的一幕。这样的场面比愤怒的尖叫或者哀号更能有效地表达丈夫的愤怒和妻子的悲哀。[1]

两条情节线巧妙地合为一体。起初，母亲和女儿的生命沿着各自不同的轨道运行，但当她们一起看着渐渐熄灭的火焰时，两人的人生便交织在一起。还在因初吻而内心悸动的罗茜必须直视母亲引以为戒的婚姻，并通过林太太的事后之见来重新审视她浪漫的青少年世界。当母亲问道：“你知道我为什么嫁给你父亲吗?”，罗西害怕听到答案，预感她的“*倾诉*将与这个炎热午后的暴力行为一起，把她的生活、她的世界夷为平地”（18；斜体着重部分为笔者所标）。在此之前，这位母亲曾隐瞒过自己不幸的往事；而此时此刻，母亲与女儿的角色互换：女儿希望得到保护，从而免受真相被揭露以及随之而来的精神幻灭。然而，母亲的倾诉却绵绵不绝。她不再将自己的私人想法浓缩成“俳句”，而是滔滔不绝地把自己的隐秘往事透露给女儿这位不太情愿的倾听者。她的喋喋不休，

1　焚烧（incineration）事件让人想起第一代居美日侨令人心酸的叙述（参见，曾根［Sone］：155-156，内田［Uchida］：63），他们在珍珠港事件后焚烧或丢弃了与原籍国（country of origin）有关的一切东西，以免被战时安置当局（War Relocation Authority）怀疑。

和父亲莽撞的行为一样让人措手不及。母亲的故事（无论是从人物的角度还是作者的角度）所呈现的情感克制和语言克制都被彻底打破，让罗茜和读者都大吃一惊。

林太太的自白将她的心病追溯到一段可怕的浪漫故事中，并为罗茜敲响了警钟。她年轻时曾在日本生活，未婚先孕。只因二人社会地位悬殊（这一因素在罗茜和吉泽斯之间也同样存在，因为吉泽斯的父母在为林家干活），她不能嫁给自己的爱人。随后，她遭到家人唾弃，为了活下去，便嫁给了林先生。要不是因为流产，她的那个孩子该满十七岁了。数字“十七”将过去和现在的不幸联结在一起。母亲可能是想把她的悲伤凝结到夜间涂涂写写的创作中，但她的艺术——用十七音节写成的诗歌——却注定要夭折。

母亲的遗憾与女儿的梦想和愿望背道而驰。她们对抗的情绪巧妙地叠加在故事戏剧性的结尾中：

> 突然，母亲跪在地上，握住她的手腕。“罗茜，”母亲急切地说，“答应我，你永远不要结婚！”罗茜凝视着母亲的脸：比起那段被揭露的往事，母亲恳切的请求更让她感到震惊。天哪，天哪，她心里默默地喊道，不知是在求助于卡拉斯科家的儿子，还是在祈求上苍的帮助，直到她甜蜜地回忆起吉泽斯的手：它如何抚摸她，以及它抚摸过的地方。母亲仍在等待回复，紧紧抓住她的手腕，弄得她的手都麻木了。罗茜试图挣脱。答应我，母亲狠狠地低声说，答应我。好的，好的，我保证，罗茜回应道。但刹那间，她便转过身去，母亲听到那似曾相识的随口敷衍，立刻放开了她。哦，你，你，你，母亲的眼睛和扭曲的嘴似乎都在嘟囔着，你这傻瓜。罗茜掩着脸，终于哭了起来，可母亲的拥抱和安慰之手来得比她预想的要晚得多。（19）

这一段描写充分运用了双重叙事（double-tells）策略。鉴于日本人认为婚姻是“义理”（*giri*，即对他人的义务）[1]，是“人生过程中的自然阶段”（柳迫：95），罗茜母亲的要求则是“非自然的”，从而突显出她对男人的彻底幻灭。被爱人抛

1　译者注：*giri* 在日语中写作ぎり，即“義理（义理）”，主要有以下几种意思：1）礼节、情义；2）道理、缘由；3）亲戚关系；4）说话的意义。此处为“礼节、情义、义务”之意。

弃、受丈夫压制的林太太试图阻止女儿遭遇同样的命运。然而，奇怪的是，她突然跪在地上，焦急地紧抓着女儿，反复要求女儿做出“承诺”。她的跪姿和手势乃是一个热情的求婚者恳切相求时的情状，颇具讽刺意味。

我们猜测这种讽刺性的对应也闪过女儿的脑际。虽然罗茜对母亲的呼吁并非充耳不闻，但就在林太太恳求她终身不婚的这一刻，她陷入了浪漫的幻想之中。她对这一要求的反应可以用言语表达，让她回想起最近的性觉醒。“天哪”，既是一种自发的感叹，也是对朋友吉泽斯的一种召唤，他那撩人心弦的紧握与林太太牢牢的紧抓形成鲜明的反差。罗茜的回答“好的，好的”不仅让人回想起故事开头时她假装读懂俳句时的双重肯定[1]，更让人想起她与吉泽斯的约会：“当他握住她的手时，她无法说出抗拒的话；她的词汇贫乏得让人感到不安……仅剩的只有嗯，不要，哦，甚至这些简单的词也很难说出口”（14）。肯定的回答更类似于求婚的场景：这是许多求婚者都希望听到的答案，也是许多恋爱中的女人都表达过的回应（参见《尤利西斯》[*Ulysses*] 结尾处莫莉·布卢姆 [Molly Bloom] 那句著名的回应[2]）。在此，这肯定的回答其实只是空洞的默许：母亲强问，女儿不情愿地回应。作为反对婚姻的恳切请求和对求婚之举的嘲弄，这段文字将林太太愤世嫉俗的智慧与罗茜越挫越勇的希望针锋相对。

罗茜终于走出了童年往事。现在要她说出“是的，是的”（起初她常常这么敷衍地说着，以掩饰自己语言能力的不足）这几个音节可谓困难重重：我们只需要对比第一段与最后一段相同答案背后的情绪，就可以判断她的变化。虽然她“那似曾相识的随口敷衍”和林太太暂且的退让令人回想起故事的开头（母亲认为罗茜当时太年轻，无法理解日本诗学的错综复杂），母亲未说出口的责备意味着她现在要求女儿面对生活中的种种困惑。故事开头少女无忧无虑的叙述终究是染上了成年人的愁绪。

1　译者注：此处所指罗茜两次回答的英文原文都是“Yes, yes”，根据上下文分别译为“是的，是的”和“好的，好的”。

2　译者注：《尤利西斯》结尾处莫莉·布卢姆那段著名的无标点独白的最后一句是“于是我说 好的 我愿意 好的”，原文为：“and yes I said yes I will Yes”。

通过山本的创作“手”法，林太太的痛苦和罗茜的转变都在故事结尾的轻描淡写中体现无遗。这些可触的意象——“母亲的拥抱和安慰之手”——再次让罗茜想起了自己与吉泽斯的相遇，但于此时此刻却诉说着更多的情绪。沮丧的母亲对罗茜敷衍的回答感到不快，不能马上拥抱和安慰哭泣的女儿。但是，正如斯坦·由根（Stan Yogi）所述，延迟的拥抱也“暗示了林太太现在期望女儿成熟起来，因为她已经开始体会成年人生活的兴奋、痛苦和失望”（1989: 174）。故事的结局和整篇小说的主旨都通过双重叙述和非言语交流的戏剧化呈现得以实现。

《米子的地震》

同样，《米子的地震》也巧妙地使用了平行叙事，调动起我们的侦探官能。小说的显性情节讲述了一个年轻女孩对一个农场工的迷恋。隐秘的情节则暗示了她母亲与同一个男人也有私情。但是，不同于《十七音节》中随着故事发展逐渐浮出水面的隐性情节线，《米子的地震》中的第二情节线一直被完全掩盖。作为读者，我们通过十岁的主人公细梅米子（Yoneko Hosoume）的眼睛来看待这个故事，因此，第三人称有限视角使得这种情节的不透明成为可能。叙述者可以通过模仿孩子率性而为的言行方式，不时抛出故事线，就好像它们是离题闲话。例如，在看似琐碎的开篇轶事中，米子的弟弟成五（Seigo）把姐姐的祈祷姿态误认为是悲伤的表现，这提醒我们，孩子的感觉往往与事实真相相去甚远。就像成五误解了姐姐的祈祷姿态一样，米子也误解了成年人们的行动。

读者如想筛选和组合每一个隐藏的情节，就必须留心每一处暗示和沉默。通过米子对母亲和马普（Marpo，在米子家劳作的菲律宾农场工）的评价，我们了解到这两个成年人都非常具有吸引力。显然，细梅太太（Mrs. Hosoume）是一位罕见的美人：“当米子更年幼些的时候……她常常被母亲的外表深深地打动，甚至俯身跪着，默默地把母亲的双腿搂在怀里……她还记得有一次听到有人把母亲比作‘挂着露水、含苞待放的玫瑰花蕾’”（53）。除了女儿，魅力十足的细梅太太肯定还有其他爱慕者。米子也崇拜马普，详细列举了他作为农场工、运动员、音乐家、艺术家和无线电技术员等所具有的多项才华和成就。这样一个多才多艺的男人，不仅对小米子，而且对比她年长的女性来说，都是不可抗拒的。我们从没见过细梅太太和马普单独待在一起，或是听到他们评论彼此，但通过米子对他们的崇拜之情，便可推断出这两个成年人相互吸引的可能性。他们之间的婚外情想必是在一次地震期间开始发展起来的。当时，细梅先生（Mr. Hosoume）在一次车祸中受了伤，造成了阳痿。

无论是婚外情还是细梅先生的阳痿，在故事中都没有明显表现出来；成年人世界里的性驱动力是米子所无法理解的。对于米子而言，地震最大的后果便是让她失去信心：当她虔诚的祈祷似乎没有受到重视时，她的信念就极大地动摇了。由于她反应强烈，全家人把这场灾难称为“米子的地震”。

这个故事的叙述视角和标题引领我们去关注那次地震及其对米子的影响。直到最后，我们才发现这场地震也给米子的父母和马普带来了身体上和情感上的余震。细梅先生自事故发生以来，一直被困在家里，无法耕种，而马普和细梅太太一起在地里干活，给细梅先生当跑腿。细梅太太给了米子一枚对她来说太大的戒指，说道：“如果你父亲问你这是从哪里得来的，就说是你在街上捡到的”（52）。这时，我们才第一次感受到细梅太太与马普之间的亲密关系。另一个暗示来自米子的父母为米子是否能涂指甲油而争吵的事件。马普曾是个“相当害羞的年轻人，在细梅夫妇面前温顺而少语”（49）。当细梅先生扇打妻子的脸时，马普立刻挺身而出，提醒他的老板孩子们还在场。马普的挺身而出不仅意味着父亲般的关怀，也意味着英雄救美的骑士精神。

对于接下来的关键事件，我们只能通过天真的叙述者所提供的细枝末节管中窥豹。有一天，马普突然消失了，“甚至没向米子和成五道别”（54）。就在那天，细梅一家去了城里，这与他们平时工作日的生活习惯截然不同。细梅先生以最快的速度开着车，撞上了一头牧羊犬：“汽车因撞击而猛烈地摇晃着，但细梅先生却没停下来，继续向前开”（54）。他们在一家医院前停下后，孩子们被要求在车里等候。过了很长一段时间，父母才回来。母亲看起来“很是痛苦不堪”，她说这是因为刚刚经历了“必需的止血治疗”（54）。父亲则告诫孩子们要对这次出行守口如瓶。

小说《米子的地震》中没有发生类似林先生焚烧获奖画的激烈场景，但对去医院事件的描述反映了米子父母内心秘而不宣的烦乱焦灼。父亲毫不迟疑地把牧羊犬压死，表明他对马普和细梅太太之间的关系愤怒不已，并对即将在医院被清理掉的生命漠不关心。相比之下，米子对被撞的动物默默的怜悯折射了母亲不可言喻的悲痛，因为牧羊犬的命运预示着她那未曾临世的孩子的命运。与焚烧版画的场景相似，极端的情绪通过简约的语言来传达：我们只得于无声处听惊雷。

众人对“怀孕”事件保持的沉默，直至小说的结尾都始终未被打破。米子从未听说过那次堕胎事件；也不曾将马普的离开与去医院的事件联系起来。罗茜过于沉迷于自己的浪漫情感中，因此没有注意到父母之间的不和谐；米子也像罗茜一样，因为马普的“突然离弃”（55）而倍受伤害，因此不曾察觉母亲的孤独。只有在成五突然因病去世后，米子才看到母亲“自那以后肿了几个星期的眼睛”，似乎“伤心欲绝”（55）。米子将母亲的痛苦归因于成五之死，但作者也暗示了其他原因。米子对马普的愤怒（对此，小说中的其他人物无从得知，但读者却是知情的）折射出母亲无尽的悔恨，她现在不是为一条生命，而是为两条生命而哀悼，也许还为她那离去的情人而哀悼。

最后，细梅太太试图解释这两个早逝的生命之间的因果关系，从而给米子上了一课，但她那晦涩难懂的道德观却无法让女儿理解：

> “千万不要杀人，米子，因为如果你杀了人，上苍便会从你身边夺走你所爱的人。”
>
> “哦，那个，”米子马上回复道，“我不信，我不相信这一套。”……她曾一度以为母亲会问那枚戒指的事（唉，她把戒指弄丢了，丢在香瓜地地沟里的某个地方了）。（56）

细梅太太的“千万不要杀人”和林太太的“答应我永远不要结婚”是对女儿的直接要求和对丈夫的暗中指控。这些言语结构属于“闪烁其辞”（hedging）范畴，即“含糊其词或弱化信息”的策略（拉德纳和兰瑟：420）。尽管林太太和细梅太太避免明确提及丈夫，却加重了矛头指向，前者以迂回的方式将男人作为群体进行谴责，后者将她非自愿的堕胎视为丈夫“杀生”的罪行。虽然细梅太太似乎将自己视为扼杀了孩子的“凶手”，但她是被父权制所逼迫的。文中“你所爱的人”这一表述同样模棱两可，因为它指的可能是成五，也可能是马普。（克罗，1984：202）尽管细梅太太进行了忏悔，但似乎她把自己的损失看作是神灵对她流产而不是对她婚外情的惩罚。

与《十七音节》的结尾一样，《米子的地震》的结尾也巧妙地将少年的和成人的情节线融合在一起。母亲在信仰上发生了转变，也可能是受到了马普的影响，但这在小说中并未明示。马普的离开同时对母亲和女儿都造成了影响，但细梅太太的悲伤比米子短暂的伤心要更加长久。米子对自己不慎弄丢戒指感到不安，这也映射了母亲不为人知的失落。这枚戒指早先象征着母亲与她分享爱人，现在却成了一种爱人缺席的提醒，暗示着她们共同的失意。《十七音节》不愉快的结尾被母亲延迟的拥抱所软化，因为拥抱暗示了母女之间的某种联系，尽管这种联系只是暂时的。然而，在《米子的地震》的结尾处，母亲给女儿的信物最终却遗失了，这便暗示了一种“切断的联系”（severed link，由根，1989：178）。对女儿来说，那枚戒指只不过是一件小饰品；但对母亲而言，这意味着内心的思绪纷扰，就像地震摧毁了米子的信仰一样强烈。

肖沃尔特所称的“双声话语”在山本的文本里无疑得到了很好的体现，它“让无形之物现形，让静默之处流声”（31）。在《十七音节》和《米子的地震》中，母亲们被压抑的痛苦姗姗来迟。但是，山本笔下的故事情节也关注男性的静默，与主流的女性主义观点相反，男性的静默甚至比女性的压抑更为强烈。如果说这两个故事中母女之间的交流经常话不投机，那么父女之间和夫妻之间的交流就受到了极大的限制。在父女偶尔为之的交流中，父亲们常常显得专横或挑剔。夫妻之间的互动也不太顺畅。金惠经在描述山本小说中的两性关系时认为，这些女性一般“受困于善意但却软弱而麻木的丈夫……他们大多传统守旧、毫无生气，在暗处紧守着监禁的大门”（1987：99）。他们虽然表面上是守卫社会规范的牢头，实际却更像这种规范的囚徒。他们自我看守，陷入无爱的婚姻，也被外界社会进一步套上镣铐。最重要的是，他们受困于父权制中男性气概的行为准则，在自我约束中自我折磨。

由于日裔美国父权制和日裔美国人的静默一样，受到历史和文化的双重影响，我们必须在历史和文化背景下，追溯每一条隐匿情节线的父权轮廓。第一批日本移民（1885—1910）主要由单身男性组成，他们在新的国度定居后，通过返回日本或跨越太平洋交换照片等方式来娶妻。[1] 通过后一种方式来到美国的“照片新娘”（picture brides，大多在 1910 至 1920 年之间）一般比其丈夫年轻 10 到 15 岁（市冈，1980：347）。虽然我们不知道细梅夫妇具体的婚姻状况，但从细梅太太被比作“半开未开的玫瑰花蕾”来看，她在年龄上可能更接近 36 岁的马普，而非她丈夫——“一位留着军人发型、头发花白的日本老头”（54）。越洋婚姻中的欺骗行为并不少见：男性常常“寄送自己年轻时的照片，或者修饰照片，以掩藏自己的真实年龄”（市冈，1980：347）。同样，女性也可能会隐藏自己身上的某些“瑕疵”。从《十七音节》结尾处林太太的自白可以看出，林先生自己也是婚姻欺骗的受害者，因为“从来没有人告诉他，素未谋面的未婚妻为何如此急切地想要尽快与他见面”（19）。

我们从这两个故事也可以看到，一方面，丈夫严格遵守儒家教规：妻子对丈夫，子女对父母都要言听计从；另一方面，年轻的妻子和子女开始在新世界里要求更多的自由和独立。这种对立或源于她们的年龄和性情，或源于美国社会环境对妇女和儿童的态度的影响，更可能源于日本男性在美国遭受贬抑的情况，因为彼时美国社会存在着强烈的反东方思想。[2] 农户们一心想在恶劣的环境

1　这种做法本是日本社会习俗的延伸，被美国排外主义者（American exclusionists）谴责为不道德的行为，于 1921 年被废止（市冈：1980：342-343）。也许如今我们会觉得这种陌生人之间的婚姻令人费解，但亚洲和其他地方的许多婚姻曾一度都是这样安排的。由于日本传统的婚姻建立在“义理”（约束义务）之上，因此夫妻关系是受义务约束的，并非取决于浪漫的爱情，虽然在这样的婚姻过程中也有可能萌生和发展出感情（柳迫：96-97）。

2　加利福尼亚州 1913 年和 1920 年颁布的《外国人土地法》（The Alien Land Acts）以及西部其他州的类似法规等歧视性法律，使日本人和其他亚洲人没有资格成为美国公民，也不能拥有土地。有些移民便以他们在美国出生的孩子的名义购买土地。

中生存，林先生和细梅先生被牢牢困在土地上。这种做派反映在林先生心里只有番茄采摘的事和细梅先生毫无幽默感地拒绝让米子和朋友制作软糖上（他“说软糖用了太多的糖，糖又不是玩具”：51-52）。如此一来，写诗一事便显得十分“奢侈”，用化妆品装扮也显得有些“华而不实”。由于这些男人在美国主流社会中被种族边缘化，他们似乎觉得更有必要在家里维护其权威，当他们怀疑自己在家中也失了势时，往往会做出过激的反应。从历史上亚裔男性在美国白人社会中被“去势”——无论是在立法上还是在大众文化表征上（赵健秀等：xxx-xlviii）——的经历来看，细梅先生的性无能具有鲜明的象征意义。[1]

在男性气概准则所设定的优秀品格自我约束的规范下，林先生和细梅先生将所有的烦恼不安独力承担。传统上，日本男人和女人都会沉默寡言，尤其是男人，他们被教导：“若喜、怒、忧、惧等形于色……则令人反感，于己为耻，不过孩童习气”（莱曼，1971：52；亦可参见宫本，1986—1987：31-32，40-42）。与山本同时代的作家山内若子在描写《手帕》（“Handkerchief”）中九岁的主人公——第二代日裔美国人本吉（Benji）如何被社会化时，暗指了这一男性准则：

> 本吉想到要和爸爸（Papa）谈谈……他的不幸，他的孤独……不，不能那样。孤独是一种弱点，男人不会露出内心那柔软的一面。爸爸是个男人，是一个无懈可击、孔武有力……寡言少语、性情淡漠的人。你有什么要求，只需直接张口：五分钱，一角钱，或是载你去图书馆。沟通很简单：好的，不行，晚点再说……不多说什么或多作解释。干脆利落，井然有序。混乱无序的部分藏在下面——就在表层下面，在眼皮的颤动下，在湿漉漉的手掌下。如果你说“我受伤了”，那一定得是爸爸肉眼能看到的——一道划破的伤口。（146-147）

1 雷霆超的小说《吃碗茶》也涉及字面意义和象征意义上的阳痿主题。鉴于当时普遍存在的种族刻板印象，即日本男性“缺乏性征”（unsexed），菲律宾人和墨西哥人则让人感到危险地“过度性征化”（over-sexed），因此，罗茜、米子和细梅太太都被非日裔男性所吸引，这也许并非巧合。（感谢陈素贞提出这一见解。）阶级差异让种族之间的互动更加复杂。其实，吉泽斯和马普（很可能是被细梅先生解雇了）只是穷苦的农场工，事事都得听命于他们的日本老板。

这种男子气概的概念并不仅限于日本人和日裔美国人，日本男人和白种男人的道德观似乎只在将情感外露与软弱联系起来的程度上有所不同。英国作家石黑一雄（Kazuo Ishiguro）指出，“在英国和日本社会，控制情绪的能力被认为是高贵和优雅的象征”（韦南［Venant］：E18）。然而，外表的矜持在英裔美国人中却没那么普遍，他们更习惯于直抒胸臆，不论是否表露出情绪。[1] 林先生和细梅先生沉默寡言的举止似乎确实受到了种族政治和文化规约的强化，让男性比女性“更冷漠，情感更少外露”（柳迫：118），使他们在社交方面践行“无声的抗议”（silent protest，莱博若等［Lebra & Lebra］：43）。考虑到这两个男人也可能会认为承认（甚至造成）外部伤害比坦陈内心痛苦更容易，我们开始留意作者为暗示他们内心隐藏的苦难而设置的线索。[2]

父亲们的故事甚至比母亲们的故事更拐弯抹角。女儿们的反应使我们觉察到母亲压抑的激情，而她们不经意间的言论才影射了父亲的悲哀。不过，山本在这两种叙事中都加入了足够的暗示，表明是不断加剧的男性焦虑而不是习惯性的麻木不仁引发了暴力，看似冷酷无情的林先生实际上可能承受着孤独、自卑和性嫉妒等多种情绪的困扰，尽管这些情感无一被林先生或者叙述者公开承认。我们必须再次在叙述者直白的描述下阅读作者的语码。我们得知，林先生和妻子曾在晚间一起玩纸牌，由于林太太有了新爱好，他便只能去“玩单人跳棋”（9）。自从林太太写诗写到深夜，我们便可以设想她丈夫也只能独自去睡了。他在拜访早野一家时心生的不快，无疑是因为他觉得自己被排除在智力交流之外。但读者可以从字里行间推测出他发怒的其他原因。林太太和早野先生“在小桌子边”讨论诗歌。林先生“坐在沙发的角落”，读着一本《生活》画报（此处耐人寻味的是，这本杂志的内容多为照片，文字很少），时不时地与女主人攀

1 心理学家戴安娜·M. 休（Diane M. Sue）和戴维·休（David Sue）解释了这种对比：“在中国文化和日本文化中，人们强调情感的克制，因为情感被视为对家庭结构潜在的破坏性力量。由于这种克制，情感表达被认为是不成熟的标志，是被压抑的。然而，大多数美国人认为，情感的表达表明个体已经成熟，能够接受自己”（253）。

2 山本在一次采访中谈到林先生说，“他只是按照自己从小养成的行为方式行事，按照男人应该有的方式行事”（克罗，1987：80）。

谈几句。“小桌子”上进行生动的（或许也是亲密的）对话时，“沙发的角落”处却是受冷落的。我们从前文得知，早野太太已经失去了健康和美丽，但早野先生在罗茜眼中是“英俊、高大而强壮的”（10）。言外之意表明，林先生的突然离开并非因为疲劳（这是林太太给出的理由），而是出于愤怒和嫉妒。我们记得，林太太以前的爱人是个比她家世好、地位高的人；相比之下，农户林先生的阶层比妻子家庭的阶层低。林先生可能因为妻子语言娴熟精妙而感到苦恼，因为这必定让他想到他们二人出身阶层的差异。最重要的是，他可能已经觉察到妻子和早野先生在身体和智力上的般配，而这种般配在他们两家的婚姻中都是缺失的。这种安全感的缺失在男性既定规则中不断发酵，最终导致了林先生看似无理的情绪爆发。

因为黑田先生到访，自卑和性嫉妒的迹象再次出现，最终导致林先生行为失常。编辑黑田先生是个“英俊的男子”，他说的日语“比［罗茜］说的日语更优雅”（16）；在他面前，林太太“很容易转换成他的风格”。这一转变再次表明了林太太婚前的社会地位。这位城里来的英俊儒雅的编辑宣布了林太太的艺术成就，无疑加剧了丈夫的嫉妒和羞耻感。这些感觉一直困扰着林先生，更甚于需要及时把采摘下来的番茄包装好，尽管体力活能让他更好地表现男性优越感。那描述他愤怒爆发的比喻——“就像软木瓶塞砰的一声”（17），表明了他压抑的怨恨下蕴含的压力，也许还有他性挫败感引发的压力。同样，林先生毁坏那幅安藤广重版画时无声的歇斯底里也展现了他身上承受的压力的爆发。如果这位新潮的编辑触痛了低阶层的林先生，那么精美的版画也“嘲讽了”他缺乏艺术天赋。林太太最后的自白表明，一直以来，她丈夫在情感上没有安全感是有原因的，尽管没有人意识到这一点。

作者在《米子的地震》中的书写也产生了类似的双重效果，因为只有回顾过去，读者才能了解地震对细梅先生心理上产生的影响。“在大地平息之后……生活又恢复了正常，但细梅先生大部分时间都待在家里。有时……细梅太太从地里回来，他就在灶台上准备晚饭。细梅太太和马普现在包揽了田间所有的活”（51）。传统的夫妻角色已经发生逆转。正如由根所述，这种逆转在第一代居美日侨家庭中尤为重要（1989：176），在这些日本移民家庭中，夫妻之间的分工异常严格："妻子们在家处理家务……丈夫们负责在外办事"（柳迫：97）。由于不能履行外部职责，细梅先生被迫留在家中处理家务，尽管在第一代居美日侨中，"要接受女性化的角色和相处方式……是不可想象的"（柳迫：102）。这种羞辱还不够，现在妻子身边还出现了另一个男人，与她日日一同劳作。

细梅先生随后的行为表明，他的男性自尊心被这种家庭角色的变化和难以启齿的隐疾——性无能所折磨。由于男子气概受到挫伤，他对家人越来越暴躁专制。他认为孩子们的不服从是因为他身体抱恙引起的，他对他妻子说，"不能因为我现在身体不适，他们就开始不尊重我了"（53）。他也不愿与妻子发生矛盾。当妻子因为他骂她"nama-iki"（狂妄妇人）而表示抗议时，他扇了她一巴掌。读者得知这是"他第一次打她"（53），说明他的坏脾气并非秉性使然，而是与其生理缺陷有关。当马普试图使他平静下来时，他指责马普"自他生病之后就对他越来越无礼了"（54）。他容易将自己的无能投射到别人对待他的态度之上，这显示出一种强迫性焦虑，他极其易怒的脾气可以被视为是因为他需要重新确立其男性的统治地位。

山本通过双重叙述揭示了在某些形式的父权制下，为了保持其男性尊严，男人也不得不承受巨大的心理压力。如果细梅先生认为家人是出于蔑视而违逆他，那么妻子的风流韵事和意外怀孕一定是对其男子气概的最大侮辱。以这种屈辱为基点来看，读者便能更好地理解他在去医院的路上所表现出来的攻击性。正如安藤广重的版画激起了林先生的嫉妒，仿佛嘲笑他才智不足一样，这个胎儿也是一个可怕的提醒，让人立刻想起了细梅先生被戴了绿帽子以及他的性无能。

堕胎事件之后，细梅先生明显变得温柔了，因为他延续了马普在地震中承担的"支持者和安慰者"角色（由根，1989：175）。当这对夫妇从医院走向汽车时，他体贴地搀扶着彼时虚弱的妻子，"她迈着细碎的脚步，缓缓前行，他搀扶着她"（54）。成五死后，妻子陷入长期抑郁，他甚至变得"非常温柔"（55），鼓励米子逗母亲"笑一笑，把成五忘掉"（56）。可悲的是，只有当直言不讳的细梅太太在身体上或情感上崩溃时，且细梅先生不再因她的不服从感受到威胁时，这些温情时刻才会出现。他自己也无法免于丧亲之痛，但作为男人，他尽力克制着自己的悲伤。成五的死亡对父亲的打击不亚于对母亲的打击，这也许是男性焦虑被消音的戏剧性情节中另一个具有讽刺意味的突转。细梅太太所警告的报应果真以摧毁性的复仇应验在丈夫身上：他失去了唯一的男性继承人，而且再也无法生出其他男性继承人了。

纠偏林先生和细梅先生最初的负面印象，并非是为了宽恕他们的行为。从同情的角度对他们的行为进行分析，可以看出山本回避了男性恶棍和女性受害者的简单二分法。一方面，两个男人身上压迫性的静默必须与他们期望妻子和孩子顺从式的静默区分开来；另一方面，他们也因为要尽力呈现其祖先文化和移居地文化所规约的男性形象而备受煎熬。如果他们能够表现自己的脆弱性，也许就可以避免悲剧性的结局；但恰恰相反，他们一直在忍耐，践行着日本文化中的“*gaman*”思想，直到内心的熊熊怒火在暴力中喷发。这两个男人的沉默寡言很可能加深了他们与配偶之间的鸿沟，使她们顺理成章地被早野先生、黑田先生和马普这样的男人所吸引：除了身体和智力上的吸引外，这些男人也能与女人进行言语上的交流。

在这两个故事中，山本对女性和男性状况进行了隐晦的描述，体现了女性写作所推崇的开放性和多样性。我们可以超越欧洲中心主义的视角，更好地理解作者广阔的视野。读者往往会根据自己的文化信仰来解读人物。在日本出生的读者，无论男女，总是比在美国出生的读者对故事中的丈夫抱以更多的同情，对妻子则抱以更多的批评。[1] 笔者自己的观点也随着多次阅读而愈加丰富。由于无法直接了解夫妻双方的思想和动机，读者得以更自由地从文本的细微差别中重新建构起那些被掩埋的生命。

山本本人似乎对自己的文化传统秉持矛盾的态度。她笔下的天真的叙述者

---

1 在日本出生的日裔美国学生通常会认为细梅太太对丈夫的行为（尤其当他们为指甲油一事而争吵时）是“失礼的”和“骄横的”。有人认为，即使在当代日本社会，细梅太太当着孩子们的面反驳丈夫的行为也会被视为严重的“冒犯”。

体现了第二代日裔美国青年的自由精神，突显了制约着第一代日裔美国女性和男性生活的僵化习俗。父权制让男性和女性都感到窒息，尽管二者的程度和方式有所不同。在山本的故事中，女性不敢在艺术或性欲方面表达自己；但那些压迫她们的男性则更加压抑，固守在男性的角色之中。从那些受到双重文化熏染的女儿们惊愕或不解的眼神中，我们可以看到，母亲们内心的悲伤和父亲们沉郁的愤怒一直不祥地笼罩在女儿们的心际，久久不能散去。即使山本呈现的是家庭剧，她内心的女性主义也在召唤读者去创构不同的剧本。[1]

与此同时，山本在文体上的克制也体现了她对那些能以简约的语言表达丰富内涵的文化先驱们的敬意，他们能将深远的意义和情感仅仅通过十七个音节表达出来。[2] 她的双重叙述策略特别适合于唤起被压抑的情绪，揭示语言表层下的焦虑和创伤。每个故事无声的高潮都通过言语的快照（verbal snapshot）被捕捉。通过放大对安藤广重版画的蓄意破坏和对牧羊犬的无情撞压，山本以自己独特的含蓄式静默传达了人物未曾言明的情感。

《笹川原小姐的传奇》

以上讨论的这两个故事尽管采用了天真的叙述者之策略，但依旧可以让我们仔细了解两个日裔美国家庭。小说《传奇》的结构更为复杂，中心人物与读者之间的距离更遥远。作者借助不可靠的叙述视角，以高度隐蔽的方式讲述了一个令人难忘的故事：一位第二代日裔美国女性被视为“他者”，因施加在身上

1　当被问及她的写作时，山本回答道：“我想我写作（除了强迫外）是为了重申某些基本的事实，这些事实似乎在从一代到下一代的传递中丢失了，因此我们似乎注定要一次又一次地犯同样的错误。若读者能享受阅读，那太好了。若他能增进知识，那便更好了。”（许芥昱和帕鲁宾斯卡斯［Hsu & Palubinskas］：113）

2　山本透露，虽然《十七音节》中的许多细节都是虚构出来的，但这篇小说基本是她母亲的故事。山本的母亲是一位创作川柳诗（senryo，一种包含十七个音节的讽刺诗形式）的作家（科佩尔蒙［Koppelman］：162）。她还提到了自己的父亲：“他不太喜欢女性接受教育，认为她们应该结婚、生子、侍奉丈夫——他更像传统的日本男性。”（布劳维尔特［Blauvelt］：19）

的多重压力而变得“精神错乱”（insane），这些压力来自她的家庭、族裔社区和整个美国社会。为了梳理叙事的连接元素并展现“中国套匣”似的故事结构，笔者将分别考察其中家庭的、社区的和政治的关系。[1]要全面领略这篇短篇小说的篇章结构，就必须了解那些暗藏着的、被刻意消音的具体历史语境。

如同《十七音节》和《米子的地震》一样，《传奇》也是建立在悬置情节之上的。但不同的是：前两个故事提供给我们的总是罗茜和米子的叙述视角，而《传奇》却由各种人物不同的观点建构而成。在这个故事中，我们对任何人物都所知甚少，尤其是主角笹川原小姐，我们对她仅有一些零零碎碎的了解。20 岁的叙述者菊（Kiku）的视角和罗茜或米子的视角一样，都是有限视角，尽管这种视角的有限性更多是由叙述者与故事人物之间的亲疏差距而非年龄差距所造成的。叙述者菊不是主角的近亲，只是亚利桑那州波斯顿的一名亲密狱友。波斯顿是第二次世界大战期间日裔美国人被关押的拘留营之一。中年芭蕾舞女演员笹川原真里（Mari Sasagawara）在母亲去世后，和父亲从另一个拘留营转到波斯顿。在波斯顿，她冷漠遁世、特立独行的行为品性引起了人们的非议。她是个引人注目的人物——起初对菊来说也是如此。在多次入住拘留营医院（camp hospital）之后，笹川原小姐被送往疗养院（sanatorium），每当她返回拘留营时，看起来变亲和一些了，但很快又复发，最后被送进了精神病院（asylum）。战争结束后，菊偶然读到笹川原真里发表的一首诗，诗中描述了某人与一个放下人间七情六欲的人在一起生活时的痛苦。在小说的结尾，菊对该诗的诠释（这个“中国套匣”结构的内核）与笹川原真里的种种言行自然地嵌套在一起。[2]

诗中描绘的人物与笹川原居士（Reverend Sasagwara）有着明显的相似之处：

诗人写道，这个人的确很高尚，无可非议。毫无疑问，他的出现丰富了这

---

1 笔者非常感谢斯坦·由根，其硕士学位论文增进了笔者对《传奇》中政治指涉的认识。然而，与斯坦·由根不同的是，笔者不相信这个具有暗示性的故事中有任何一种“事件性的真实意义”（1988：117），它不断告诫人们不要将主观性的阐释视为必然。

2 山本透露，笹川原真里这个人物是“基于一位真实女性”的故事而创作，并且“她真的就是一位作家”，但是山本写这个故事时并不知道这一点（克罗，1987：79-80）。

个世界。但试想一下，还有另外一个人，一个敏感的、仰慕他人的、没有达到这种崇高境界也不希望达到这种境界的人，阴差阳错地来陪伴他。这位圣人会不会在满怀喜悦地想要从他已经光彩照人的灵魂中清除最后一点不可察觉的瑕疵时（既然他如此完美无瑕，他难道不会谦卑地怀疑自己的完美吗?）超脱于人类的激情之上，目视鲜活的生命却喑哑无言？又有谁能在意这些激情在痛苦的缄默中翻滚，在这间小屋内扭曲着沉沦？诚然，诗人不能代表别人说话；她只替自己发声。但是于她而言，这位圣人的虔诚仅为一种疯狂，纯粹而可怕，令人梦寐之中亦充斥着可怖的气息。（33）

《十七音节》和《米子的地震》的结尾都是热情的母亲面对着女儿；在《传奇》中，笹川原真里的诗在菊的眼中“精彩绝伦……而又晦涩艰深”（32），是我们所获取的、在女儿和冷漠父亲之间的糟糕关系中仅有的和最后的线索。我们可以推断，圣洁的父亲以其虔诚的狂热扼杀了“他人”（即他女儿）的人性渴望。那么，到底是谁疯了呢?

阅读这篇小说的过程中，我们得到了一些关于这位父亲的暗示。菊是这样描述他的:“他总是带着一种困惑的神情，从不直接与人交谈，就好像他就是他，一刻也不能停下来思考更高境界的生活”（22）。我们也从文中得知，他出席了菊祖父的葬礼。

哭声一片，到处都是人们的泪水和呜咽声。

彼时，三位身穿黑衣的男子在台上……三人絮絮不停地齐声吟诵着一种奇怪的、悦耳的语言。在那巨大的房间里，刺耳惊心的锣声在吟诵声、抽泣声和弥漫的香味中不时地回荡。（23）

哀悼者的悲痛与吟诵者的超然形成强烈的对比，后者对世俗苦难的无动于衷证明了他们在精神修行上的造诣以及他们专注于更高境界生活的能力。但置身于世人的悲哀之情中，他们也给人一种麻木无情的印象。

葬礼场景让我们得以理解那首自传体诗歌中痛苦的启示。父亲显然对女儿身体和心理上的痛苦视而不见。她住院期间，他也不在场；即便是在她痛不欲生的时候，他依然不曾陪伴在旁。母亲去世后，父亲得以全身心地投入修行，

“泯灭了自己内心所有无意义的欲望”(32)，他的缺席可能加剧了女儿的失落感。因此，失去母亲的女儿也被她尚在人世间的父亲遗弃了。此外，圣洁的禁欲生活与舞者的情感品性格格不入，尤其是她那“闪亮的长发”、“鲜艳的嘴唇”、“明媚的双眸”和“纤腰上五彩斑斓的罗裙”(20)。父女在外貌上的对比想必非常鲜明。父亲衣袍之下所隐藏的在女儿芭蕾服里得到了充分的展示。需要刻苦训练的芭蕾舞蹈在很大程度上就是不懈精神的具象化艺术（[em] bodied art)。这位艺术家在父亲面前的自我压抑（这可能被解读为她不爱交际）似乎增强了她潜在的性意识。在她创作的这首诗中，性的意味暗含在“陪伴”、“就在这间小屋”、“人类的激情”、“扭曲着沉沦”、“令人梦寐之中”和“充斥着可怖的气息”这些词的紧密并置之中。

拒人于千里之外的父亲和心怀仰慕之情的女儿的私生活受到了社群不同的裁决。父亲和笹川原小姐都与日裔社群保持着一定距离，但尽管如此，日裔社群对父亲和女儿的特立独行却有着不同的判断，这些判断因为他们性别不同而大相径庭。传统上，男性大都为了追求个人目标而进行社交活动，不管这目标具体是什么；而女性则只是为了社交而社交。因此，毫不奇怪，父亲漠然的态度被认为是崇高而虔诚的，而女儿类似的行为则被视为是不友好和不健康的。他的处事之道受人尊重；而她的行为举止却遭人诟病。

笹川原小姐时而在人前光芒四射，时而在人后离群索居。就其职业而言，后一种模式尤其引人关注。作为一名芭蕾舞演员，她本该习惯于观众为她的体态和神韵所倾倒。即使在拘留营里，她的举止也会引起人们的注意，实际上，她的一举一动皆是如此：“她拿捏着自己的步伐，仿佛在说，‘看，我在走路！’好像走路不是一件普通的事，而是一件特别的事”(20)。然而，她似乎特别害羞：不愿在食堂吃饭，而是在自己的房间里吃饭；若有别人在场时，她也从不愿使用淋浴房。

当然，这里展示的令人好奇的矛盾可能本就是相当自然的。对于必须经常在公共场合表演的人来说，对隐私的渴望可能尤其强烈。但这个故事表明，其他被拘禁者好奇的关注或许也是引起笹川原小姐焦虑的另一层原因。当她“被留在”医院“……进行观察”时，公众的好奇心达到顶峰（26）：

> 整个医院的工作人员似乎都挤在她的病房里，想看一看笹川原小姐，其他病人……坐在高高的、白色的、狭窄的床上，全神贯注地看着……她一定意识到了那齐刷刷的目光……还有那些为了经过她的床而以某种借口尴尬地进进出出的人。（26）

笹川原小姐曾试图逃离，当被问及原因时，“她说她不想让医生再抓捕她”（26）。她声称自己曾被医生“抓挠过”（pawed），这样的表述可以从两个层面来解读。如果有人认为笹川原小姐反应过激（事实上，故事中的每个人都这么认为），那么她就犯了“误解”（misinterpretation）的错误（由根，1988：118）。她对医生手势的“误读”（misreading）预示着在随后发生的几件事中她自己的行为可能会被误读。然而，鉴于她的身体之美，我们完全有理由怀疑她在检查身体的过程中被人过度地触摸。然而，从未有人倾听她的指控，只是将她的反应当作精神不正常引起的歇斯底里。这种疏忽似乎不难理解。男性占主导地位的医疗行业历来被认为拥有无可置疑的权威。敢于挑战并大胆蔑视权威的女性患者便成了被审判之人。[1]

就像佐拉·尼尔·赫斯顿（Zora Neale Hurston）的小说《他们眼望上苍》（*Their Eyes Were Watching God*）中的珍妮（Janie）和托妮·莫里森的小说《秀拉》（*Sula*）的主人公秀拉、格洛丽亚·内勒（Gloria Naylor）的小说《布鲁斯特街区的女人们》（*The Women of Brewster Place*）中洛蕾恩（Lorraine）和特雷莎（Theresa）一样，笹川原小姐与她所在社群的性别期望相冲突，因此被批评的目光包围着。萧珊娜·费尔曼（Shoshana Felman）指出，女性对性别角色的抗争通常被视为精神不正常：“从她最初的家庭成长到后来的发展，赋予她的社会角色是一个服务男性的形象……：女人的身份首先是女儿/母亲/妻子”（6-7）。她引述菲莉丝·切

---

1 笔者的第二种解释可能会让一些读者认为笔者受到了当前媒体对性骚扰报道的过度影响。然而，据笔者所知，山本是第一位公开谈论这个话题（当时或许用的不是这个术语，但本质相同）的作家，她曾在《高跟鞋：一篇回忆录》（“The High-Heeled Shoes：A Memoir”，1948；1988：1-7）中讨论过性骚扰的话题。

斯勒（Phyllis Chesler）的评论："我们认为女性'疯狂'……要么是因为女性角色被贬低了，要么是因为她们完全或部分地拒绝了自己的性别角色刻板印象"（56，转引自费尔曼：7）。笹川原小姐是一位39岁的女性，毋庸置疑她很漂亮，而且还未婚。无论是按照日本传统将婚姻视为"义理"（义务）的准则来衡量女人，还是按照西方浪漫的准则来衡量女人（相对白马王子而言），她的单身身份都足以让她与周围的环境格格不入。（菊和她的朋友埃尔茜［Elsie］有着传统的女性对伴侣的期望——能够觅得"两个好的、干净的年轻男子，最好是英俊的、富有的，永远宠爱（她们）的男子"［21］。）此外，在战前，她在远离自己族群的地方度过了大部分成年时光，从事着对当时的美国亚裔而言尤为不同寻常的职业。她很可能从一开始就被一同被羁押的拘禁者们视为"局外人"。回想一下细梅先生因为米子的火烈鸟指甲油而说的话——它让她"看起来像一个菲律宾人"（52）——我们可以进一步假设笹川原小姐的衣着，虽然符合她的审美观，但却在狱友之中掀起了波澜。尤其在当时，这些日裔最不想引人注意。日裔社群通过"笹川原小姐"这个称呼，巧妙地与这位舞者保持了距离。"……尽管她的名字'真里'既简单又动听"，却没人这么称呼她（22）。

人们热衷于将她作为闲聊的对象，这又加重了她与社区的疏离："如果笹川原小姐不是个可以谈心的人，她自然变成了被人谈论的对象，这种茶余饭后的谈资能让人们打发单调乏味的日子"（22）。关于她的闲言碎语让她成了怪癖连连的老姑娘（spinster）。第一个谣言便是散播她和父亲一到拘留营就发生的一件事。另一位新来者佐佐木先生（Mr. Sasaki）好意提出帮助打扫这对父女的营房，但她却尖声叫道："你想干什么？监视我？滚出去，不然我就把水泼到你身上！"而且，从小说中我们得知，她的确说到做到。于是，佐佐木先生说她是"疯女人"（21）。然而，埃尔茜（就是她把佐佐木先生的话告诉了菊）却在与笹川原小姐的直接接触中对她有不同的印象，觉得她"相当和蔼可亲"（21）。

另一个谣言是佐佐木太太（Mrs. Sasaki）说的，她发现笹川原小姐向在附近后院里打篮球的吉永家（the Yoshinagas）的几个十几岁男孩子们暗送秋波。佐佐木太太声称，这位舞蹈演员"在看他们打篮球时，脸上洋溢着幸福的表情……［她］全神贯注地看着他们玩闹，头歪向一边，甚至边看球边不自觉地将一根手指放入嘴中，就像一个害羞的孩子突然发现奇迹一般”(31)。“你是怎么回事，那样看着孩子们?”佐佐木太太责骂道，“你的岁数已经大到可以当他们的妈了!”(31)。笹川原小姐吓了一跳，冲进房间，砰砰砰地撞墙壁。这一插曲的续集是由其中一个男孩乔·吉永(Joe Yoshinaga)讲述的。乔常常在睡觉前看书，近几天他发现自己晚上随意扔到书架上的杂志第二天被码得整整齐齐。一天夜里，他醒来时发现笹川原小姐坐在旁边，“她的长发披散开来，四处飘动。她穿着一件白色睡衣，双手紧握放在膝上，只是坐在那里静静地看着他——乔·吉永”(31)。乔吓得尖叫起来，她便立即转身夺门而出。这些口口相传的故事描绘了一位悄悄迷恋异性但却对这一“事实”矢口不认的女人。令人不安的“症状”导致病人被永久地监禁在精神病院：“笹川原小姐不久之后就离开了”(32)。

然而，正如一些评论家所言，叙述者刻意提醒我们这些传闻的二手性质，并质疑它们的真实性(麦克唐纳和纽曼：27；由根，1988：118)。菊从埃尔茜那里得知所有的细节，而埃尔茜又是从其他来源获取这些细节的。然而，埃尔茜自己并不是一个可靠的消息提供者。在讲述了佐佐木先生的故事后，她大声说道：“噢，那个姑娘真的很喜怒无常。我想是因为她在被困拘留营之前是个芭蕾舞演员，我听说像这样的人很喜怒无常”(20-21)。正如由根所论，埃尔茜并不能超越“用刻板印象来解释笹川原小姐行为”的认识(1988：119)。尽管据说她“对笹川原小姐了如指掌”，但这种传言却被叙述者挖苦式的语气给削弱了：“她的这些信息都是哪来的？还不是东拼西凑、道听途说来的，反正我忘了问她信息的来源”(20)。原来，叙述者所获得的信息都是来路不明的、可疑的：

> 埃尔茜的消息来源是我通常不会去注意的小道消息。佐佐木太太是个丰满的、笑呵呵的年轻女子，总觉得自己得不断向人解释为什么选择不要孩子，而乔·吉永则有一种故弄玄虚地自我吹嘘的本领，哪怕他在某件事情中仅仅扮演着无足轻重的角色(我能想象他是如何利用这一机会大肆吹嘘的)。(32)

叙述者的疑虑促使我们重新审视所谓的笹川原小姐精神错乱的旁证。佐佐木太太很可能是因为丈夫将这位舞蹈演员称为“疯女人”而站在丈夫一边支持他的论断。据我们所知，她可能将自己无法成为母亲的沮丧投射到笹川原小姐身上。作为舞蹈演员，笹川原小姐有可能仅仅只是被那些打篮球的男孩们的身体动作所吸引。不管出于什么原因，佐佐木太太的尖声谴责似乎毫无必要，甚至就是无理取闹。面对这样的无礼言行，笹川原小姐绝对有理由表达愤怒。

另一方面，佐佐木太太可能读到了舞蹈演员眼中真正的渴望。叙述者菊大胆地推测道：“毫无疑问，刚刚对人类心灵处女地的知识有所接触的笹川原小姐，把乔·吉永看作是消失的爱人或逝去的儿子的化身。”然而，她刚下这样的断言，又不由自主地说了一句题外话：“我因为自己的浅薄言论而感到不安”（32）。与其他言之凿凿地声称自己知道这位舞蹈演员犯了什么毛病的人不同，菊至少承认笹川原小姐可能被人误解了。然而，恰恰正因为这种自我怀疑，她的解释反而颇具说服力。佐佐木太太早些时候曾透露，笹川原小姐的年龄足以成为那些男孩们的母亲。在《十七音节》和《米子的地震》中，“消失的爱人”和“逝去的儿子”的双重母题都曾作为迟来的暗示出现过。[1] 笹川原小姐年轻时也可能曾有过一段感情，导致她怀孕；或许是担心自己作为一名心怀抱负的舞蹈演员的职业生涯，或许是害怕父亲的反对和公众的指责……这些因素都可能导致她流产。毕竟，她父亲的“毕生目标便是早日开悟”，对“他自己在年少无知时便背负了必须供养家庭的责任”而深感遗憾（32）。她的孩子如果活了下来，应该和乔差不多大。然而，和菊一样，笔者在做出这些肤浅的推论时，也不禁感到有些惭愧。尽管笹川原小姐在疗养院度过了一段“更清醒”的休整期，她性格上的日渐孤僻可能恰恰是她对世人无聊揣度的反应，是一种让自己远离鲁莽言论和不怀好意目光的良策。

暴露在公众的目光下确实令人惶恐。这在笹川原小姐指导的儿童舞蹈班的圣诞表演中得到了滑稽的体现：“小女孩们若只在笹川原小姐的目光注视下，可

1　这类母题也在山内若子的短篇小说《灵魂将起舞》（“And the Soul Shall Dance”）和《母亲教我唱的歌》（“Songs My Mother Taught Me”）中出现，并暗示相关剧情。

能会优雅地屈膝行礼、轻盈迈步，然而，当她们感觉到街区有一百五十多双眼睛盯着她们时，就变得手脚笨拙起来”（29）。这滑稽的描述让我们想起了笹川原小姐日常所遭受的审视，也暗示我们，来自周遭持续不断的监视给她的心理带来怎样的负担。

笹川原小姐担任志愿者教师表明她并非天生冷漠。她表面上与外界保持着距离，内心却隐藏着对人与人之间联系的渴望，菊和埃尔茜见到这位舞蹈演员在门廊前剥柚子皮的事件也暗示了这一点。起初，这位舞蹈演员对埃尔茜的问候没有反应；她只是“抬起头来，目不转睛地盯着看，仿佛不认识我们一般”（22）。但是，菊注意到埃尔茜忽视的另一信号：“当我们几乎要走到听不到的地方时，我听到她回应道‘我认识你们吗?’我可以发誓，她的语气听起来是充满希望的，如果还没达到非常渴望的程度的话。但是埃尔茜已经因为自己的友善没有及时得到回应而生气了，似乎并没有听到这句问话，事情就是这样”（22）。菊的印象与其他人对这个奇怪女人的描述相矛盾。笹川原小姐似乎很想认识人，希望被当作正常人来对待，而不是被人视为供围观的对象。但埃尔茜很生气，她先入为主的看法表明许多人对笹川原小姐从疗养院回来后发生的转变仍不信任：“她像身边的人那样经常和人打招呼，尽量显得轻松自在，不过，被她问候的许多人都感到惊讶和怀疑，因为他们还记得之前自己跟她打招呼时曾遭受的冷遇。有些人自始至终就不相信笹川原小姐是个友善的人”（28）。

然而，山本成功地推翻了前文的结论。例如，在前文中，她让我们把拘留营里的生活看作是相当“正常”的生活。波斯顿的生活，以菊轻快的语调呈现出来，乍一看似乎还过得去，甚至令人愉快。然而，这种印象更多地反映了这些被驱逐者（evacuees）在艰难的环境下努力营造某种表面正常而实际难堪的境况。像埃尔茜和菊这样的被拘禁者们（internees）能够从容地接受监禁，就好像拘留营是夏令营一样。重获自由后，两人甚至回忆起“我们一起在食堂工作的美好时光，一起在医院工作的美好时光”（30）。诚然，这些说法可能有些讽刺意味，但毫无疑问，它们也揭示了部分被监禁者的生存策略，因为他们希望掩饰被监禁的耻辱。

这种监禁对于山本久枝而言当然不是笑谈。她二十一岁进了拘留营，尽管弟弟以美国军人的身份在战争中殉职，其他家庭成员却依旧在美国遭遇被监禁的境况。事情过去三十年后，她在一篇论及拘留营文学的文章中写道：

拘留营的生活……是我们集体生活中的一个插曲，它造成的伤害甚至比我们所意识到的还要深远。好几年前，我看到一部关于拘留营的早期电视纪录片，在沃尔特·克朗凯特（Walter Cronkite）柔和的叙述下，我才意识到它在我潜意识中是一种怎样的痛楚。让我吃惊的是，我发现自己的眼泪顺颊而下，当我试着向诧异的丈夫和孩子们解释自己为何哭泣时，我的声音忍不住哽咽起来。（1976a：11）[1]

从小说《传奇》的许多片段中可以看出，菊和埃尔茜愉快的回忆与残酷的现实相去甚远。小说的第一句话便将这位舞蹈演员置于干旱贫瘠的环境中：“即使在没有风沙和酷热的地方，人们也很容易把笹川原小姐与某种芭蕾舞的艺术气质联系起来”（20）。这种气候对被拘禁者的身心健康来说是不祥的预兆。人们很难指望拘留营医院提供成熟的医疗保障。事实上，从菊随口的言论中获得的有关其临时医疗人员的信息相当令人心寒。叙述者向我们介绍第一个为笹川原小姐做检查的医生森友“博士”（“Dr.” Moritomo）时，在括号里补充指出，“确切地讲，这个博士头衔还不属于他；驱逐行动使他还差几个月才能拿到学位”（25）。故事中另一位医生是“颤颤巍巍的老川本医生（Dr. Kawamoto）”，我们从叙述者的插话得知，“他在战前几年就退休了，但他是在这里应征入伍的”（26）。对于埃尔茜和菊来说，在医院找份工作只不过是在食堂或垃圾车旁工作之外的另一种选择。

迄今为止，拘留营最令人难以忍受的是在个人隐私方面毫无保障。作者在不经意间将菊和埃尔希与笹川原小姐所在的环境与他们的故事融合在一起。叙

1　山本在同一篇文章中指出，在现实生活中，有的日裔美国人记得拘留营生活的痛苦，也有人记得“那里无忧无虑的快乐”。她通过一位诗人和一位专栏作家的轶事来将二者进行比较：“我举这个［例子］来说明具有创造性的人可能有哪些特征。铭记痛苦的柏木博（Hiroshi Kashiwagi），成为了诗人；而另一位自称拥有快乐回忆的人，则从事了与运动相关的职业”（1976a：13）。

译者注：日裔诗人柏木博（1922—2019）是亚裔美国艺术和文学运动的开创性人物。

述者提到从笹川原家的“公寓”前经过时，发现它“实际上只是一个小隔间，因为曾经空无一人的营房（barracks）很快就被分成了六个单元，供一些两人家庭居住”（22）。从米基·韦格林（Michi Weglyn）的表述中，我们得知了其准确尺寸：“所有［安置］中心的结构都在某种程度上雷同。一间长 24 英尺、宽 20 英尺的空荡荡的房间……被称为‘家庭公寓’；每个家庭有 5 到 8 个成员；营房末端的房间长 20 英尺，宽 16 英尺，供较小的家庭使用。每个营房由 4 到 6 个这样的家庭单位组成”（84）。韦格林还对其他区域缺乏隐私而感叹不已：“这些被驱逐者们集体进食，集体淋浴，集体排便……厕所之间没有隔断——到处都是这种情况，导致整个营地都出现便秘病例。白人团体的抗议让部分隔离墙得以被修建，但门却一直没给装上”（80）。如此一来，笹川原小姐决定独自吃饭和洗澡似乎是非常明智的，远远谈不上反社会。

故事还暗示了围绕着这些狭窄的私人营房和拥挤的公共场所的栅栏。前任战时安置局局长米尔顿·艾森豪威尔（Milton Eisenhower）在给罗斯福总统（President Roosevelt）的信中说：“安置中心的生活不可能令人愉快。在武警的眼皮底下，被驱逐者们被铁丝网围起来……如果这样还没有生出极度的苦楚怨恨，简直太不可思议了。”（1943 年 4 月 22 日；转引自韦格林：118）人们不禁要问，这位在监禁中因为举止不“寻常”而被社区的人视为“异类”的舞蹈演员难道就比珍惜拘留营“好时光”的埃尔茜和菊更加怪异？或者比她那在监禁后“第一次在漫长的人生中感受到自由”的父亲更不寻常？

这种重新考量将我们带到了“中国套匣”结构的最外层——政治背景。正如弗雷德里克·詹姆逊所述，第三世界文本“必然以国家寓言的形式投射出政治维度”（1986：69）。《传奇》所描绘的时代的政治因素不仅直接导致了笹川原小姐的痛苦，更间接地暗示了故事的寓意。拘留营的拥挤加剧了人们对笹川原小姐的关注，也加速了流言蜚语的传播。具有讽喻性的是，对丑闻感兴趣、喜欢指指点点的社群在白人主流社会中也有对应体，他们乐于受偏见和传闻的左右，支持监禁整个日裔群体。在笔者前文引用过的一篇有关拘留营文学的文章中，山本简要地提到了小说《传奇》，她写道：“这个故事选集的编者评论说，‘作者更关心的是人物的内心状态而不是外部环境的社会意义'，并问道，'究竟是笹川原小姐疯了，还是那些接受拘留营生活的人疯了？'"（1976a：15）山本对这两点的强调发人深省。笔者认为，他们的第一个论点掩藏在第二个问题的答案中——将"内心状态"与"外部环境"联系起来，并将《传奇》的现实层面和寓言层面黏合在一起，便可一窥山本小说的叙事中心（narrative crux）。

正如有关笹川原小姐的谣言切合了日裔社区对舞蹈演员或老姑娘的刻板印象，许多导致迫害的罪状性"证据"与主流文化对日裔美国人的历史偏见如出一辙。[1] 埃尔茜对笹川原小姐茫然表情的错误解读和佐佐木太太不可靠的推断与许多对日裔活动的官方曲解有相似之处，这些误解造就了罗纳德·高木（Ronald Takaki）所称的"拘禁日裔美国人之'军事必要性'的神话"（379）。联邦调查局局长 J. 埃德加·胡佛（J. Edgar Hoover）当时就指出，"大规模驱逐的军事必要性的说法主要是基于'公共和政治压力，而非事实数据'"（高木：387）。

带有导向性的信息如滚雪球般越传越多，就像笹川原小姐所受的流言蜚语一样。官方对媒体的声明（后来被证明是不准确的）"助长了有关日裔美国人在［夏威夷］进行破坏的谣言——瓦胡岛（Oahu）上的日本种植园工人在甘蔗地和菠萝地割了成片成片的草，以引导日本轰炸机进入军事区。据统计，日本人曾将汽车停在高速公路上以阻挡交通，日本人也曾向敌机发出信号。"于是媒体、

1 由根指出，美国政府为证明拘禁行动的正当性而出台的两份主要文件——1942 年由约翰·L. 德威特将军（General John L. DeWitt）撰写的《最终报告：西海岸驱逐日裔行动，1942》（*Final Report: Japanese Evacuation from the West Coast*，1942），以及美国司法部（Justice Department）在《平林诉美国政府案》（*Hirabayashi v. United States*）中的辩护状——"都是建立在一系列的曲解之上的"。例如，日本语言学校被认为是宣传日本语言文化的温床，但事实上，大多数学校是出于救济的目的而举办的；在日本长大的第二代日裔美国人（即 kibei，意指返美日裔）被视为一种可能的威胁，但其实许多孩子被送回日本是为了让母亲有时间从事家务劳动。德威特还进一步暗示，日裔美国人定居在敏感的军事地区，可能有颠覆性的意图，然而，事实上他们早在战争之前许多年就定居在那里了。司法部援引第二代日裔美国人的双重公民身份作为质疑其是否效忠美国的理由，但第二代日裔美国人的日本公民身份是由生物遗传而非个人选择来决定的（1988：112-115）。有关这两份官方文件的详细讨论和不同意见，请参阅：小川（Ogawa：19-22）；森德奎斯特（Sundquist）；坦布鲁克等（tenBroek et al.：268-282）。

政客、爱国组织以及“来自农业利益方的声音”也加入了要求驱逐日本人的洪流声中。（高木：380，389）

日裔美国人被关入带刺铁丝网内以后，谣言却没有随之消停。韦格林揭示：“一些受教育程度较低的监管人员……普遍倾向于认为他们所监管的日裔人士是不可信的、阴险的、道德败坏的，因为监禁日裔早已被视为理所当然”（116-117）。她引用了社会分析人士亚历山大·H. 莱顿（Alexander H. Leighton）的话，莱顿当时对波斯顿拘留营的人口进行了一项行为研究：

> 尽管联邦调查局正在做一项全面的安全控制工作，但仍有一些政府雇员认为，由于天气炎热，为了保存食物而挖的蔬菜地窖是日本伞兵的藏身之处，他们把厨房里的厨师看成是海军上将伪装的，还认为运动队是日本士兵在操练。（莱顿：279；转引自韦格林：117）

虽然笔者并非有意将关于那位舞蹈演员的谣言与大部分针对美国日裔的谣言之间进行简单的关联对应，但笔者相信，《传奇》远远不只是个人悲剧，这个故事中许多间接的政治暗示迫使我们重新解读与筐川原小姐有关的“报道”。她对被人窥视的极度敏感，不仅反映了战时白人多数派的歇斯底里和心理偏执，更折射出她所处的整个族群当时面临的困境。她的可见度和易受关注的程度说明了第二次世界大战期间美国日裔的困境，这极大地加深了外界对这一亚裔少数群体的关注。[1] 社群对筐川原小姐病态的假设与政府的猜测相呼应，即居住在西海岸的许多日裔可能是狡诈的间谍。筐川原小姐遭遇被孤立以及最终被收容到精神病院与整个族群所受的排斥和最终的拘禁两相呼应。

但是，拘留营中来自社群的指手画脚须得从政府维护治安的政治角度来看待。历史环境让这些日裔相互告密。在持续监视的气氛中，告密者发布了煽动性的报道，导致了错误的逮捕和隔离。韦格林指出，尽管有抗议活动，但情况并没有多少改观，一些被拘禁者的“被动忍耐”转变为“愤怒的战斗”（116）。

---

1 英国哲学家杰里米·边沁（Jeremy Bentham）设计了一种监狱模型——“全景监狱”（Panopticon），福柯用“全景监狱”的比喻来描述无情的社会监控，在此“可见性是陷阱”（1979：200）。

许多所谓的“麻烦制造者”——那些对告密者使用威胁和暴力的持不同政见者，或那些仅仅公开表达他们对政府不满的人——在没有审判的情况下被捕，被关押在戒备森严的拘留营，例如犹他州的莫阿布拘留营（Camp Moab，Utah）和亚利桑那州的勒普隔离中心（Leupp Isolation Center，Arizona）（参见韦格林：121-128）。“根据当时对‘日本人’所持的特定的道德观，”韦格林评论道，“传统的无罪推定很容易转变为有罪推定”（128）。从当时的父权制习俗来看，笹川原小姐无论做什么都会显得不合时宜。日裔社群对她的态度反映了政府对于“秉持异见的公民进行逮捕或孤立时经常采取反复无常和非常武断的方式”（韦格林：126）。

保罗·罗伯逊（Paul G. Robertson）非常清楚地说明了这种武断之举，他被派去管理勒普隔离中心，却“不明白为什么 80 名囚犯必须由 150 人的武装部队来看守”，在他看来，大多数人“根本不是积习难改的”。随着时间的推移，他最终“学会了喜欢所有的这些人”；其中一个还成为了他的园丁，“经常和［他的］孩子们待在一起。他一点也不危险。”（转引自韦格林：128-129）

同样，菊也让我们重新思考这位舞蹈演员被指控的“精神错乱”。其他拘禁者的疏远让笹川原小姐觉得自己像个罪犯，她试图安慰年幼的孩子们：“‘别害怕我。我不会伤害你们的’”（28）。但在菊和这位舞蹈演员最为密切的一次会面中，笹川原小姐“微笑着欢迎菊”，看起来很迷人，也很愉快，这也是“［她们］唯一一次真正的交流”。听到菊讲述她拉小提琴的可怜经历时，“笹川原小姐放声大笑，发出了可爱的声音”（28）。然后，她告诉菊自己弹西班牙吉他的经历。在菊与这位舞蹈演员的直接接触中，没有任何迹象表明她精神错乱。

考虑到当时的政治环境，我们或许也可以修正对笹川原居士的判断。他对女儿的漠不关心与美国政府对本国公民（占被拘禁者的三分之二）的麻木不仁可以相提并论。但此处二者的相似之处却也不尽相同。在小说中，这位父亲几乎从头到尾都默不作声，其神秘感不亚于他的女儿。作为日裔美国社群的知名人士，他可能是珍珠港爆炸事件后第一批被逮捕和审讯的。政府还鼓励第二代日裔美国人密切关注拘留营中这些“可疑的”人物。（因此作为他的女儿，这位舞蹈演员对身边警惕的目光非常谨慎，这是可以理解的。）[1] 这位父亲非但没有享有特权，还受到了歧视性法律的约束。他追求精神上达成圆满的决心，可能是对他在新世界所经历的苦楚的一种补偿，因为在这个新世界里，他一直被视为可疑的外侨。[2] 不幸的是，当他转向极端的追求时，当他把女儿的情感需求排除在外时，他也变成了一个不折不扣的“暴君”。

这位父亲在精神上的执着追求通常被认为“无可指责”（beyond censure）。只有笹川原真里意识到了*他的*疯狂，甚至通过诗作间接对他进行控诉：“诗人……只替自己发声”（33）。这与林先生在《十七音节》中对待妻子的态度形成鲜明的对比：林太太沉醉于诗歌艺术，被认为是对家庭责任的逃避，是一种异常的痴迷（“你妈妈疯了！”）。在《传奇》中，父亲的精神追求被认为是神圣的；而在《十七音节》中，母亲的艺术追求却遭到诋毁。人们逐渐意识到“疯癫”（madness）在很大程度上是以其是否背离父权社会的规范所定义的。

面对笹川原小姐的三重孤立（作为女儿被父亲孤立，作为单身女性被社群孤立，以及作为被迫害族裔的一员被政府孤立），她对此作出了可能是唯一适当的反应；她的“疯癫”也是对疯狂环境的逃避。在故事的结尾，笹川原小姐的诗歌挑战了我们对疯癫、圣洁、反常和纯真的既定认知，在那“臭名昭著的岁月”（韦格林），当日裔美国人成为“关于他们自己和民族的流言的受害者”时，我们不禁要追问：究竟谁才是有罪的一方（陈耀光等，1981：29）。

《十七音节》和《米子的地震》中使用天真叙述者的策略让我们关注这两个故事中的有限叙述视角。《传奇》在揭露谣言的可疑性之前，就复现了谣言扣人

1 笔者感谢布莱恩·新谷提出这一观点。如需了解日裔美国居士在第二次世界大战期间所经历的苦楚，请参阅松浦（Matsuura）的论述。

2 山本的《拉斯维加斯查理》（“Las Vegas Charley”）的主人公是另一位表面上拥护拘留营生活的父亲，尽管在拘留营的生活让他变残疾了也无大怨言：“他很乐意在拘留营里度过余生——免费的食物、免费的住房……的确，他在酷热难耐的日子里也得站在那些热炉子边，结果一只耳朵丧失了一部分听力，但这只是个小小的抱怨。拘留营医院提供免费治疗、免费药物，还有那些塞进他坏耳朵的免费棉球”（[1961] 1988：80）。这两位父亲对拘留营的依恋也是在向“外面”的生活提出有力的控诉。

心弦的力量。通过不断改变我们对笹川原小姐的态度，让诗歌助力她最终发出自己的声音，山本激起了那些急于根据倾向性的报道做出判断的读者们的良知。《传奇》所展现的怀疑精神，尤其是对消息来源的质疑态度，在汤亭亭和小川乐的创作中得到了有效的呼应。

小说《传奇》向我们揭示了诗学与政治之间错综复杂的关系，促使我们更具批判性地研究现行的女性写作理论。根据在《绪章》里讨论过的“复写”策略，这个故事蕴含了三重静默：既没有与父亲的直接对抗，也没有对日裔社群的明确批评，或对美国政府的公开抗议。它在性别与种族方面错综复杂的表现堪与夏洛特·珀金斯·吉尔曼（Charlotte Perkins Gilman）的《黄色壁纸》（“Yellow Wallpaper”）相媲美。这两个故事都间接讨论了女性受到的压制和压抑。在吉尔曼的故事中，身为医生的丈夫对科学的笃信使他将自己的妻子物化，并压制她的想象力，直到她与现实脱节。笹川原居士的精神戒律同样使他的女儿精神错乱。然而，相比之下，医生禁锢妻子的阁楼比笹川原父女居住的隔间要宽敞得多。这位舞者要么必须与父亲靠得很近——这种情况可能会确确实实把她逼疯，要么将自己暴露于社群窥探的视野中，让社群民众通过耸人听闻的消息缓解自己无聊的情绪。虽然医生丈夫和居士父亲都是善意的，但他们在心无旁骛的自我追求中自我封闭，以至于完全忽视了身边女性的需求。如此一来，疯癫便成为了两位女性唯一的解脱方式——无论是释放想象还是逃避束缚（麦克唐纳和纽曼：28）。

同时，这两个故事也掩藏着当代种族政治令人不安的暗示。苏珊·兰瑟曾提醒人们注意吉尔曼书名中一个长期被忽视的形容词：“在吉尔曼撰写《黄色壁纸》时居住的加州，民众对‘黄祸’（Yellow Peril）的焦虑已经催生了类似1882年《排华法案》（Chinese Exclusion Act）等法案”（1989：425）。进而，她犀利地质问道：“壁纸是否代表着文化上的政治无意识？其中，雅利安妇女的疯癫……被投射到‘黄皮肤’的女人身上，然而，她也是令人恐惧的外侨”（428-429）。兰瑟此前也曾告诫，她的观点可能是“过度解读”（424），因为在小说文本中，关于种族的含义被完全压制了。山本对白人种族主义者歇斯底里行为的暗示被掩盖到如此程度，以至于她被指控忽视了“外部环境”。相反，笔者的“过度解读”表明，这位舞蹈演员的心理状态与故事的空间结构密切相关。周围幽闭恐怖的环境为笹川原小姐单身的原因增添了几分讽刺的意味：“她说她不后悔没结婚，因为……她至少有机会在全国各地跳了几次芭蕾舞”（21）。在此，艺术活动伴随着旅行的自由；然而，在拘留营这两者都被剥夺了，她被限制在小隔间、医院、拘留营，直到最后被送进了州立精神病院。[1]

山本久枝为何要掩饰其政治暗示？探究作者的意图是件冒昧的事情，因此下文最多也只能算是笔者的推测。笔者猜测，山本可能已经感受到来自个人、社群和社会审查的压力。正如笔者前文所述，山本是一位在“二世”日裔美国人礼仪方面深受熏陶的才女作家，她或许已经将自己的“作者焦虑”（该词出自吉尔伯特和古芭所著的《阁楼上的疯女人》[*Madwoman in the Attic*]）投射到了作为舞蹈演员和诗人的笹川原真里身上。[2] 但我们也要考虑到第二代日裔美国作家特有的一种更大的焦虑。战后不久，日裔美国女性的写作事业步履维艰，尤其是对于那些敢于触及拘留营这类敏感话题的女作家而言，更不用说那些敢于抨击社会和政府的女作家了。通过写作来再现这段经历本身就是沉重的负担。正如山本所述，“纵观整个日裔美国作家的文学写作历程……我们会发现，第二代日裔美国作家在谈到其拘留营经历时多选择回避，也许这种选择对他们的健康和幸福来说都是有益的”（1976a：12）。战后十多年来，日裔美国人总体上希望向美国社会呈现积极的形象，尽管这个社会总能找到各种理由将他们监禁。出于对公众舆论的考虑，他们可能会对那些揭露了族裔圈内部裂痕或对白人种

1 玛丽·道格拉斯（Mary Douglas）关于“两种身体”（two bodies）的洞见在这里引起了共鸣：“社会身体制约着物质身体被感知的方式”（93）。作为一种表达媒介，笹川原小姐的身体实际上受到所在的族裔社群和国家的双重限制。

2 山本不止一次把自己定性为“不正常的”。如前所述，有一段时间她采用笔名“拿破仑”来公开“对自己的小疯狂表示道歉”。她还将自己被《洛杉矶论坛》（*Los Angeles Tribune*，一家黑人周刊）聘为记者一事归因于她的独特气质：“我想他们认为我和他们一样神经质，而比恩·武田（Bean Takeda，另一名应聘者）可能太像个正常人了”（布劳维尔特：19）。此处，她似乎特别提到了她作为少数族裔的身份焦虑。

族主义提出质疑的作家不满。约翰·冈田的小说《不不小子》正是因为同时书写了上述两个主题，在 1957 年第一次出版时就同时遭到日裔美国人和白人主流社会的拒绝。[1] 在那之前，第二代日裔美国人想要公开发泄自己的愤怒和痛苦，甚至连一个论坛都很难找到，因为白人出版商通常不愿出版那些公开挑战主流文化的故事。山本的叙事手法朦胧缥缈，或许这正是她的优势所在。就像笹川原小姐写的那首诗一样，《传奇》把凡人的激情和圣人的冷漠编织在一起，是对传统的性别期望（界定谁正常，谁不正常）进行的女性主义批评，也是关于种族偏见和迫害的政治寓言，因此这篇小说在读者初次阅读时就“精彩得让人感到奇特……晦涩得让人忍不住揣摩”（32）。外部环境似乎只是个人回忆录中有趣人物的附带背景。作者含而不露的社会评论中的倒刺一次都不曾刺穿平稳的叙事表层（narrative surface）。作者正是通过精心编排来透露真相的细节，侵蚀叙事权威，并将矛盾多变的政治材料编入寓言，来批评少数族裔社群和主流社会对差异的不容忍及其排斥机制。与此同时，对拘留营生活的生动描述很可能转移了白人编辑们吹毛求疵的目光。（参见索尔仁尼琴［Solzhenitsyn］的《癌症病房》［*Cancer Ward*］和《伊凡·杰尼索维奇的一天》［*One Day in the Life of Ivan Denisovich*］）

文化和社会学的考量在审美判断的互相交融中彼此构建，难以分割。山本久枝小说主题表达上的静默与叙事策略上的静默彼此交融，让我们重新思考围绕文学与社会历史、美学与政治之异同的辩题。（例如，可参见科劳德尼，1975；杰伦［Jehlen］）由于生活和艺术之间的关系永远是微妙的，这些文本需要并且值得我们谨小慎微的细读。然而，只有在文化层面和历史层面上对它们进行锚定，我们才能充分揭示作者笔下复杂精妙的文本结构，以及她含蓄婉转的叙事艺术下流露的层层情感。

1 “不不小子们”是拒绝为美国而战的第二代日裔美国人。这句话来自在被拘禁者中进行的所谓“忠诚度调查问卷”上的答案，与军队的征兵活动有关。

三、挑衅的静默：汤亭亭的《女勇士》与《中国佬》

对于马舍雷而言，一部作品之所以与意识形态有关，不在于它说了什么，而在于它没说什么。正是在文本意味深长的静默中，在其空白和缺省中，最能真切地感受到意识形态之存在。

——特里·伊格尔顿，《马克思主义与文学批评》

Terry Eagleton, *Marxism and Literary Criticism*

真相无疑是无法否认的错误，因为它在漫长的历史进程中已被锤炼成形，无以改变。

——米歇尔·福柯，《语言，反记忆，实践》

Michel Foucault, *Language, Counter-memory, Practice*

那些困扰我们的声音和形象久久萦绕在心头，我们忍受着过去的伤痛，慢慢学会用各种方式去改变让我们饱受心灵创伤的影像和记忆，用自我肯定的影像和记忆取而代之，重塑并修正我们的过去，因为过去如同现在一般，是可以被塑造的。

——格洛丽亚·安莎杜娃，《形塑面孔，锻造灵魂》

Gloria Anzaldúa, *Making Face, Making Soul*

本书所探讨的三位作者之中，汤亭亭最为坦率地表达了她的女性主义立场。许多女性主义的传统主题，如外界强施的禁言、对传统知识的不信任，以及多重声音（multivocality）等，都在《女勇士》和《中国佬》中得以充分展现。与此同时，这些文本中性别和种族元素的交织产生了非同寻常的共鸣性双声话语，颠覆了男性与女性、东方与西方、虚构与真实、口头与书面、诉说与倾听、愿景/修正（[re] vision）与历史之间的二元对立。[1]

一如山本久枝和小川乐的作品，汤亭亭笔下的静默也呈现出多元的形式。《女勇士》一书展现了各种静默，包括女婴临世时家人的黯然神伤，叙述者个性不羁的姑姑被族人从家谱中除名，叙述者面对第二语言时的哑口无声，她对性别歧视之俗语强忍的怒火，她反击白人老板时苍白的言语，以及她因自己是不善言辞的华裔而引起的病榻缠绵。在《中国佬》中，静默超出了排斥女性的层面，亦表现为夏威夷的华人男性劳工被政府明令剥夺了发声的权利，以及华人后裔被象征性地从美国主流历史中彻底抹除。

历史上的种种静默或空白在大多数情况下都无法再现。对于汤亭亭来说，这种让人不能容忍的缺场引发了这样的叙述风格：不试图恢复过去，却反其道而行之，放大明显的遗漏和缺省，提供弗雷德里克·詹姆逊所指的“真实的政治矛盾与社会矛盾的象征性解决方案”（1981：80），并开创爱德华·格利桑（Edouard Glissant）所指的“对过往预言式的憧憬”（a prophetic vision of the past）：

那些困扰着我们的过去，于我们而言，尚未成为历史，却让我们难以释怀。

1 汤亭亭 1940 年出生于加利福尼亚州斯托克顿（Stockton，California），1962 年毕业于加州大学伯克利分校，目前（译者注：指本书英文版 1993 年出版时）任教于伯克利。其作品包括荣获全美书评人协会奖—非虚构类作品奖（National Book Critics Circle Award for nonfiction）的《女勇士》（1976）、荣获美国国家图书奖—非虚构类作品奖（National Book Award for nonfiction）的《中国佬》（1980）、散文集《夏威夷之夏》（*Hawai'i One Summer*，1987），以及她的第一部小说《孙行者》（1989）。鉴于汤亭亭在《孙行者》中讨论的问题与前两部传记/自传文学中关涉的问题相去甚远，因此笔者决定在本章中不特别探讨她的小说《孙行者》，而是集中论述《女勇士》和《中国佬》这两部作品。

作家的职责便是探索这种近乎偏执的执着，*以持续的方式展现其与当下的关联*。因此，这种探索既无关乎图示年表，也无关乎怀旧哀怨。（63-64，斜体着重部分为笔者所标）

正是那种困扰着编年史撰写者的静默，让富有创造性的作家得以摒弃由来已久的权威，大胆地创构新世界。汤亭亭的叙事策略随着她文本中不同类型的静默而产生变化，表达了她记载历史和重塑历史之良苦用心。她将“对过往的憧憬”与当下的现实交织融汇在一起。[1]

与山本久枝书写压抑主题的含蓄式风格迥然不同，汤亭亭的语言读来绝非晦涩含混。事实上，汤亭亭的作品经常被解读为真实的自述。因此，她复调文本下灵活多变的主体立场（subject positions）常常被评论家们所忽视。不过，莱斯利·W. 拉宾（Leslie W. Rabine）与斯蒂芬·H. 住田两位批评家能察人之所未察，显然不在此之列。拉宾指出，《女勇士》由一种同时演奏的双重乐章架构而成，其间也包含了“作家自己的声音，从某种意义上来说，她已回归故里书写其家族……但却是以那个无以重返的女孩的视角来书写的”（477-478）。住田认为，汤亭亭的自传可能是“一部‘虚构的’作品，作者采用了一个‘天真的’叙述者视角，倘若我们不将其称为‘不可靠的’叙述者视角的话……这位叙述者对‘中国’历史和文化的误解与滥用正是作者对叙述者及其所置身的狭隘的‘美国’社会的批判性描述中的一部分，也正是这样视角偏颇的美国社会让叙述者无法看清事实。”（1989：154）。我们会发现住田所言的“滥用”（misappropriations）中国文化之原因远非一种，并且这些叙事策略本身就与叙述者的言之凿凿互相矛盾。

批评家们通常将《女勇士》视为“女性主义”文本，而将《中国佬》视为“族

---

1 这种双重驱动（double impulse）契合了莫妮克·威蒂格（Monique Wittig）的女性主义主张：“尽心去铭记。若败，则去创构”（89）。但是这样的创构却进一步质疑了我们传统的“历史”观念。依据李少强的说法，“汤亭亭的《女勇士》因其自称是自传文体而获得一定的历史地位，随即便要求去探索美国华人历史的新领域，并试图颠覆构筑历史的真实性传统”（52）。

裔性”文本。其实，马里尼·舒勒尔（Malini Schueller）所称的“女性身份与族裔身份之结合与关联”和汤亭亭的“对话式颠覆”（dialogic subversions: 421），都如舒勒尔所述在《女勇士》中得到充分的展现；同时，二者也能在《中国佬》一书中觅得端倪。《女勇士》的主旋律由鲜明的反父权张力所构筑，这种张力主要表现为以大声疾呼的方式来对抗华人移民社群；此外，书中还蕴含着另一种无声的、针对美国单一的白人文化标准的控诉。而《中国佬》似乎采取了截然相反的叙事策略。虽然此书一贯不为女性主义批评家所重视，但却被一些亚美学者视为力图恢复中国父权制的一种尝试。[1] 依笔者所见，汤亭亭实则反其道而行之。尽管她竭力赋予那些在白人历史中被禁言的男性华人先祖们发声的权利，但她通过比拟白人美国社会中华人男性地位的下降与传统男性社会对女性的压制这两者之间的相似之处，昭然揭示了父权制的种种弊端。若将这两本书视为仅仅意在拥护女性主义主张抑或仅仅意在维护族裔感性，两种看法都是对汤亭亭在这两部作品中创构复合式双声话语的巧妙编排视而不见。她在作品中创构多声部叙事的艺术特色，反映了汤亭亭对父权制的强烈不满，以及她作为少数族裔女性与两种“亚文化”（subcultures）之间的密切互动。

将这类文本解读为纯粹的民族志（ethnography），而非针对挑衅式静默刻意为之的叙事倾向，在亚美批评家中引发了有关“族裔真实性”（ethnic authenticity）的长久争论。[2] 汤亭亭被指责其作品强化了种族的刻板印象。若不能辨识她作品中灵巧转换的叙述视角，以及她有意将虚构事件与现实事件交织融合，不仅会让作者的艺术技巧黯然失色，还会掩盖其文本希冀传达的“由衷之言”。在面对谎言与历史性的沉寂时，作者会断然抵制将事实与想象进行对立

---

1 程美兰（Linda Ching Sledge）写道：“延续家族传统的信念给了这些男人们在艰难的、‘史诗’般的考验中建构男子气概的力量。男性家庭成员身上被赋予的传统权威让他们内心拥有强大的自我，让他们得以不惧危险、承受失败”（5）。阿尔弗雷德·S. 王（Alfred S. Wang）将《中国佬》中的男性角色比作“中国民间文化中的英雄——关公、刘备和张飞”，并称这些角色为“汤亭亭笔下*最卓越不凡的男勇士们*”（*Men Warriors par excellence*：27）。

2 有关令人困扰的族裔真实性问题，参见郑明河（1989：89-97）以及德博拉·胡（Deborah Woo）的论述。

的做法。汤亭亭通过将传记与诗学相结合、重构神话故事、神化历史等方式，实现了女性主义对话式的叙事策略。

双声话语的两种主要形式弥漫于《女勇士》和《中国佬》这两部作品之中。汤亭亭的笔触在主要叙述视角与次要叙述视角之间游走，以展现女性主义与族裔意识之双重交叠，来彰显种种内部矛盾。同时，通过融合真实与虚构，作家得以再现自己对认知自我和认知世界的挣扎，重新定位其族群的“历史”。罗伯塔·鲁本斯坦（Roberta Rubenstein）指出，“这些叙事类别的融合不仅造就了《女勇士》独特的文体风格，也突显了叙述者在其实际生活经验中对那些领域的困惑”（169）。这种融合在《中国佬》中依然随处可见，进而帮助叙述者揭示历史中的种种沉寂，褪去让历史失真的面具，从而绘制变革之愿景。这两种形式的双声共鸣常常交错毗连而行进。例如，在《女勇士》中，美国华人移民社群中歧视女性的偏见以及叙述者对主流文化观点的接受和内化，造就了一种看似极其排华的叙事话语。然而这部作品实际上折射了比叙述者更成熟、更睿智的作者的情感认知，因此在结构上，作品展现了叙述者曾极大地受惠于其华裔美国文化传统，并以此削弱其直白陈述的“由衷之言”。在汤亭亭的这两部作品中，叙述者最终都打破了华人与美国白人的正统观念，从而重塑并更新了其性别身份和族裔身份，并为基于互惠原则而非控制支配的性政治、种族政治及国际政治挪腾空间。

《女勇士：与鬼魂相伴的少女回忆录》

> 起初她爱提问，对一切满怀好奇。然而她父亲不喜欢问题。他说吃饭或思考的时候都不应该说话，不吃饭时就应该在思考。只有上床睡觉时才能既不吃饭也不思考。
>
> ——黄玉雪，《华女阿五》
>
> Jade Snow Wong, *Fifth Chinese Daughter*

如果你不说话，就不可能拥有个性。

——汤亭亭，《女勇士》

Maxine Hong Kingston, *The Woman Warrior*

亚美学者们对《女勇士》中的“真实性”问题一直争论不休。那些攻击汤亭亭模糊真实与虚幻之边界的人似乎忽视了这一事实，即叙述者始终承认她自己喜好编造故事并且无力将事实与虚构分辨清楚。[1]即使是支持作者的评论者们，也倾向于以民族志的立场来为这部作品的自传性进行辩护，因为叙述者的经历与他们自身的经历十分相似。汤亭亭对这种人类学的解读方式感到烦恼，她抗议道：“说到底，我不是在书写历史或社会学著作，我写的是一部类似于普鲁斯特（Proust）式的‘回忆录’”（1982：64）。尽管《女勇士》以“与鬼魂相伴的少女回忆录”（*Memoirs of a Girlhood among Ghosts*）为副标题，但该书在大部分篇幅上并非仅仅只从一位困惑少女的视角加以叙述。假使我们把这部作品视为对现实世界的模仿，就必须明白它所折射的并非客观真相，而是一位富于想象的少数族裔少女在各种矛盾的要求中成长的主观体验。特里·伊格尔顿（Terry Eagleton）诠释其他作家的评论用在《女勇士》中的叙述者身上特别贴切：当作者“试图以自己的方式讲述真相之时……也会在行文中揭示其意识形态之局限”

1 赵健秀曾猛烈地抨击《女勇士》作为民族志文本的观点，苛责她强化了“白人幻想”（white fantasy，1984：12）。陈耀光曾批评克诺夫（Knopf）出版社将该书作为“传记而非小说（此书显然是一部小说）”来出版的做法（1977：41）。唐锦荣称该书为“一部时髦的女性主义作品，书中充斥着对白人观点的接纳”（1977：20）。尽管这些批评的声音主要源于《女勇士》一书被归类为自传的文类划分方式，但大多数传记评论家们确实意识到该书中自我表征与文学虚构之间关联紧密。黛安娜·约翰逊（Diane Johnson）写道：“现如今，小说与回忆录之间越来越相似。小说家让真实的历史人物与虚构的小说人物在文本中对谈交流；而回忆录作者则将先辈们的思想与言辞以夸张的写作手法呈现出来，就像小说所展现的艺术形式一样。自传作者也能采用夸张的文学手法，更加真切和深刻地处理文化根性、精神危机、甚至非物质性文化传统等问题”（1982：4）。亦可参见埃金（Eakin）之论述。

（35）。《女勇士》的叙述者少女玛克辛[1]一边面对着诋毁、歧视女儿的族裔移民文化，另一边面对着采用单一标准衡量女性温柔、美貌和智慧的白人文化，在两种文化之间左右为难，却无力彻底洞悉塑造自己思想观念的两种意识形态的力量。只有远比叙述者更为成熟的作者才能对这两种文化有更透彻的理解。[2]汤亭亭在书中平衡了少女玛克辛偏颇的看法与年长作者成熟而理智的洞见，创构了记录一位艺术家心理发展历程的“自传性”文学作品。

在最明显的层面上，这种发展历程是由沉默走向发声的心路历程。对此，笔者曾撰文详细讨论（1988），不再赘述。在此，笔者更关注玛克辛在认知层面的挣扎历程以及作者复现这一挣扎历程的叙事策略。她的认知轨迹（epistemological trajectory）看似是通过趋于被白人同化的举动有意偏离其族裔属性，然而却不断被一系列摇摆不定的身份认知所打断；这些身份认知既包括“反常规的”（被排斥放逐的、隐忍沉默的、错乱疯癫的）中国女性，也包括赫赫有名的中国女豪杰。她们处于中国社会阶层的两个极端，也许与同时处于中、美两个世界边缘的玛克辛的处境最为相似。最终，叙述者从遭受两相对立的文化意识形态的不断冲击转变为另辟蹊径地为自己闯荡出一条融合之路（syncretic trail）。

作者的对话性视野体现了她对玛克辛经历不同的人生阶段的翔实记载。通过引入相互矛盾的公理（contradictory axioms）和以玛克辛自己的叙述方式来削弱其言论等方式，汤亭亭得以对抗父权制和单一文化语境下的“真实”。她的叙事策略令人联想到女性主义批评家们通常讨论的各种女性写作策略：对主流话语的借用与颠覆（借用爱丽丝·贾丁［Alice Jardine］的话来说，即选择“借用象征性的盔甲，以法律为之命名，并以其法律之道去还治其法律之身”［231］），以及诉诸贾尼斯·斯托特所指的各种“缄默策略”。第一种策略旨在公开宣战：

---

1 译者注：张敬珏教授为了讨论方便在本书中采用了“叙述者玛克辛”一说，但实际上《女勇士》的作者汤亭亭并不曾在作品中把叙述者的名字道出来，全书的叙述者始终都是第一人称的“我”。参见本书第 6 页注释 2、第 12 页注释 1。

2 关于人物玛克辛与作者汤亭亭之间的区别，参见笔者（和译者）在本书第 6 页注释 2、第 12 页注释 1 中给出的详细解释。

直言不讳的抗议，神话般的修正，对传统训诫的公然挑战。第二种则试图采用游击式战术，即运用反讽、闪烁其词和言语克制等技巧以削弱文本中的明确观点。

汤亭亭不仅采用以上女性主义写作策略来对抗种族主义，而且也以之对抗性别歧视。她向华人社群中的父权制凛然开战；同时，她的游击战术则揭露了美国白人社会中压制性的单一文化传统。这两种不同的策略反映出少年叙述者玛克辛与阅历丰富的作者之间的认知差距。相较于美国社会中的各种文化偏见，玛克辛对其家族和社群中歧视女性的偏见更加敏感。然而当作者再现少年玛克辛的情感时，却令读者关注到白人意识形态对这些情感的塑造作用。在这特定的性别与种族背景下，女性写作中惯常使用的双声叙事策略发生了颠覆性的转变：激烈反抗华人父权制的女性主义声音支配着主导性故事情节，而对白人文化范式的批评则隐藏于文本的边缘之处。[1]

玛克辛发现自己很早就对母亲故事中的中国和单一文化语境下的美国感到困惑。要弄清楚哪些是传统的华人特征，哪些是自己的家族特征，确实是挺费劲的："华裔同胞们啊，当你们试图理解身边哪些东西是华人所共有的，哪些东西源于自己的童年……家庭以及用故事让你成长的母亲？哪些是中国传统，哪些只是电影中的夸张情节？"（5-6）。更让她困惑的是，母亲勇兰习惯于摒弃事实与小说之间的界限，在讲故事时只选取自己认为"有用的部分"（6）来讲述（因此女儿必须发挥想象来补足故事的各种细节）。

在幼儿园，玛克辛发现了做一名美国女孩所要付出的代价。（在玛克辛的语言中，"美国人"就是"非亚洲人"的同义词。）这代价便是结舌的语言障碍：

当我第一次上幼儿园不得不讲英语时，我就变得沉默了……当我发现自己

1　出于政治和艺术上的考量，汤亭亭可能在《女勇士》中压制了自己对白人主流文化的批评。正如山本久枝在《笹川原小姐的传奇》中的巧妙叙述或多或少反映了她对白人凝视的敏感，汤亭亭在撰写其第一部作品《女勇士》时也可能会对白人出版商的看法保持警惕。在后来的两部作品《中国佬》和《孙行者》中，她便得以更加凛然地谴责或明或暗的种族主义。

> 不得不开口说话的时候，上学便成了痛苦的煎熬，沉默也成了痛苦的煎熬……一年级时，我得朗读课文，每次却听到自己喉咙里只发出微弱的吱吱声。"读大声点"，老师说，结果把我那一丁点声音又吓回去了。别的华人女孩也不说话，于是我明白了，我们之所以沉默是因为我们都是华人女孩。（165-166）

就连玛克辛那喋喋不休的母亲也没能让女儿松口说话。勇兰声称，她剪除了玛克辛的舌系带，以便让女儿的舌头能"适应任何语言"（164）。可是，女儿反倒将自己不善言辞归咎于此。[1]

汤亭亭还为玛克辛语言障碍的困境提供了另一种解释：拥有华人血统和美国女学生的双重身份让人变得笨口拙舌。当勇兰通过向女儿灌输各种光怪陆离的故事来教育她时，玛克辛的美国老师则以智力测验的方式来校准学生的言行。由于不会说英文，玛克辛便被视为"智商为零"。她以一种自我封闭的方式对此加以回应：

> 我的沉默最严重时是我刚上学的那三年。那时我将学校的绘画作业都涂成黑色，我在画出的房子、花朵和太阳上涂上一层又一层黑色，在黑板上作画时，我便在画的最上面涂一层粉笔。我那是在画一幅舞台幕布，代表幕布尚未拉开或者升起来的时刻。老师把我父母叫到学校。我发现老师把我的画全都积攒起来了，虽然卷曲残破，但全都是黑色的。老师指着我的那些画，表情严峻，话语严厉，可我父母却听不懂英语。（"案犯的家长和老师同罪，"父亲嘟囔着。）父母把那些画都带回了家。这些画黑得如此深邃，似乎充满了无限的可能。我将它们一一展开，想象着那些幕布被豁然开启，一幕接着一幕，呈现出幕布背后的明媚阳光，上演着一出又一出辉煌而震撼的歌剧。（165）

这段话戏耍了几个矛盾的话语立场。首先，这个孩子身上有两种极端的意识同时掌控着她：内心丰富的想象力与外界强加于她的负面判断。孩子将自己画作

---

1 这一情节巧妙地将口头语言的优势和困境归因于同一源头，从而构成了该作品经纬交错、卷幅庞大的艺术织锦中的组成部分。

中的一片漆黑生动地想象成“舞台幕布”，然而这些图画却被老师们视为她全然不能与人沟通交流的证据。

由于父母无法保护她不受智力测验中文化偏见的影响，孩子接受了这一判决，并依据她自身性格中的表演性倾向，当真将自己定位为“案犯”的角色。随着她慢慢长大，她便转而将责任推到家庭出身和族裔根源上：“我在幼儿园失败的唯一原因就是你们没法教我英语，是你们让我智商为零”（201）。但作者却通过暗示这一责任其实应该归咎于美国教育体制拒绝承认双重文化身份来颠覆叙述者的这种指责。[1] 随后，作者没有给出任何评论，直接描述了在美国学校沉默寡言的孩子们到了华人学校后发生的转变：

> 上完美国学校之后……我们……去上华人学校……在那里，我们齐声朗读和背诵，声音抑扬顿挫，高低不一，男孩子们声音洪亮，每个人都跟着一起读，一起背，没人在课堂上单独发言。检查背课文时，老师让我们一个一个来到他桌前，单独背诵给他听……女孩们也毫不沉默，课间休息的时候，她们又喊又叫，高声喧哗。（167）

这些华人女孩在华人学校时的吵嚷喧哗与玛克辛的论断“我们之所以沉默是因为我们都是华人女孩”相矛盾。诚然，中国文化不鼓励年轻人之间的言语嬉戏，但玛克辛的困惑确实源于不同文化对静默的价值评判存在着*种种差异*。美国老师将她的结舌视为愚笨迟钝，而她梦境中的中国师父则告诫她要寡言少语：“你要学的第一件事……就是如何保持安静……如果你吵吵嚷嚷，就会使鹿不敢喝水，夺路而逃”（23）。这并不是说在实践中始终得遵循这种正统的中国式教学方式。事实上，广东人一直因其喧哗吵闹而名声不佳：“他们听戏的时候将收音机的音量调到最大……并且冲着唱戏的大喊大叫。那些唱戏的拖腔拉调，声音大得盖过伴奏的锣鼓。大家七嘴八舌，手舞足蹈，唾沫横飞”（171）。玛克辛

1 关于智商测试的详细内容，参见古尔德（Gould）。理查德·罗德里格斯（Richard Rodriguez）在其自传《记忆的饥渴》（*Hunger of Memory*）中告诉我们，他也曾被诊断为问题学生。迈克·罗斯（Mike Rose）在《生活在边缘》（*Lives on the Boundary*）一书中指出，许多单一文化的教育标准至今仍被人们采用。

也将自己的母亲描述为“讲古高手”（202）。[1] 因此，在导致女性压抑这件事上，美国文化中的性别角色期待所带来的负面影响并不比中国文化少。“一般中国女性的声音是坚定而强势的”，叙述者这样告诉我们，“然而，我们这些美生华裔女孩却不得不低声细语，如此才能符合美国式女性阴柔的气质”（American-feminine：172）。

玛克辛对“美国式女性阴柔”礼仪的理解与罗宾·拉科夫的观点不谋而合。拉科夫认为“言谈粗鄙”的美国女孩往往受到责备，而不善于表达自我的美国女孩同样也遭人蔑视：“因此，女孩说话也错，不说话也错”（5-6）。可见，不仅是中国，美国白人社会同样也为叙述者设置了双重束缚。拉科夫进而描述了一位女性学会了如何“在适当的情况下（例如在课堂上，与教授对话时，或是在求职面试时），从女性语言转换成中性语言”，并将她与双语者相比：“正如许多双语者一样，尽管她对两种语言的掌握足以应付大多数语言交际场景，但她也许永远也成不了精通二者的语言大师……从一种语言切换到另一种语言，需要对不同的社会环境之间的细微差别拥有某种特别的敏锐洞察力，并对潜在的非难抱有特别的警觉之心”（6-7）。[2]

正是这种双重意义上的双语者身份所带来的挑战阻碍了玛克辛的言语能力：在隐喻的层面上，她代表了女性双语者；在事实的层面上，她是一个竭力周旋于两种截然不同的语言体系之间的小学生。叙述者玛克辛回忆道：

> 朗读比说话要容易些……可我经常会停顿下来，老师就会认为我又要默不作声了。我实在弄不明白“我”这个字。中文的“我”字共有七笔画，十

---

1 正如程美兰所言，“在广东地区，当男性村民移居国外后，当地的妇女们被迫承担起全面管家的责任。因此，在南粤文化中诞生了一种强大的传统，即女性自立自足、强势进取。汤亭亭在其作品中展现了少数华人女性保留的这一文化传统，例如，故事中的那位母亲便是在漫长的排华期内坚忍等待，最终被允许入境美国”（9-10）。

2 不过，笔者不同意拉科夫观点中的两点。其一，笔者反对她所谓的“中性语言”（neutral language），因为这有点像一元逻辑的科学话语。其二，笔者发现她对双语者的评价是屈尊俯就的。正如我们所知，汤亭亭本人利用其双语文化传统打造了一种独特的文体风格和文化愿景。另可参见耶格尔将“双语现象”（bilingualism）视为女性主义之“僭越行为”（transgressive practices：35-76）的论述。

分复杂。为什么英语中“我”字写作“I”，虽然确实也像中文字一样头上有顶帽子，但却只有三笔画，而且中间一竖还那么笔直呢？莫非是出于礼貌，这个写字的人才省略掉其他笔画，就像华人非得把自己的名字写得小小的、歪歪扭扭的？不，这与礼貌无关。英文中的“I”是大写的，而“you”却是小写的。我不眨眼地盯着“I”中间的那条直线，直到眼前幻化出“我”字的撇、横、提、钩、点等其他笔画，以至于完全忘记了要接着往下读了。（166-167）

这个脑子里充满奇思妙想的孩子因为自己在发音上屡次失败而遭受惩罚。在她看来，这两个第一人称代词之间的差异已然超越了语音学上的意义，而是关乎主体的自我定位，是关乎将自我视为独立的个体还是与外界相关联的个体的选择。[1]对文化、语言以及性别身份的困惑让她继续用中、美两种语言体系中的“我”来进行言说。尽管她的叙述暗示了她与作为华人的那个自我愈渐疏离，但这个华人自我也正是她借助想象得以重铸的自我。

虽然叙述者对其华裔女性身份的公开反抗贯穿全书，但在文本的隐蔽之处，人们亦可窥见作者对美国化的种种强制要求予以抵制，因其压制了作家身上丰富的想象力。黑暗的舞台幕布之后潜藏着玛克辛那些“扭曲变形”（163）的故事；她挪用了母亲讲故事的方式以形成她自己叙述故事时的“有用之道”。正如西多妮·史密斯（Sidonie Smith）所言，她“透过自己文化中关于女性的故事来成存自我”（151）。这些故事成为她“自我创造”（self-invention，埃金）的借口。

这种策略在开篇章节中最为明显，该章讲述了那位无名姑姑在遭受村民羞辱后溺死了自己的私生子并自杀的故事。由于叙述者的父亲明令禁止提及这位姑姑，母亲又只遮遮掩掩地含糊其词，因此玛克辛得以自由地构建姑姑悲惨遭遇的各种故事版本。一些批评家认为汤亭亭在这些故事版本中赋予了姑姑一定的主体性。但事实上，姑姑的真实遭遇不可能符合这一故事所有不同的版本，

---

1 有关日本与美国对“自我”这一概念之间的差异，参见近藤（Kondo：26-33）的论述。

而她却还缄默无声、无以自辩。正是无名姑姑萦绕心头的沉默为侄女插上了想象之翼，让玛克辛得以考校其讲述故事的能力，以及在不同身份之间周旋的能力。因此，最终得以施展的并非姑姑的主体性，而是叙述者的主体性。

然而叙述者却一反常态地将其自我塑构（self-fashioning）的行为呈现为一种祖先崇拜："只有我一人舍得为她破费许多冥币纸张，哪怕我没有把冥纸折成纸房屋和纸衣服"（16）。她称姑姑为"先驱"（8）是为了以母系族谱代替父系族谱（拉宾），这么做是出于反叛而非顺从之心。叙述者用几页自己写的文字代替了祭拜祖先用的折纸贡品，取得了长久以来男性专享的行文特权。这几页文字乃其直抒胸臆之作，而非因循守旧之陈腔滥调，预示着一个新的华裔美国文学传统之诞生。汤亭亭曾明确宣称自己不愿墨守成规，而是渴望构建一种灵活的口头文学传统。因此，我们不应将汤亭亭的作品当作民族志来解读，而必须留心其特有的叙述内容与叙述方式——她这么做旨在消解传统之权威。

对汤亭亭而言，这种灵活的叙述方式对于恢复口头文学传统有着更长远的益处："口头故事在口耳相传中不断演变。它因听者的需求而变化，因时代的要求和志趣而变化。因此，故事可以因时而异呈现新版本……写作是静态的……假使纸上那些文字也会依时而变，想来必定是件美妙的事情，但那是不可能的。我试图解决这个问题的方法，便是在写作的过程中始终保持一定的含混性"（伊斯拉斯 [Islas]：18）。然而，笔者相信作者并不止于复现口头文学传统：虽然她声明自己采用了口头文学传统，但也通过写作颠覆了这一传统。不论口头文学传统多么具有可塑性，在任何既定的时刻内只有一种叙述话语能够成立。在叙述者重述无名姑姑的故事时，相互矛盾的故事版本层出不穷，潜在地削弱了母亲勇兰口述的那个故事版本。汤亭亭的写作同时继承了口头文学和书面文学传统，却又同时对二者之权威提出挑战。

然而，传统之权威仍能矫饰成不同的面貌，从而保持其主导地位。有时，叙述者所展现的情节可能会复制或反转二元对立中的父权制秩序，她有意为之的颠覆则变成了朱莉娅·克里斯蒂娃（Julia Kristeva）所说的"反向作用"

（counterinvestment，1981：24）。[1] 尽管玛克辛试图摆脱父权制的束缚，但她却一再陷入“同一法则”之中（此处借用露丝·伊里加蕾［Luce Irigaray］在其他语境中使用的术语“law of the same”），将“同一”与“平等”混为一谈。[2] 她对女勇士的幻想，尽管只是一场对抗父权制的假想战争，却也借父权制之道还治/置女勇士之身。当她将自己想象成中国传统侠女花木兰时，玛克辛必须在真实和象征意义上均为自己披上男儿铠甲：女勇士不仅得以装扮成为男性士兵，而且她的力量来自父母在她背部刺上的文字。

在这位女勇士的冒险之旅中，她对父权制权威的借用同时也为她带来了刺激与寒栗。一方面，这种幻想让年轻的玛克辛将自己想象成一位自我奋斗的女主人公，从而得以摆脱那些令人不快的现实：在这位华裔少女的成长过程中，耳边一直萦绕着诸如“宁养鹅，莫养女”这样的论调（43）。玛克辛不仅援引了母亲讲述的古老传说，还将自己的意愿投射到了这位女勇士身上。虽然该传说原本旨在歌颂推崇为人子女之孝道，但玛克辛的奇想却浓墨重彩地展现了女勇士的英勇善战和复仇凯旋等故事情节。而且，不同于其原型花木兰从不曾背负刺身，“女勇士－玛克辛”背部刻有魔法字符。在中国传统中，军事、性和言语的力量都是男性的特权，因此，这些奇思妙想让玛克辛得以用各种非传统的方式进行自构。

另一方面，这种自我赋权的幻想同时也是一种自我挫败，因其恰恰证实了父权制范式的内在韧性。正如女作家必须采用男性笔名来获得学界认可一样，女勇士也唯有伪装成男性才能行使权力；一旦重获女儿身，她须得再次谦恭顺

---

1 译者注：在克里斯蒂娃的理论中，“counterinvestment”是指一种个体或群体对于特定观念、信仰或社会秩序的抵制和反抗。这种抵制和反抗可能是出于对权威、规范或传统的怀疑，或者是对社会结构和权力关系的批判，可表现为个人的情感、思想和行为上的反叛，有助于推动社会变革和文化创新。参见书尾克里斯蒂娃相关参考文献。

2 译者注：“law of the same”（同一法则）是伊里加蕾性别批评中的重要概念，指的是社会中存在的一种倾向：将“同一”作为标准来界定和规范个体和群体，只有符合特定标准的人才被认可和接受，不符合者则被边缘化或排斥。伊里加蕾认为“同一法则”对女性和其他边缘群体危害很大，主张将其打破，为女性和其他边缘群体争取平等权益。参见书尾伊里加蕾相关参考文献。

从，对公婆低眉顺眼，并重拾儿媳延续香火之责。“如今国事已毕，”她对公婆说道，“妾将侍奉二老左右，耕耘织种，洒扫门庭，多育男丁，传宗接代”（45）。她的军事禀赋自身也证明了父权制习俗的至高权威，即“像男人一样战斗”。“女勇士－玛克辛”试图去迎合她想象中的中国社会的女性阴柔与男性阳刚之传统，因而不得不盘旋于双重性别之局囿。

另一群女勇士则采取了一种似乎更为激进的举动。“女勇士－玛克辛”将专横霸道的贵族们砍了头，随后从一间锁着的屋子里解放了一群“幽咽啜泣的女人”。

> 后来，听说她们组建了一支娘子雇佣军。她们不像我那样穿着男装，而是身穿红黑相间的女子裙装，策马驰骋。她们悉数收购女婴，因此受到不少贫困家庭的欢迎。倘若谁家的女奴或儿媳跑掉了，大家便会说，她们定是加入到这些巫妇的队伍里去了。据说，她们还屠杀男人和男孩。但我自己从未遇见这群娘子雇佣军，故不敢妄言评论其真伪。（44-45）

西多妮·史密斯认为，相对于原版和改编版本的花木兰传奇而言，这段叙述是“对女性赋权真正具有颠覆性意义的‘故事’”：“她们行使着未获认可的权力，不听命父辈兄弟去替他们复仇；反而带领各家女儿与家中父兄抗争，试图从源头上破坏阳具秩序（phallic order）本身。此外，她们在这样做时，非但不加掩饰，反而极其强势地揭示了她们与男性的性别差异”（159）。但是，这段情节“真正具有颠覆性”吗？诚然，它也许表达了这位年轻叙述者的恼羞成怒，但这则嵌套的故事几乎和叙述者所幻想的女勇士一样缺乏对女性的解放性。带领各家女儿对抗其父兄似乎仅仅只是反转到阳具秩序的对立面（如《无名女人》[“No Name Woman”] 那章所示）；这种“性别差异”恰恰是一种复制，即依靠武力对另一性别进行压制。这些情节强调：即使在想象的域界内，想要完全超越父权制思维也极其不易。具有讽刺意味的是，正是在叙述者的“平凡”生活之中，她才得以洞悉父权虚构中的矫饰：“我所见过的打斗与杀戮全然谈不上荣耀辉煌，都很肮脏卑劣，一如贫民窟般龌龊……这些打斗很难说得清谁胜谁败。我也曾亲眼所见，一些尸体堆积如山，一具具肮脏凄惨的年轻尸体，用警察的卡其色毯子随意一裹……而所谓的武术，只不过是荧光灯下一群不谙世故的毛头小伙们相互抡起拳脚”（51-52）。[1]

在日常生活中，“女勇士－玛克辛”自己却转而成为一个摧残别人的折磨者。她背上的魔法字符变成了教室里的胡言乱语。其中有一个场景让人不寒而栗：她强迫女同学开口说话，试图通过折磨这位恬静少语的华人同学来逼她开口。玛克辛用力拽着她的头发，揪着她的鼻子和耳朵，捶打着她的脸颊，并不断用言语刺激她：“你打算像这样当哑巴……当一辈子吗？……你必须让别人知道你有自己的个性和头脑”（180）。那个女孩大哭，但仍旧不肯说话，这便激起了玛克辛更加强烈的绝望和愤怒。

如若我们把这件事单纯理解为少年玛克辛强烈希望推翻这位个性恬静的东方少女身上的固有形象，便会遮蔽玛克辛如何受美国主流社会洗脑，认为沉默意味着智商为零。“如果你不说话，”玛克辛威胁着这位寡言的少女，“你就没有个性”（180）。这句话经常被评论者引用，一直被解读为作者成熟的看法和信念。毋庸置疑，作为一名作家，汤亭亭必定相信文字和自我表达的重要性，《女勇士》一书也的确详实地记录了她如何从一个沉默的孩子成长为一位言语勇士的过程。然而，我们必须注意，言语与书写之间存在着微妙却重要的区别。[2] 从叙述者自己洋洋洒洒的书面证词来看，很显然，一个安静寡言的学生仍然可以成为一位擅于书面表达的作家。除了玛克辛与母亲对抗时“喉咙猛然打开”的场景之外（201），叙述者自己打破沉默的壮举在写作上比在言谈中表现得更为明显。成年后的她写道：“哑言不语——羞耻感——仍然把我的声音劈成两半”（165）。在

---

1 虽然这在《女勇士》中只是一笔带过的话，但这种对传统武侠英雄主义信条带有幻灭感的表达，却演变成汤亭亭随后两部作品《中国佬》和《孙行者》中成熟的反战主义思想。有关女性主义与崇尚武力的英雄主义之间势同水火的讨论，请参阅张敬珏，1990b。

2 许多法国学派的女性主义者，基于德里达对言语（*parole*）与书写（écriture）的区分，将书写与女性对话主义（feminine dialogism）联系起来，把言语与男性中心主义（phallogocentrism)联系起来。但是，正如莱斯利·拉宾所言，这种“象征性的性属”（symbolic gender）并不总是与“社会性属”（social gender）所共存，因为在汤亭亭的作品中，“讲述故事的社会行为属于女性领域，而写作的社会行为属于男性领域。这是……汤亭亭为‘以智谋取胜’而设计的秘密的‘父系之地’（father places：491）”。

很大程度上，她是通过*聆听*母亲“讲古”来学习如何成为讲故事的高手。事实上，狭隘的女性主义分析可能会延续言语与智力在种族优越感上的关联性，并且加深非母语者们的言语发展障碍。

少年玛克辛对言语表达的肯定，只说明这位年轻人对美国规范不加质疑地全盘接受，而并非成年作者的后见之明。正如笔者前文所述，在这令人烦忧的语境中发声，其价值与托妮·莫里森小说中“最蓝的眼睛”相等，都展现了“主流文化如何通过教育体制来施展霸权”（吉布森［Gibson］: 20）。玛克辛对那位“寡言”少女的粗暴行径，显然是发生在“美式”学校，不禁让人联想到佩科拉因周遭随处可见、无所遁形的白人标准而遭受的心理创伤。玛克辛如此强烈地憎恨这个女孩，不仅因为她不愿开口说话，还因为“她中国娃娃般的发型”（173），“她的直发随着脑袋转动而摆动，却不像那些漂亮女孩的秀发那样随风飘逸”（176）。随后披露的情节甚至更让人瞠目结舌：“她若缠过足，脚趾在拱成球状的脚背下扭动，我就会跳起来向它们踩去——嘎吱！——用我的铁鞋掌狠狠地踩踏它们”（178）。或许我们只有从玛克辛对其华人身份恶意的自我贬低这一视角，才能知晓她这种莫名其妙的残忍心态源于何处。正是那些用来刺激女孩开口说话的言论（例如，“难道你就不想当啦啦队长？或是挥舞着彩球加油的啦啦队员？”［180］）表明了叙述者希冀成为白人姐妹会成员的强烈渴望。

玛克辛将华人女孩的沉默寡言与智力低下和缺乏个性相提并论，意味着她已经接受了学校老师的评价标准。她的粗暴行径恰好呼应了她在生活中所遭遇的或假想或真实的欺凌者们的残暴行为。这些欺凌者包括：她想象中强暴了无名姑姑的华人男子、那位种族主义的白人老板、以及狠心拒绝前妻月兰（Moon Orchid）的负心郎。她对那位寡言少女的威胁也如出一辙：“你胆敢告诉别人我欺负了你”（181）。可这件事之后，她便疾病缠身，并且具有讽刺意味的是，她病得整整一年都无法开口说话，这表明在美国学校庇护下的发声所要付出的代价，而使用强迫性的语言只会加剧玛克辛的言语障碍。当成年作家回首往事时，她将自己对华人女孩的粗暴行为视为“迄今为止，［她］对别人做的最恶劣的事情”（181）。正如玛克辛幻想中的女勇士只能身穿男性盔甲才得以施展高超的武艺一样，少年玛克辛只能通过模仿符合西方假定的自我贬低的言行，才让自己得以用西方的话语发声。叙述者与其双重族裔身份的抗争体现了她人生中的某个特定阶段，此时，她的种族自憎（racial self-hatred）最为强烈，并且似乎对白人的价值观全盘接受。

在笔者看来，玛克辛与外界的疏离受当时的政治环境影响而日益加剧。从故事中我们得知，欺负华人沉默少女的事件发生在“朝鲜战争期间”（174）。玛克辛折磨沉默女孩时所处的地下室正是学生们在“防空演习”（174）中的藏身之处。如果我们将这一事件与《中国佬》中同期发生的一段故事进行对读，便能更好地理解玛克辛当时作为亚洲人后裔的心态：

> 因为朝鲜战争爆发，我们得戴着身份识别专用牌……还得填写专用表格，以便在标签上刻写相应的信息……我们的身份牌上用 O 代表宗教，还用 O 代表种族，因为我们既非黑人也非白人……有些孩子说 O 是 Oriental 的首字母，代表“东方人”的意思，但我知道它其实指的是 other 的首字母，是代表“他者”的意思……Zero 同时也是日本战斗机的名字，所以我们最好时刻谨言慎行。（276）

这段话恰如其分地诠释了路易斯·阿尔都塞（Louis Althusser）所称的“询唤”（interpellation）或“呼召”（hailing）之模式，即主流意识形态“从社会个体中‘征募’主体……或将社会个体‘转变’为主体的方式”（174）。由于韩国人、日本人和中国人都一同被视为美国社会中的“他者”，被人心照不宣地视为某种密码符号，甚至被视为敌人，因此玛克辛自然也不希望受人鄙视，她接受美国学校的“教育”以认同主流文化，并与家人和族人分裂割袍。后来，她又将接受“美国”教育视为脱离华人社群的机会和希望。当她的喉咙最终“猛然打开”时，她喊出心中对于美国理想和体制的偏好：“我要走了……我要去上大学了。我再也不去华人学校了。我要去美国学校争取个职务……我要为自己的履历积累足够多的学生职务和社团工作的记录，以便能顺利进入大学。华人学校我再也待不下去了”（201-202）。她的呼告声中似乎隐含着这样一个美国：它启迪心智，赋予自由，充满机遇。

相比之下，玛克辛却以犀利的批判性视角远观华人社群及其风俗。她将年轻的男性移民描述为“看似滑稽的新移民，刚刚上岸的新船客……他们眼神游移躲闪，眼珠四处打转，嘴巴松弛地耷拉着，完全没有下颌刚毅的男子汉气概”（193-194）。她还逢迎美国人道：“华人言语喧哗之声，难入美国人之耳”（171）。在观察过勇兰和她妹妹月兰后，玛克辛和她在美国出生的兄弟姐妹都认定“华人着实怪诞”（158）。叙述者描述了父母依古制进行的祭拜仪式，在她看来，这些仪式十分神秘莫测：

> 母亲给每个酒杯斟上施格兰七皇冠威士忌，过了一会儿，又把酒重新倒回瓶子里。她从不向我们做解释。……如果你开口问他们，大人们要么显得很生气，要么避而不答，或者干脆呵斥你闭嘴。你不知道不能头戴白花，直到你挨了揍，一整天都遭人白眼，你才明白这原是禁忌之举。（185）

这段话所展示的叙述视角揭示了局内人与局外人之间的微妙差别。尽管玛克辛按说应当是局内人，但她却采用了林英敏在论及其他华人作家所指的“局外观察者”（alien observer: 15）视角。叙述者所说的一切都是真实的，因为许多中国以及华裔美国孩子们都曾在家中见识过类似的仪式和禁忌，那些成长于华人社区的孩子们会认为勇兰的行为完全可以理解；由此可见，玛克辛对此事的无知让人瞠目结舌。敬神之后回收供品（此处指施格兰七皇冠威士忌）的做法也是华人常见的习俗。许多华人常规庆祝节日的方式，便是在祖先牌位或神明祭坛前敬上酒菜。象征性的祭祀活动一结束，这些酒菜供品要么让祭祀者给吃掉，要么留存起来以备下次祭祀之需。正如汤亭亭本人所说，华人“有着令人惊奇的、融实用性与想象力为一体的特质”（塔尔博特［Talbot］：10）。一个在以华人为主的家庭中长大的孩子，不太可能对许多虔诚的华人家庭所共同遵守的惯常习俗惊叹不已。

关于白色头花的禁忌也很容易解释清楚：白色在中国文化中是代表哀悼的颜色，在头上戴一朵白色的毛织假花意味着近期家中有父母离世。因此，勇兰在看到女儿头戴白花时，必定感到心烦意乱。勇兰没有向女儿*解释*其犯忌的性质，因为她深信“言语行为”（speech acts）的力量，所以小心谨慎，以免一语成谶：“说话时要当心，说出来的话会变成现实”（204）。语言具有魔力，并且粤语中没有类似“摸摸木头”[1]这样的吉祥话来消解不吉利的言语或行为。[2]

在美式学校另一套价值观的教育下，玛克辛定然只将母亲的行为举止视为“怪异”。她也无法理解华人在朋友和陌生人面前贬低自己或直系亲属来表达谦逊（或是在拐弯抹角地寻求恭维）的习俗。例如，一位母亲可能会当众声称自己的女儿丑得难以见人，而事实上她美丽端方；抑或宣称女儿愚顽不灵，而事实上她聪颖伶俐。玛克辛对勇兰总喜欢“说反话”的做法激愤不已（203）。更甚者，她尤其憎恨勇兰融合虚构与事实的做法：“我都分不清哪些是真的，哪些是你编的”（202）。

叙述者将中美文化愈渐两极分化，苛责前者而神化后者。玛克辛厌倦了活在母亲往事回忆的“幽灵”之中，她把任何不顺心的事情都归根于中文，并弃之如履：“我把那些畸形丑陋的东西驱入梦里，梦里全是中文语境，只有中文才可以承载那些不切实际的故事”（87）。她还宣布了自己对“美国式－正常的”生活方式的偏爱之情（American-normal：87），即刻板印象意义下的白人生活方式：

> 为了用逻辑去认识这个世界，用逻辑这种新方式来看待问题，我只好离开家。我明白了所谓神秘的事物都能被洞悉。我享受这种简单的活法。混凝土由我口中倾泻而出，将森林变为高速公路和人行道。给我塑胶产品，给我周期表，给我电视节目里介绍的便捷菜肴。（204）

这种对本族文化的彻底拒斥在移民子女中并不罕见，尤其是在美国有色人种女性身上很常见。借用格洛丽亚·安莎杜娃的话来说，就是“当我们由客体变为主体并审视和分析我们自身的经历时，便会引发这样一种危险：我们可能会

---

1 译者注：在英语中，“Touch Wood”意为“摸摸木头”，指用手触摸木头能够逢凶化吉或者祈愿能继续保持好运。

2 参见作品中的这一情节：当药剂师把药错送到勇兰家时，她勃然大怒。

从主宰者的视角去观察，用其语言去表达，用其方法论来阐释世界”（1990: xxiii）。

尽管叙述者尽力将其“美国的功绩像私用围巾一般”把自己包裹起来（52），她仍然不断被主流社会提醒自己的“他者”身份。与此同时，由于“伴随着鬼魂故事而出生……并听着这些鬼魂故事而长大”（183），她也渐渐成了家人眼中的鬼。“她这是见了什么鬼?”当玛克辛听到身边那些鄙视女性的论调而勃然大怒时，有人这么问道。“我也搞不懂。我猜不是什么好事，”她母亲答道（46）。和山本久枝笔下的笹川原小姐一样，玛克辛同时被白人社会和本族社群视为不正常，因为她同时与二种文化范式保持距离。这两位女性都未能满足其族裔社群对于女性的性别期望，并且也都因其族裔身份而遭受迫害。（玛克辛的老板打算在一个被“种族平等促进大会”[CORE] 与“全美有色人种协进会”[NAACP] 点名监察的餐厅举办公司宴会，玛克辛拒绝为此打印邀请函，因而被老板解雇。[1]）

玛克辛与笹川原真里这两位女性均想象力丰富，她们面临的相似处境进一步凸显了社会规范及其所构想的“疯癫”舆论二者间的内在关联。[2] 尽管玛克辛并未被正式诊断为“发疯”，但她时常怀疑自己犯了疯病:“我那时以为每家都得有个疯女人或疯女孩，就像每个村落必定得有个所谓的傻子。那么我们家的这个疯女人会是谁呢? 多半就是我吧……我的脑海里浮现出与我攀谈过的那些爱冒险的英豪人物……我摔盘子砸碗……我一边做饭端菜一边挖鼻子……我的性情的确一天天地变得越发古怪了”（180-190）。凭借着与生俱来的活跃想象力，她刻意表现得令人讨厌，以免早早地被父母嫁出去。事实上，她

---

1 译者注:“种族平等促进大会”的英文全称为 Congress of Racial Equality，是一个美国民权协会，于 1942 年由一群学生在伊利诺伊州芝加哥市（Chicago, Illinois）成立，致力于促进全世界所有人的平等。“全美有色人种协会”的英文全称为 National Association for the Advancement of Colored People, U.S.，于 1909 年 5 月成立，总部设在纽约，旨在促进黑人民权，保证每个人的政治、社会、教育和经济权利，消除种族仇视和种族歧视。

2 译者注：此处意指：社会规范之所以构想或认为女性为“疯癫”其实是因为父权社会不容许也不接纳这些不守常规、想象力丰富的女性。

本人也开始认为自己异于常人。因而逐渐对中国故事中的离经叛道者越来越感兴趣。[1]

如果说这位少年叙述者玛克辛必须奋力摆脱其华人家庭和美国白人社会所施加的约束，那么成年作者汤亭亭则反其道而行之，充分利用了她在双重文化中成长的背景。笔者已详尽讨论过玛克辛在成长中以牺牲其中华文化根源为代价所形成的对主流文化的认同感。她告诉母亲，“要是我远离（家）……便不会生病。我可以自由呼吸”（108）。然而作品中的中国神话传说俯拾皆是，尽管其形式发生了改变，但却表明这些故事已在很大程度上成为叙述者（以及作者）自身不可分割的部分，而这一切得归功于母亲对她的影响。玛克辛从母亲那里听到的故事并不比她在美国学校学到的知识少，这些故事不仅启蒙了她的认知，也塑构了她的人格。《女勇士》结尾的那段传奇表明：叙述者（如今已成为一位作家）终于学会巧妙运用中美两种文化，而不被这两种文化所束缚。

在《女勇士》的终章《羌笛野曲》（“A Song for Barbarian Reed Pipe”）中，汤亭亭重新诠释了委身于蛮夷胡人之间的中国女诗人蔡琰的传奇故事。与她对无名姑姑和女勇士故事所做的改编如出一辙，汤亭亭同样也颠覆了这个故事原本的寓意。原本的传说讲述了一位女子被胡人所掳，被迫为妾，不得不在异国他乡养育孩子的故事。中国原版故事强调这名女子最终回到了大汉人民的怀抱。然而汤亭亭的故事版本却与之相反，通过融合异质性多元艺术形式，用戏剧化的方式展现了不同种族之间如何和谐共处。故国与母语、父母与孩子之间纽带的联结并非通过在空间上返回先祖故土完成，而是经由诉说与倾听得以实现。《女勇士》开始于叙述者倾听母亲口述故事，结束于蔡琰的孩子们听她唱歌。然

1 个人的内在气质与外界对他 / 她的期待和塑构之间不相协调，会导致真正的精神错乱，勇兰的妹妹月兰的故事就是如此。尽管月兰尽职尽责地扮演好中国贤妻良母的角色，却还是成为了外部强加之身份的受害者。她在专横的姐姐和西化的丈夫之间左右为难，姐姐将她塑造成“东方皇后”（143）般的角色，而丈夫却将她视为自己“多年前读过的一本书”中的人物（154）。无论是姐姐勇兰还是月兰的丈夫，都不关心月兰自己内心的情感。月兰无法适应别人为她虚构的角色，逐渐从正常的现实生活中脱轨。

而蔡琰的故事也是玛克辛对勇兰故事的叙述之延伸，完成了她对母系精神传统的继承："这是母亲讲给我听的故事，不是在我小时候讲给我听的，而是最近，当我告诉她我也讲故事了的时候。故事的开头是母亲讲的，但结尾是我给加上去的"（206）。

蔡琰代表了，甚至超越了那些对玛克辛的生活产生重要影响的女性人物。蔡琰曾像花木兰一样奋战沙场，只不过后来沦为了战俘。她投身于另一种一直被男性主导的艺术——写作——之中，然而却毫不掩饰自己的女性身份，从而潜在地否认了作家身份为男性的特权。和无名姑姑一样，蔡琰也因遭到玷污而怀孕，她们都曾在户外的沙地上就地分娩。然而蔡琰并不像那位姑姑一样籍籍无名、惨遭抛弃，反而因吟唱自己流亡生活的故事而名垂千古。蔡琰和勇兰一样，用中文与她那讲着胡语、不通汉语的孩子们交谈，但她也逐渐通晓了胡人的音律。

与蔡琰的遭遇相似，玛克辛被父母的华人世界和美国白人世界所疏离。也正是通过与玛克辛的故事做类比，蔡琰故事的全部意义才得以彰显。胡人在其箭镞部分附以简陋的苇管，每当箭射向空中，便会发出哨音。蔡琰曾以为这种骇人的嘈杂声响乃是俘虏她的游牧胡人唯一的音乐。但如今，夜复一夜，她的耳畔一直萦绕着那些笛声："音乐起伏不定，有如大漠风沙"（208）：

> 随后，在蔡琰的帐篷之外……胡人听到了一位女子的歌声，似乎是唱给她的婴孩们听的，歌声高亢而清脆，恰与笛声相和……她的唱词似乎是汉语，不过胡人也能理解其中的哀愁和怨愤……她把她的歌从胡人的蛮夷之地带了回来，其中便有《胡笳十八拍》，是流传至今的三篇之一，中国人用自己的乐器加以伴奏，歌词也翻译得妙。（209）

玛克辛并没有（也不愿）回到中国，但她通过写作的方式与祖先文化重新建立了联系。如今，她努力仿效那位伴着胡乐而歌的女诗人，不再与她的亚洲背景和在美国的当下生活抗争不休。那种哀愁与怨愤并未消散，但其抒情式的结尾却暗示着玛克辛早已将她生命中的不谐之音消融在歌声里。

面对这和谐的尾声，读者可能会对用以结束蔡琰故事和全书的含混曲折、模棱两可的句子感到困惑："歌词也翻译得妙。"[1]这句话表面上是指女诗人蔡琰的歌词，但由于叙述者此时已与作者合二为一，此处显然也在暗指汤亭亭"翻译"自己双重文化的代表作。这句话表明，不同的世界可以通过叙述者/作者得以连接，蔡琰在她的歌曲中做得到，汤亭亭亦然。但是，汤亭亭究竟传译了什么？将中文翻译为英文？将中国文化传译为华裔美国文化？她是否传译得当？如果我们秉持"翻译"一词的保守含义，将"忠于原文"视为翻译的首要准则，那么《女勇士》则是对中国原典素材拙劣不精的翻译。翻译即中伤、诽谤和背叛——这类指控曾一次又一次地指向《女勇士》对中国文化的传译。作者对勇兰的背叛就更加个人化了，因为勇兰无以在书中直接发声，母亲的声音于女儿而言犹如幽灵鬼语，永远无法完整地再现。"《女勇士》中的某些伤痛就在于女儿对母亲的背叛，"科琳·肯尼迪（Colleen Kennedy）和德博拉·莫尔斯（Deborah Morse）指出，"对不友善的读者[2]而言，作品中女儿的叙述……揭示了母亲语言与文化中蕴藏的秘密，这些读者将她所拥有的知识视为'原始'，将她对幽灵鬼怪的控制力视为'迷信'"（128）。

具有讽刺意味的是，《女勇士》的中文译本亦不忠于原著。汤亭亭描述了她母亲读了这些译本后的回应：

> 因为盗版力求尽快上市，他们便套用既有的文学形式。他们并不着力进行语言文字上的实验创新，也不尝试用新的创作形式去契合我所进行的文学创新。现有的最简单的形式是肥皂剧，但剧中的激情与内涵都是假装的……关于坊间对我作品的赞誉，她只知其一不知其二，还以为是她和我们家都交了好运。（1991：23）

在上文中，汤亭亭暗示了她自己一直勤于尝试"新的创作形式"。如果我们认为她的这部作品着眼于独特的华裔美国视角，运用中英文混杂的语言，对中国文

---

1 感谢南希·K. 米勒（Nancy K. Miller）提醒笔者注意此句中"翻译"一词的特殊意义。

2 译者注：此处主要指不友善的白人读者。

化进行了个人化的移植，那么作者此举便是大胆的、富于艺术性的即兴演绎。如此一来，这种翻译理念意味着作者可以通过创构混杂了中英双语的文学文本，让文字的张力与双重视野保持新鲜和活力。

正如山本久枝曾对其日裔文化传统既秉持批评又加以赞赏，汤亭亭也对自己的族裔文化传统深怀矛盾之情。尽管直至小说的尾声，《女勇士》中的叙述者玛克辛也没有克服自己对母亲及其代表的族裔文化的青春期叛逆心理，而颇有后见之明的作者汤亭亭却让其对话性视野弥漫于整部作品之中。正如拉宾所言，作者"同时重现了那位少女对母亲、家庭、族裔社群及其神话故事的负面感受，也证实了横亘于其间的距离，其积极意义不可替代"（477）。叙述者的"双重声音"不时接连出现："远离家时，我相信家人实际上还是很爱我的。他们只嘴上说着，'在洪水里捞财宝时，小心别捞到个女仔'……可当我眼见这样的话从自己父母嘴里冒出来时……我只能远远地躲开，才不至于憎恨他们"（52）。叙述者逐渐意识到家人对女子的轻蔑（通常就是那些脱口而出的、重男轻女的民间俗语），并不能代表他们对自家女儿的真情实感。

大多数情况下，这种愤怒与反省的对话只会在叙述者的论断与作者的意图之间不匹配时，才能为人所察。叙述者对勇兰给她造成的极大困扰予以了尖锐的批评：

> 我不想再听你讲的故事了，它们没有一点逻辑，把我弄得晕头转向。你讲故事时不老实。讲完故事后，你不会告诉我，"这是真实的故事，"或者"这只是个编造的故事。"你讲的故事，真真假假，让我无法分辨……我根本分不清哪些是真的，哪些是你编的。（202）

叙述者上述的宣称与作者的写作意图和叙述手法大相径庭。最具讽刺意味的是，玛克辛对母亲的批评恰恰正与许多亚美学者对《女勇士》的指摘不谋而合。汤亭亭以自己的叙事策略削弱了玛克辛公开反叛的声明：其策略充分借助了母亲讲故事的方法，也表露了作者对母亲明贬暗褒的态度。叙述者玛克辛宣称她拒绝听母亲的话，但作者汤亭亭却始终将之铭记于心。尽管玛克辛怨恨母亲将事实与幻想混为一谈，但是汤亭亭却仍然毫不顾忌地将神话和现实融为一体，并在叙事中接纳大量矛盾的声音。汤亭亭以成年作家的叙事策略来平衡玛克辛充满怨恨的青少年视角，她以革新的叙述方式公然挑衅了逻辑与理性主义，从而全盘质疑了少年叙述者极度认同的西方价值观。

通过对主题和叙事策略的运用，以及将表层与深层的结构与意义有机结合，《女勇士》一书唤起了蕾切尔·布劳·杜普莱西斯所称的“既 / 又双重视角”：一方面“源于转变、对立、否定、矛盾”，另一方面“与个人的脆弱‘要害’和需求相关”（1985a：276）。杜普莱西斯还指出，这一双重视角虽然带有“女性审美”（female aesthetic）的特征，却是为“所有希望批判、区分、颠覆一切被灌输的主流知识群体”所共有的“社会措施”（285）。

消解这些主流形式的最佳人选非汤亭亭莫属，她已经做好了充分的准备。她以在性别和种族方面被双重边缘化的有利视角来审视世界，除此之外，她还获得了来自母亲和双语文化背景所赋予的优秀传承，这些都有助于她对单一逻辑话语的批判以及对非传统创作诗学的建构。作者以勇兰为榜样，在写作中同时呈现男性的文学传统和女性的口头传统。

弗吉尼亚·伍尔夫（Virginia Woolf）、阿德里安娜·里奇（Adrienne Rich）、露丝·伊里加蕾等女作家将其早期的创作尝试溯源至受父亲或男作家的影响，并为生母和“文母”[1]们长期的沉默而深表遗憾。然而，许多少数族裔女作家对其母系写作传统秉持不同的看法。琼·拉德纳和苏珊·S. 兰瑟留意到伍尔夫与爱丽丝·沃克创作观念的不同之处：伍尔夫将母系传承严格限定在文学传统的范围内，因此声称她并未获得任何母系传承；而沃克却发现尽管自己的母辈不曾写作，但她们却“创造了……花园、歌曲以及百纳被”（414）。汤亭亭与上述两位女作家的不同之处在于，她从堪称“讲古高手”的母亲身上继承了一种独特的“文”艺，并用这种方式让某种文学传统通过口述得以传播。[2]

1 译者注：此处 literary mothers 是指影响伍尔夫、里奇、伊里加蕾等女作家创作的前辈女作家们，故译为“文母”。

2 就中国文学而言，书面文学传统与口头文学传统之间的区别本就模糊不定，大多数文学作品（包括《木兰辞》在内）都是在默念传诵的基础上书写流传的。

诚然，口头传播难免蜿蜒曲折：勇兰所传授的关于女性沉默的老套中国格言与她自己能言善辩的做派大相径庭，让敏感的女儿感到十分困惑。但正如郑明河所述，“汤亭亭*并未直接*告诉我们她母亲的事，而是让我们从她文本的字里行间去领悟关于她母亲的弦外之音，就如她*直接*告知了我们一切”（1989：135）。尽管母亲的影响并没有被叙述者公开承认，但母亲一贯的矛盾行为的确培养了叙述者的种种能力，让她能够包容接纳矛盾、质疑绝对真理、接受真相之多维性、脱离将经验之谈与理性之声置于想象之上的科学权威。

玛克辛不仅从母亲身上汲取了力量，还整合了伴随她成长的双重文化资源（bicultural resources），这是习惯于中式思维的勇兰不曾拥有的资源。例如，具有双重文化背景的女儿才有能力让主流文化自然地占据主导地位。由于她知道世上兼有中国式与美国式的“女性气质”，因而能避免落入这二者将女性气质“本质化”的绝对论断之中。汤亭亭令中国与欧美的父权制规则相对峙，从而同时消解了华人和白人的文化权威。

一种折中的解决方式也能随之出现。少年玛克辛曾经很难将汉语中复杂而具有群体概念的“我”与美语中表露个体的“我”关联协调起来，后者在美式个人主义理想中永远以大写的形式出现。这两种截然不同的能指意味着自我建构的不同方式。成年作家汤亭亭采用自传这一文学体裁进行写作，表明她已经决定放大自己美式的“我”。然而，尽管叙述者秉持个人主义的主张，她却在这部“自传”中刻画了一个女性群体，去表达中式集体的“我”。在这部被公认为彰显自我的文学作品中，她通过为各类女性先辈发声（很大程度上，这与埃莱娜·西苏［Hélène Cixous］声称自己为“复数式女性”［feminine plural］大同小异），来承认是家族文化和族裔文化的影响让自己逐渐成长为深谙互文之道的艺术家。她甚至还表达了某种渴望，希望借助于自己的文学艺术回到华人社群的怀抱：“那位女侠与我并无二致。希望我的同胞们能尽快看到我与她之间的相似性，以便我能重返他们的身边。女侠与我的共同之处就在于我们背上刻着的那些文字”（the words: 53）。[1] 于是，她的写作（即“那些文字”）便构成了象征性的回归。她的故事并不试图表达某种分裂的人格，而是刻画了一个多元复合的个体，其心胸“极为辽阔，如宇宙般浩瀚无垠，足以容纳种种矛盾和悖论”（29）。

《中国佬》

我们回到那些曾经被遗漏所掩盖，或潜藏于大量虚假与误导之下的空白空间。

——米歇尔·福柯，《语言，反记忆，实践》

Michel Foucault, *Language, Counter-memory, Practice*

铁路照片中看不到阿公的身影。

——汤亭亭，《中国佬》

Maxine Hong Kingston, *China Men*

《中国佬》专注于刻画历史中集体的男性形象，但汤亭亭的女性主义思想在这部作品中并非默然无声。如前所述，一些评论家将《女勇士》与《中国佬》分别冠以“女性主义”与“族裔”，抑或“女性”与“男性”的标签，然而笔者却不认同这种看法。譬如，苏珊娜·尤哈兹（Suzanne Juhasz）认为汤亭亭在她的第一本书中彰显了一种“女性的”叙事模式，而在第二本书中则彰显了“男性的”叙事模式：“因为女儿与母亲的关系从心理上和语言上都有别于她与父亲

---

1 在桑德拉·西斯内罗斯（Sandra Cisneros）的长篇小说《芒果街的小屋》（*House on Mango Street*）中，叙述者埃斯佩兰萨（Esperanza）也表达了她对离开和回归自己族裔社群的双重渴望：“总有一天我会打包我的书籍纸张。总有一天我会和芒果街说再见。我是如此之强大，她没法把我永远留在这里。总有一天我会离开。朋友和邻居们……不会知道，我离开是为了回来”（101-102）。在这两部作品中，回归族裔社群都是通过写作来象征性地得以完成。关于女性小说中反复出现的女性社群之母题，另参见奥尔巴克（Auerbach）的论述。

的关系，因此她对这些故事的讲述方式也不尽相同”（173）。尽管这两本书确实有着不同的导向：一本援引了女性先祖们的故事，而另一本则重塑了男性先祖们的形象，但若依据汤亭亭写作主题的性别差异来对其叙事技巧进行分类，却似乎误入了歧途。这两部作品中最引人注目的传奇故事都围绕着性别反转而展开。在《女勇士》中，玛克辛装扮成一名男勇士，进入了充斥着武力的男性世界；而唐敖作为《中国佬》开篇故事的中心人物，在女儿国被俘虏，沦为一名东方妃嫔。女性的阴柔在父权制二元对立体系中被视为次等，而在《中国佬》中，这种女性阴柔被加诸于种族的“他者”身上。通过讲述这些“男人的故事”，汤亭亭勾勒出性别压制与种族压迫之间的关联，并通过颠倒性别角色的方式让父权制惯例变得陌异化。[1]

《女勇士》一书着力描绘了一位探寻独立女性身份的年轻女孩；而《中国佬》的故事则从一位成熟的女性视角来呈现，她有能力处理华裔美国人关于种族与性别的纠葛，也能够将她女性主义的同情之心延伸到男性身上。汤亭亭自己这样写道：

> 若想更好地赏析《女勇士》，你确实需要读一读《中国佬》。在后一部作品中，你会看到“我”呈现了成年叙述者的视角……“我”是那个与他人相关的“我”。《女勇士》中的“我”是通过理解母亲原型的方式开始了对自我的探求。而在《中国佬》中，“我”的人格变得更加完整，因为书中的“我”具备欣赏不同于自己的另一性别的能力。（1991：23）

---

1 “中国佬”（Chinamen）一词的含义随着时间的推移而发生改变：“在美国华人史的早期，华人男子称自己为‘中国佬’，正如来自其他国家的新移民们也称自己为‘英国佬’（Englishmen）或‘法国佬’（Frenchmen），这种称谓将他们与仍是中国公民的‘华侨’区别开来，并且也显示出他们并未被认同为真正的美国人。当然，后来这一称谓渐渐演变成为对华人的一种侮辱。如今，年青一代的华裔美国人重新启用这个词，因为该词在政治和历史的维度上具有表述的精准性，但他们要求人们带着尊敬之心来说出这个词，而不是用这一称谓来谩骂华人”（汤亭亭，1978：37）。汤亭亭在接受比尔·莫耶斯（Bill Moyers，1990）的采访时曾表示，她将这一称谓分为两个词“中国”和“佬”（China Men，意指华人男子），以呈现粤语中扬扬格音步的特质，并将这个词与传统的诋毁之语区分开来。有关汤亭亭作品书名发生的演变，另可参见李磊伟（David Leiwei Li：483-484）的论述。

在后一部作品中，作者与叙述者之间的距离大大缩小。《女勇士》中的叙述者并未完全意识到塑造其观念的社会力量之强大，与之相反，《中国佬》中的叙述者则显然具备了成熟的批判意识。

《中国佬》在描述华裔美国男性之静默的同时，也采用了女性主义叙事策略，并颠覆了某些女性主义的先入之见。作者在此处对其男性祖先在美国官方话语中的表征持怀疑态度，并且利用复调手法对抗着男性和白人的权威。《女勇士》中展现的两种双声话语形式：作者的性别与种族意识相互交叠，以及她在事实与虚构之间斡旋，在《中国佬》中也确有相似之处。甚至当作者在描述其华人父辈们遭受白人的文化阉割（emasculation）时，她也暗示了华人文化内部存在着父权制的滥用。在这两部作品中，作者都运用了穿梭于事实与幻想之间的文学手法；但不同的是，《女勇士》中这种策略被用于以女性"讲古"的口述传统去缔造一种母系社会，而在《中国佬》中，这一策略却被用于挑战"事实"之权威，以及借助想象来重塑被掩埋的文化传记。她将个人琐事与家国大事交织，将记忆与反记忆交融，不仅重构了一个家族传奇，更重塑了一部美国华人的壮丽史诗。正如程美兰所述，这部史诗让许多数十年来在美国历史中不为人所知、未获得认可的华人男性得以发声。

这两种双声话语的叙事模式在小说的开篇寓言中得以汇聚，作者在神化美国华人历史的同时，也消解了种族主义和性别歧视之压迫。该传说改编自 18 世纪中国古典名著《镜花缘》，作者是李汝珍（约 1763—1830）。这是一部政治寓言，也可能是最早的由男性写就的"女性主义"小说之一。[1] 在汤亭亭创作的故

---

1 《镜花缘》的译者林太乙（Lin Tai-yi，林语堂先生次女）称该书为"一部社会时评和讽世之作……具有《格林童话》（*Grimm's Fairy Tales*）、《格列佛游记》（*Gulliver's Travels*）、《伊索寓言》（*Aesop's Fables*）、《奥德赛》（*Odyssey*）和《爱丽丝梦游仙境》（*Alice in Wonderland*）等作品的特质"（6）。书中有关女儿国的部分还与弗吉尼亚·伍尔夫的《奥兰多》（*Orlando*）、朱娜·巴恩斯（Djuna Barnes）的《夜林》（*Nightwood*）和莫妮克·威蒂格的《女游击队员》（*Guérillères*）等作品具有共性。在中文原著中，在女儿国被俘虏的并不是唐敖，而是他的妻兄林之洋；为了在新婚之夜不与女王发生关系，林之洋佯装成性无能者。

事版本中，男主人公唐敖在女儿国被俘虏并被强迫缠足、扎耳洞、绞面开脸、抹红妆，简言之，人们要把他变成一名东方妃嫔。这种性别转变还延伸至礼仪方面。在唐敖经受痛苦折磨的过程中，我们只听到他开口说过一次话，一位手持缝衣针的老妇人便戏谑地威胁着要将他的嘴缝起来。但这老妇人并未缝他的嘴，而是戳穿了他的耳垂。这一情节预示着书中所探讨的静默形成的两个原因：不能说与听不见。那些不能或不被允许开口说话的华人男性在《中国佬》中随处可见，就好像他们的声音不容于历史一般。[1]

唐敖的故事可以从不同的女性主义视角加以解读。与玛克辛脑海里关于花木兰和女战士们的幻想一样，乍一看，唐敖的故事又是一个女性"以牙还牙"的例子，因为他们采用了模仿压迫者的行径以颠覆压迫之策略。然而笔者相信，无论男女读者都能对唐敖所经历的痛楚感同身受，但这并不意味着作者怀有复仇怨恨之心，而是在试图展现性别结构的不对称性和不公平。尽管花木兰自愿投身于男性战场，但唐敖的性别角色改变则正如唐纳德·格尔尼科特（Donald C. Goellnicht）所述，体现了一种"身份降格"（demotion）："似乎没有人想充当'阴柔娇弱'的女性角色"（1992：192）。汤亭亭刻意让女人俘虏唐敖，将男性的阳刚气质与女性的阴柔气质加以调换，使得父权制惯例变得陌异化。

仅仅从女性主义的视域去解读这个寓言，便会遮蔽它作为"元历史"（metahistory）的重要意义。故事是这样结尾的："有些学者说那个国度［即女儿国］出现在武后当政时期（公元 694—705 年）。也有人说在这之前，约公元 441 年便已有了女儿国，就位于北美洲"（5）。尽管有学者推测中国人可能在公元五世纪左右就发现了美洲（参见陈依范［Jack Chen］：5，蔡石山［Shih-shan Henry Tsai］：1），但据笔者所知，将女儿国与北美洲联系在一起纯粹是汤亭亭的创举。汤亭亭曾提及这一创意来自英国女作家乔治·艾略特（George Eliot），艾略特曾为自己的小说创作了不少"权威"的开篇引语（拉德纳和兰瑟：416），这是对权威性的父权传统的戏仿和自我赋权（self-authorization）的形式。汤亭

1 译者注：华人男性的声音不容于历史，主要原因在于长期以来美国主流史学家对这些华人男性的声音闭耳塞听。

亭以陈述历史的方式来呈现显然是虚构的故事，揭示了她在全书中贯穿使用的写作手法。她不仅挑战了对"中国佬"形象的"历史性"建构，更展现了作为"反记忆"的野史外传。

鉴于汤亭亭将女儿国与北美大陆联系在一起，熟悉美国华人历史的批评家们很容易就看到唐敖在异域所遭受的侮辱其实象征着华人男子在美国被"阉割去势"的血泪史，这些被称作"中国佬"的华人男子在北美遭受的种族歧视大多关涉对其男子气概进行侮辱。[1]

这本书屡次提及华人男性先祖在美国遭受的种种"去势"之形式。其中，最突出也可能最痛苦的莫过于性剥夺（sexual deprivation）：早期华人移民中，大约有九成是男性；反异族通婚法和禁止中国劳工妻子入境美国的法令迫使这些移民集聚在各地唐人街的"光棍社群"（bachelor society）中，无法生儿育女、绵延子嗣。这种遭人摒弃的痛苦在《内华达山脉中的祖父》（"The Grandfather of the Sierra Nevada Mountains"）一章里有关祖父阿公（Ah Goong）的情节中表现得最为生动。一天夜晚，阿公观望着满天繁星，想到"这条他正在修建的铁路却没法带自己回家"时，便"感到他的心因为孤寂快要碎了"（129）。随着时间的推移，他对性的渴望越来越强烈；他开始沉迷于自慰，时常思索着："是个男人又有什么用处，他长着阴茎这么个玩意儿又有什么用"（144）。有一次，为了修架桥梁，他蜷在柳条吊篮里被慢慢放入山谷时，他的欲望倾泻而出：

> 有一天，天气很好，他在一处新山谷上空作业，吊篮在阳光里晃着。这次他不想撒尿，一种强烈的性欲望袭击着他，他只得俯下身子蜷在吊篮里。大自然之美和他内心对自然的敬畏征服了他；他蜷曲着，下体有一种难以抑制的冲动。他想去撸一撸来使自己平静下来。突然，他站起身来，体液向着天空喷射而出。"我操了整个世界，"他喊道。这世界的阴道足有天空那么大，山谷那么宽。此后，他便养成一个习惯：每当他蜷曲在吊篮里被放入山谷时，他的血液便涌向下体，之后他就操了整个世界。（133）

---

1 阿尔弗雷德·S. 王从《中国佬》中甄别出三种独特的"去势"模式："1. 社会导致的个人堕落；2. 集体利益集团教唆煽动的集体奴役；3. 法律许可的性剥夺"（18）。

这一发泄行为兼具悲怆与幽默之情。阿公挑衅式地征服世界的行为，更加突显了“中国佬”难以忍受人身权利被剥夺，以及他们通过浮夸的想象得以苟活下去的生存策略。那种委身于柳条吊篮中的屈辱感被征服世界的性能力所带来的兴奋感所抵消。与华人严肃而讲求实际的刻板印象不同，作者将阿公刻画成一个百折不挠、愈挫愈勇的滑稽人物，这与鲁迅《阿 Q 正传》中的著名人物阿 Q 或许多美国印第安文学中的恶作剧者[1]的形象完全不同（参见林肯：1992）。颠覆性的想象与游戏人间的心态让被驱逐的印第安人与被剥削的华人移民得以在困境中苟延残喘。作者将悲剧转化为喜剧的书写方式，恰恰对应了她赋予“中国佬”独特个性的特质。她以这种叙述方式来吸引读者，其写作技巧是那些直接描绘劳工凄惨境遇的写法所无法替代的。[2]

另一种对独居丈夫主题的悲喜剧处理方式出现在《中国来的父亲》（“The Father from China”）那章，该章在结尾描绘了四个华人“光棍”在美国度过的青春岁月。叙述者的父亲埃德（Ed）与三位男性朋友在纽约经营一家洗衣店。埃德起初享受着单身汉生活的无拘无束：“金山（Gold Mountain）可真是个自由之所：这里既没有礼仪束缚，也没有传统羁绊，更没有妻妾牵制”（61）。为了排解性孤独，他们在周末寻求要价不菲的白人舞女来陪伴。作品对异国情调的东方进行了颠覆性的构建，这些“中国佬”垂涎金发姑娘，不惜将热烈的抒情诗由“如秀发般乌黑”改成“如秀发般金黄”（62）。作者对埃德流连于声色场所的描绘也格外生动幽默。然而这一章之后紧接着的一个简短章节，是一篇题为《鬼伴》（“The Ghostmate”）的中国寓言，讲述了一位美丽寡妇所宠爱的年

1 译者注：恶作剧者（tricksters）是指美国印第安文学中四处敛财行骗却受人愚弄的神话人物，具有多面性、杂糅性、滑稽性、矛盾性等特征，又被译为“恶作剧精灵”“弄笑人”“千面人物”等。关于该词的溯源和考证，可参见李靓：《论路易斯·厄德里克的千面人物重构》，《当代外国文学》，2010 年第 4 期第 100-108 页。

2 汤亭亭在一次访谈中透露，她在写作中有意颠覆亚裔美国人不苟言笑、缺乏幽默感的刻板形象：“我想我可能会着重强调要表现华人生性热闹喧哗的特征……所以在《中国佬》和《孙行者》两部作品中，我真的就刻意突显人物性格中的那种特质”（菲什金[Fishkin]：788）。

轻男子最终发现他的爱人只是一个魅魔的故事。[1]

埃德的冒险经历被设置在上述“哥特式”浪漫故事之前，实乃作者精心谋篇，巧妙布局。作为埃德这一章的“互文性文本”(intertext)，“鬼伴”的故事体现出多层含义，时而表达了对“中国佬”的同情，时而表达了对他们的批判。[2]就最简单的层面而言，这段浪漫的故事展现了那些背井离乡、渴望天降横财的男人们的集体幻想。“我可以让你美梦成真，”寓言中的那个寡妇许诺道。她不仅为那位无名的年轻人提供了丰盛的膳食、舒适的住处、热烈的爱，还许他财富，更重要的是，不论他有什么手艺，她都能为他找来合适的原材料：“她取来质地上乘的釉彩，有蓝色的，有绿色的，陶工也调制不出这么鲜亮的颜色；她还取来织布工用的一堆堆雪白的羊毛；诗人用的、带着鹿、杨柳、山水水印的画纸；鞋匠和裁缝用的一捆捆皮革、布匹和一束束彩虹般的丝线”(77，78)。他的奇遇与那四位华人光棍在纽约过的斯巴达式(Spartan)的清苦生活形成鲜明的对比。这些华人光棍在“四分半钟”之内狼吞虎咽地吃完晚餐，随即便回到工作岗位(60)，以“熨衣桌为床”(63)，并且长期过着没有女人的生活。与《鬼伴》中那位艺术追求和性欲都得到满足的年轻人不同，埃德在这两方面都不如意。到美国后，他不再临习书法，而是在洗衣店记账；他在中国时曾是满腹经纶的学者，到了美国却变得不善言辞。“你愿意跟我回家吗?”他用磕磕巴巴的英语问一位金发女郎，结果却被礼貌而断然地拒绝：“‘不，亲爱的，’她说，‘不行’”(66)。

然而，寓言中年轻男子的奇遇与埃德在纽约的逗留也有着许多共通之处。这位年轻的旅行者“远离了家乡……感到自由”(74)；埃德也在美国感受到类似的自由。旅行者将那个“鬼伴”视为“他所见过的最美的女子”(75)；意乱情迷的埃德沉醉于金发舞女的怀抱，无法自拔。更重要的是，埃德和他的同伴

1 译者注：魅魔(succubus)是一种邪灵或恶魔，源于欧洲及中东神话和民间传说，常在梦中以人类女性的形象出现，通过性来魅惑男性，令其健康受损甚至死亡。与魅魔相对应的以人类男性形象出现的邪灵或恶魔，叫作梦魇(incubus)。

2 关于文本并置的编码技巧，参见第二章中笔者对山本久枝的短篇小说《十七音节》的论述。

们与舞女们调情时，完全将妻子与孩子抛诸脑后（“他们四个谁也没有告诉这些金发女郎，他们都已经成了家，已为人父了”[66]）。同样，《鬼伴》中的年轻男子也臣服于那位美艳寡妇的诱惑之下，因为她看起来比自己家里那位“糟糠”之妻要迷人多了：“他的妻子在家等着，为孩子们……煮着草根和树皮。她是个很好的煮饭婆，从不曾享用过浪漫的双人晚餐。他要问问她能否不要整天忙到汗流浃背，而且他也不喜欢她手脚上的老茧”（77）。

由此可见，作者间接地指责了华人的双重标准。当埃德这样的花花公子动辄购买200美金的昂贵套装以求打动金发女郎时，他们的妻子却被要求恪守妇道，卖力工作，还得尽力照顾好丈夫的亲戚们。埃德的妻子告诉丈夫：“我只得去修路……因为你父亲现在疯疯癫癫，什么活也干不了，你又不在家，我得付两个男人的劳动税”（69）。（她来到纽约后，也得接管诸如做饭洗碗之类的“女性的”家务活。）这些女人长期操劳，面带倦容，往往被弃之如敝屣。倘若那些殷切等待的妻子们胆敢与其他男性来往，则有可能面临《女勇士》中无名女人的命运。然而，埃德却毫不顾忌地告知妻子自己曾与金发女郎共舞的往事。“你真的和女洋鬼子们跳过舞？”她将信将疑地问道（71），这让读者直接从语言上将那位鬼伴与白人美女们关联起来。作者将中美浪漫故事并置在一起，展现了埃德在纽约无忧无虑的生活插曲，纽约简直就是傻瓜的天堂。金发女郎对“中国佬”的兴趣只停留在捞油水上。叙述者似乎站在埃德妻子的立场论事，她以这样的道德寓意结束了《鬼伴》的篇章：“情短爱逝，黄粱一梦”（81）。

“中国佬”与那些受人指摘的金发女郎们约会也令人联想到唐敖的传奇故事。无论是中国传奇还是美国故事，都被作者的女性主义观念与族群意识相继操纵。在中国传奇中的女儿国，女性支配着男性。然而这幻想出来的场景却曾在北美大陆呈现出现实的一面，历史上那里的白人女性的确可以对有色人种男性行使某种危险的权力。[1] 与《女勇士》中那个仅仅通过胁迫就让无名女人

1 感谢塞德里克·罗宾逊（Cederic Robinson）提醒笔者注意二者的相似性。亦可参见安吉拉·戴维斯（Angela Davis）的论述：白人女性在宣扬“黑人强奸犯之谜”时的共谋作用，导致许多黑人男性遭受私刑。

屈服而后怀孕的未知男性截然不同（1976/1989：7），北美的“中国佬”在求偶时必遭拒绝，并且这种拒绝甚至被写入法律（《禁止异族通婚法案》[Anti-Miscegenation Law]）。

“中国佬”被“去势”还表现为他们从事着卑微的职业，甚至被消声灭迹。许多早期修建铁路、开采金矿和耕作种植园的华人移民的贡献，长期以来并未获得社会的认可。[1]更有甚者，鉴于白人工人不能容纳华人竞争者，“中国佬”们，例如作品中的爸爸（Baba）和华人厨子（China Joe），不得不从事传统上被认为是“女人的工作”，成为餐馆厨师，开洗衣店，或者去做侍应生。这些男人因受人排挤而进入这些职业领域，而后因从事这些身不由己的服务业而屡遭嘲笑奚落或受人盘剥。

汤亭亭采用静默的母题，从字面意义和比喻意义两个层面上强调了华人男性与女性面临着相似的困境。《中国佬》的正文一开始就描述了父亲的愠怒。考虑到爸爸在中国时曾是一名诗人、学者和教师，如今他不善交际的行为必然在很大程度上归咎于他在美国的经历。爸爸是个几乎不讲英语的洗衣工，曾被吉卜赛人欺诈，还受到过警察的侵扰：

> 当那两个可恶的吉卜赛贱人和那个蠢警察离去时，我们小心翼翼，生怕出什么差错或弄出什么声响，会招来你［爸爸］朝我们发火。我们明白，你是为了养活我们，才不得不对洋鬼子们的欺诈和跋扈忍气吞声，甘受劳累。
>
> 你发出无言的吼叫，那男性压抑的吼叫声震撼了屋宇……你甚至还会用一言不发来惩罚我们，这缄默比咒骂和夜间的吼叫更可怕。你对我们视而不见，仿佛眼前恍若无人。（13-14）

尽管叙述者为父亲的“男性吼叫”和令人压抑的缄默感到痛惜，她却将父亲的坏脾气归因于他在白人社会所受的屈辱。正如托妮·莫里森的小说《最蓝的眼

1 近几十年来，由于亚美研究的发展，情况发生了一些变化。有关早期华人移民史的详细描述，请参阅陈素贞（1986，1991）、陈依范、麦礼谦等（Him Mark Lai et al.）、倪伟德夫妇（Victor G. Nee and Brett De Bary Nee）以及蔡石山的论述。

睛》中的乔利·布里德洛夫（Cholly Breedlove）和爱丽丝·沃克的小说《格兰奇·科普兰德的第三次生命》（*Third Life of Grange Copeland*）中的格兰奇·科普兰德所经历的环境类似，我们必须从种族不平等的大背景去理解这些男性的盛怒。在白人社会中遭遇歧视和虐待的有色人种男子，往往通过向家中的妇女儿童这些更弱势的群体发泄怒火或自怨自艾等方式去试图挽回其男性尊严。他们通过漠视这些比他们更无助的弱势家人，来对抗自己在社会中遭遇漠视所带来的屈辱。

静默是爸爸用来遮掩屈辱的一副面具，而叙述者的曾祖父伯公，一位夏威夷的临时工人，却是被迫陷入沉默的。那里的白人老板要求华人劳工在砍伐丛林时遵循“安静守则”（rule of silence）。伯公曾在干活时“因说话被罚了工钱”（100），于是便设计出各种巧妙的方式来表达愤怒，比如假借咳嗽用粤语来咒骂工头，尽管他更喜欢像农夫唱戏一样来表达情感：“深沉、悠长、响亮的咳嗽声似怒吼，如哮鸣，如呐喊一般令人舒坦。他在咳嗽声中夹杂着咒骂”（104）。[1] 伯公吟唱的初心遭遇了阻滞，抱怨道：“假如我知道我得发誓要保持沉默的话，我早就削发为僧了。很显然我们现在都已经立誓要禁欲独身了。在这儿大家都是一群公鸡”（100）。由此可见，沉默与象征性阉割之间的联系不言自明。为了宽慰他自己以及他那些咽部阻塞又无精打采的乡民同胞，伯公讲了个故事，还引发了一场骚动。这些工人挖了一大口洞，朝着洞口大声地宣泄他们对中国的思念与沮丧。白人老板被这场骚动给震慑住了，不敢干涉这群“中国佬”。这个洞，表面上指的是用来收纳这些“中国佬”一直以来被压抑的声音的容器，同时也象征着宣泄其被压抑的性欲之出口（格尔尼科特，1992：204）。这个洞在“呐喊狂欢会”（shout party）结束之后马上就被重新填上：“心里的念头都发泄出来后，他们像种庄稼一样把这些念头埋了起来。‘像猫儿盖住自己拉的屎一样，’他们哈哈大笑道”（118）。

---

1 伯公的计谋是“干扰”这一编码策略之例证（拉德纳和兰瑟：417-418），可与美国非裔奴隶用敲打锅具来掩盖诸如《噢，自由！》（“Oh Freedom”）等先锋歌曲的做法进行比较（普拉特［Pratt］：183）。

尽管阿公向着世界喷射精液与伯公口头发泄（他确实刨了地）的行为被描述成一种敢于忍辱负重的英雄主义行为和强大的想象力，然而将生殖器意象与征服比喻相联结，或许会让女性主义读者感觉不适。[1] 虽然这些不适感可能是汤亭亭刻意为之造成的，但这些场景与《女勇士》中围绕着花木兰展开的那些场景一样，也表明即便是女性主义作家，要想象出独立于武力之外的英雄气概也十分不易。直到这本书的最后一章《在越南的弟弟》（“The Brother in Vietnam”），汤亭亭才成功地迎接了这一挑战。

这些“中国佬”在生理上和言语上的征服欲均为对严重压抑的应激反应。那段呐喊狂欢的情节恰好例证了早期的“中国佬”能屈能伸的反抗行为，以及他们的声音是如何被大规模地“埋葬”的。为了在充满敌意的环境中生存下来，早期的华人移民不得不表现得安静顺从，他们的沉默寡言被视为一种东方人的特征（唐锦荣，1971：1-31）。

内外因素凝成的亚裔美洲式静默，在更具象征意义的层面上被那些对“中国佬”的贡献充耳不闻的白人历史学家们所固化和延续。不论他们用辛勤的汗水发出了怎样的呼喊，他们的功绩总是无人知晓，得不到承认。叙述者决心要纠偏这些明显的疏漏。书写伯公故事的那章以一种诗性的注解方式结尾：“新的绿芽将破土而出，两年后当甘蔗长出金色的穗花时，风儿将会诉说多么动人的故事啊”（118）。然而，如果这些故事想要被人听到，那么至少需要有一位愿意倾听的人。直到几代人之后，才有一位曾孙女前来寻找先辈在檀香山（Sandalwood Mountains）留下的声音：“我最远曾……行至夏威夷，我曾伫立在甘蔗园边的高速公路上，倾听曾祖父们的遗音……我听到大地在歌唱”（88，90）。通过这段插叙，叙述者清晰地表明，她生动展现的曾祖父的故事与她从多处获得的灵感启发密不可分。（伯公的故事与那次骚动的大部分细节都来自奥维

1 感谢笔者的学生李雷洁（Rachel Lee）指出汤亭亭如何利用性意象把领土征服视为某种形式的强奸。

德［Ovid］笔下弥达斯国王［King Midas］的故事。）[1]

正如《鬼伴》和《中国来的父亲》两章内容交相辉映一样，题为《论死亡》（"On Mortality"）和《再论死亡》（"On Mortality Again"）的两个短章为讲述伯公故事的《檀香山的曾祖父》（"The Great Grandfather of the Sandalwood Mountains"）那章提供了互文性呼应。这两个短章都将人类无法长生不老的原因归咎于他们无法保持安静。在《论死亡》中，杜子春被一位仙师要求无论在幻景中看到什么都要遵守保持静默的戒律，以便仙师能静心准备长生不老的灵丹妙药。杜子春在看到妻子和自己受到折磨时能忍住不出声；然而当他看到自己转世成为一个哑女，丈夫厌倦了她的沉默，试图伤害他们的儿子，就在紧要关头，杜子春大声喊了出来。正因为杜子春打破了戒律，丹药无法练成，凡人便也无法获得永生。[2] 同样的主题再次出现在《再论死亡》之中。恶作剧者莫伊（Maui）几乎成功地从夜神希娜（Hina of the Night）身体中取出了那颗能赐予男人和女人永生的心，而"此时，他露在希娜体外扭动着的双腿被一只鸟给瞧见了，这只鸟禁不住大笑起来"（122）。笑声惊醒了希娜，她合上了自己的身体之门。于是，莫伊就这样死了。

虽然静默的守则让这些种植园工人们"愤不欲生"，但在这两则民间故事中，恰恰正是言语才导致了人们通向死亡之路。汤亭亭将这三段故事并置在一起，揭穿了假借其他名义来要求人们言语节制或者要求女性服从的父权制寓言。一如既往，她对"中国佬"的同情仍带有女性主义色彩。尤其是伯公的故事，将杜子春故事中的性别不平等表现得更为明显，和唐敖的传说一样，

---

1 奥维德笔下的太阳神阿波罗（Apollo）惩罚弥达斯国王，让他长出一对驴耳朵。国王的这一耻辱只有他的理发师知道，可理发师苦于无法保守这个秘密，于是把秘密对着地上的洞里喊了出来。尽管随后他填上了这个洞，但从洞口长出来的野草随风摆动，低声诉说了这个秘密（《变形记》［*Metamorphoses*］，11：174-193）。在巴斯妇人（Wife of Bath）对这个故事的诠释版本中，正是弥达斯的妻子藐视要求女性沉默的规则，披露了有关丈夫耳朵的秘密（《坎特伯雷故事》［*Canterbury Tales*］：951-982）。

2 这个故事由中国神话故事《杜子春》改编而成，出自宋代学者李昉等人编撰的《太平广记》（109-112）。在原著中，不是妻子的沉默，而是儿子的沉默最终激怒了父亲。

借助让一个男人切身体会大多数女人身心感受的方式，来让父权制道德习俗变得陌异化。杜子春在转世投胎时，诸神决定让他转世变为女人，因为他“太阴险了，不能转世为男人”（120）。转生为女人的杜子春一开始被即将成为丈夫的男子赞美称颂，因为她天生就不说话：“她为什么非得说话……才能成为贤惠妻子？让她替那些妇人们立个榜样吧”（121）。[1] 诸如唐敖、杜子春以及伯公这些男人，都曾被置于女人的境地，深知静默为女性带来的痛苦和发声对于女性的必要性，相比于檀香山的曾祖父丝毫不遑多让（尽管他们从未承认过这种对应）。

在这个带有性别色彩的语境中，杜子春以女性的形象破坏了仙师要求静默的规矩，激起人们进行更深层的反讽性思考。正如格尔尼科特所述，尽管男人身的杜子春能够在强烈的挑衅面前抑制住想要呼喊的冲动，但投胎为女人的杜子春却没能通过考验。因此，这则寓言显然是在断定女性比男性脆弱。然而，一个母亲在面临孩子受伤害时放声呼喊，这实在算不上是一种脆弱。与此相反，“母爱……是一种情感，即便是男性（包括转世为女身的杜子春）也必须学习”（格尔尼科特，1992：196）。“阴险的”杜子春在投胎时被变性为女人；他所经历的母性焦虑（maternal anxiety）证明了人类爱的崇高性，超乎对情感的克制，而情感克制通常被各种宗法制礼教视为拯救灵魂的必要条件。那位仙人的要求与笹川原居士极端的禁欲主义并无二致，这是一种对他人甚至对自己的孩子也漠不关心的狂热之情。山本久枝与汤亭亭作品中的“传奇”都证明了传统中强调男性崇尚正气优于女性崇尚情感的划分方式是极其谬误的。

《中国佬》的开篇就呈现了男性的静默，其文本主要由女性的“讲古”故事改编而来，同《女勇士》一样，是对加诸于男性及其自我强加的静默的反叛，也是向那些曾助力汤亭亭重塑过去的健谈女性们的默默致敬。这些女性的话语，

1　以上两句性别歧视的言论都出自中文原典。第二句话直译过来便是：“妻子贤惠足矣，何须能言善辩？让她［杜子春］为那些长舌妇［即泼妇］树立榜样”（李昉等：111；英文为笔者自译）。译者注：这两句话在《太平广记》中的原文分别是“此人阴贼，不合得作男，宜令作女人”和“苟为妻而贤，何用言矣？亦足以戒长舌之妇”。

经过作者的再现与改编后，成为了让美国华人先祖们得以永垂不朽的利器。叙述者用对比的方式让我们重新审视两个将静默等同永生、言语等同死亡的神话故事，用她自己的词锋（words）消灭了各种静默，包括父亲的沉默。正如卡萝尔·纽鲍尔（Carol Neubauer）指出，创作《中国佬》的任务要比完成《女勇士》艰巨得多：

显然，在《女勇士》中，尽管汤亭亭非常依赖中国民间寓言与神话传说，但她从善于讲故事的母亲勇兰那里获得了近乎取之不竭的文化资源，因为母亲勇兰深谙中国民间的“讲古”艺术。然而，就《中国佬》一书而言，显然，最为直接的家族史来源就是她父亲，可他却是沉默寡言之人……由于最直接、也可能最有价值的目击者始终保持沉默，因此，汤亭亭不得不依赖她自己的记忆，尽管这样做显然带有一些局限性。（18）

爸爸似乎是静默的化身，将静默当作保护他在美国生活的一副躯甲。为了宣泄自己在移居国（adopted country）里被“去势”的自卑感，他除了说一些关于女人的脏话外，几乎不怎么说话。他的气质明显与其他男性先辈不同。伯公与阿公，尽管受到“白洋鬼子”的骚扰与压迫不比爸爸少，却坚持通过“讲古”和寄托想象等方式来捍卫自己的权利。相比之下，爸爸不仅丧失了他的话语权，更失去了他幽默乐观的个性。这种差异可能源于这些男性先祖们在移民新国度时的定位不同。此外，两位祖父知道有朝一日他们会回到中国，目前不过是此处的寄居者，而爸爸却必须留在此处；后来事实证明，留在此处需得经历近乎残忍的自我改造过程。

爸爸对于美国的理想幻灭似乎缩小了他的思维视野。他曾幻想自己如同弗雷德·阿斯泰尔 (Fred Astaire)[1] 一般在纽约公共图书馆前的阶梯上翩翩起舞。叙述者还记得父亲心情愉悦的那些往日时光。有一次，他兴之所至，用蜻蜓为每

1 译者注：弗雷德·阿斯泰尔（1899—1987），美国著名电影演员、舞台剧演员、舞蹈家、歌手和制片人，曾获“奥斯卡金像奖”（1950），“美国电影协会终身成就奖”（1981）等诸多荣誉，并被美国电影协会（Motion Picture Association of America）选为“百年来最伟大的男演员”（1999）。

个孩子制作了一架“飞机”（11）。然而，这个世界并没有对他回之以礼、报之以歌。他被各种肤色的人欺骗，甚至包括他的华人同胞。后来，他在一家赌场丢了工作。渐渐地，他陷入了长期压抑的沮丧情绪。从前的回忆，要么太痛苦，要么太危险，他不愿再提起：

> 你只说寥寥几句，要么就沉默不言：没有故事。没有过去。没有中国。
>
> 你只是看起来像华人，说着汉语，此外没有其他华人的特点。你没有拍过身穿中国服装或以中国风景为背景的照片……你这么做是为了要让我们忘掉中国的过去而变成真正的美国人吗？（14）

叙述者在结尾处提出疑问，质疑“中国佬”被接纳为美国人的可能性。这一疑问打破了美国被视为包容的多元主义国家的神话。爸爸切断了自己作为中国人的过往，顺从于令人忧愁的当下生活。他的自我鞭挞与女儿在美国学校中的行为如出一辙。父亲与女儿一样，为了成为“真正的美国人”付出了高昂的代价。

然而，与父亲不同的是，女儿确实重新获得了民族自豪感和话语权。如今作为一名成年人，她渴望揭开先祖们过往的历史，挑战父亲的权威，讲述他的故事：

> 我想要的是，你亲口告诉我，那些厌恶女性的恶毒话语只是常见的中文俗语。你不是真的想让我厌弃自己生为女人……我想知道是什么让你大喊大叫、谩骂诅咒，想知道你沉默不语时的思想活动……我想告诉你，从你的只言片语中我能猜出你在想些什么；假如我猜错了，请你告诉我。如果我错了的话，你就得讲出那些真的故事。（14-15）

在这段话中，极度痛苦的诉求，将心比心的理解，女性主义的愤怒，以及如今能言善道的女儿对沉默寡言的父亲的深深同情，多种丰富的情感在此交织汇聚。

叙述者对父亲的呼告令人回想起作者笔下的双声话语所展现的对女性和华人男性的双重关怀（dual allegiance）；同时，它也预示着作者如何运用那些真假交错的话语来填补空白。正如《女勇士》中的勇兰禁止家人谈论无名姑姑，反而导致玛克辛自行想象其神秘故事；正如父亲缄默不语，反而促使女儿去编造其人生经历，因此，“中国佬”被排除在白人美国的历史之外，也激发了叙述者利用现有的有限资源加以推测，去创造关于他们的另一段历史。也许，艺术反而能激发一些“真实的”叙述。汤亭亭表明，叙述者引发的那些质疑成功地激起了父亲的发声：“这个……盗版的《中国佬》[中译本]留有大幅空白，而我的父亲就以他漂亮的字迹在那些地方写下评论。”汤亭亭发现父亲对盗版书的反应相较于母亲“更让人满意”（1991：23）。

叙述者向来不信任她自己所获得的信息，并且力图避免让作品传递传统历史学家的一维知识，因此她试图追溯过去的任务并不简单。她小时候就多疑善感，因为母亲拒绝区分“真实故事”和“姑妄之言”，现在她将这种怀疑精神用于假定的“历史”和被普遍接受的传统知识之上。童年的理解困难如今发展成警觉机敏的成人视角，用以质疑那些权威人士包括史家所谓的“事实”。

叙述者的这一特点在《沼泽地里的野人》（“The Wild Man of the Green Swamp”）一章中展露无遗。叙述者在一家报纸上读到，1975 年一名华人男子在佛罗里达州（Florida）被捕，此前他曾在蚊子滋生的沼泽地里躲藏了数月之久。警方借助中文翻译的帮助，得知这位野人曾在一艘利比里亚（Liberian）货船上工作，以养活他的七个孩子。水手同伴们把他关进坦帕市（Tampa）精神病院，他不屈从，孤身逃入那片绿色沼泽地里。后来，美国边境巡逻队决定将他遣返原籍，他便在狱中上吊自尽。

然而，叙述者并未让这表面的新闻“真相”泯灭其素来刨根问底的好奇心。相反，她在复述故事时穿插了一些相关线索，让读者怀疑这个野人是否真的疯了。在他被捕之前，居民们向警方报告说，当别人接近他时，“他嘟囔着发出奇怪的声音，好像在讲外国话”（222）。警方需要翻译，意味着这个人*确实*讲的是外语。他对中文翻译讲的故事大部分在他的前雇主处得到了证实。此外，还有一些细节也让人们对官方的定论产生了怀疑。起初，警方怀疑附近居民的报告是否真实，因为“沼泽里有吃人的野兽，而且人在那很难找到不被沼泽吞没的栖息之所”（221）。另一组政府官员也断言“没人能在这沼泽地里生活。单是蚊

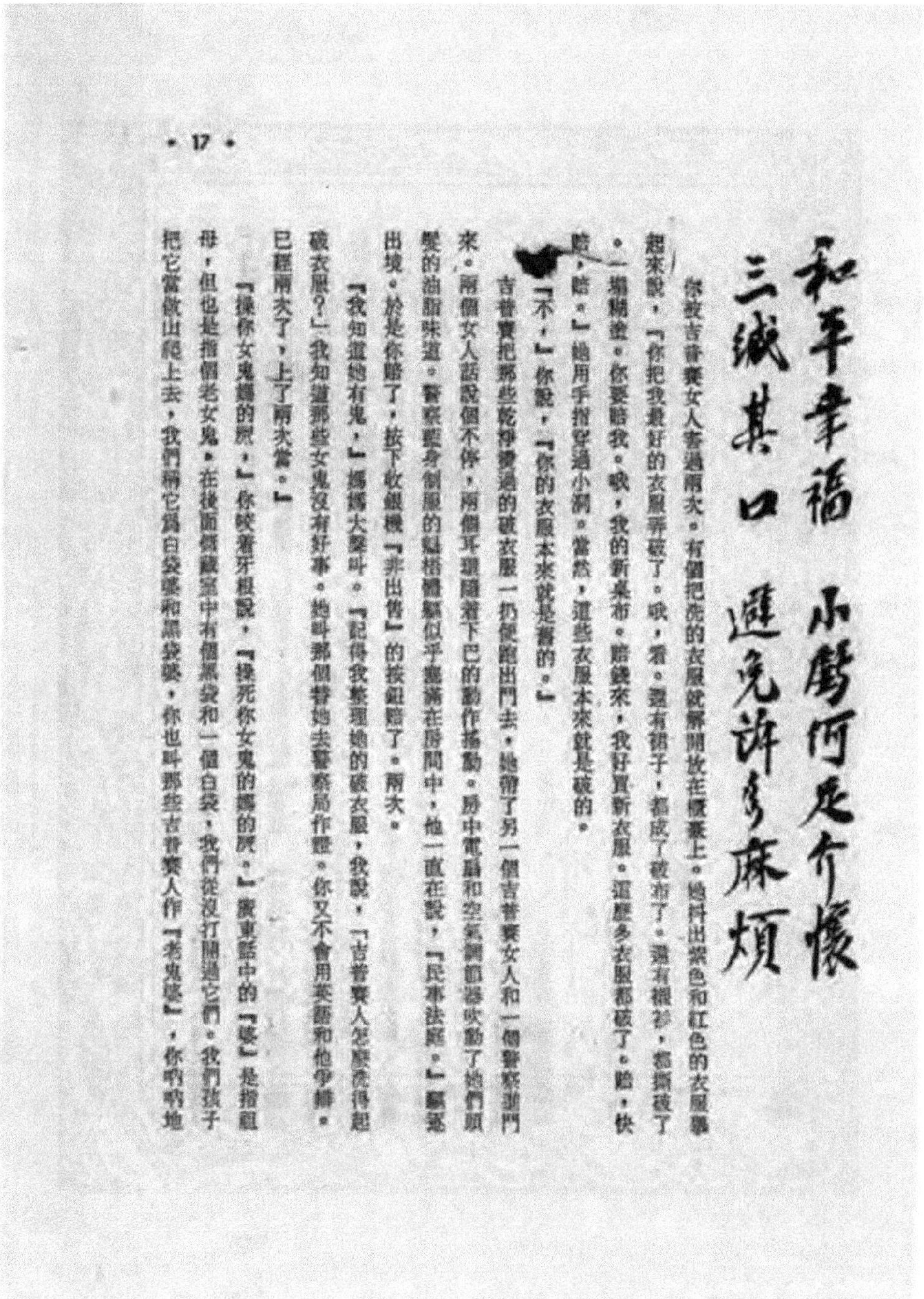

你被吉普賽女人害過兩次。有個把洗的衣服就攤開放在櫃臺上。她抖出紫色和紅色的衣服舉起來說，「你把我最好的衣服弄破了。哦，看。還有裙子，都成了破布了。還有襯衫，都撕破了。一塌糊塗。你要賠我。哦，我的新桌布。賠錢來，我好買新衣服。這麼多衣服都破了。賠，快賠，賠。」她用手指穿過小洞。當然，這些衣服本來就是破的。

「不，」你說，「你的衣服本來就是舊的。」

吉普賽把那些乾淨燙過的破衣服一扔便跑出門去，她帶了另一個吉普賽女人和一個警察跑進門來。兩個女人話說個不停，兩個耳環隨着下巴的動作搖動。房中電扇和空氣調節器吹動了她們頭髮的油脂味道。警察藍身制服的魁梧體驅似乎塞滿在房間中，他一直在說，「民事法庭。」驅逐出境。於是你賠了，按下收銀機「非出售」的按鈕賠了。兩次。

「我知道她有鬼，」媽媽大聲叫。「記得我整理她的破衣服，我說，「吉普賽人怎麼洗得起破衣服?」我知道那些女鬼沒有好事。她叫那個警察替她去警察局作證。你又不會用英語和他爭辯。已經兩次了，上了兩次當。」

「操你女鬼媽的屄，」你咬着牙根說，「操死你女鬼的媽的屄。」廣東話中的「婆」是指祖母，但也是指個老女鬼。在後面櫃臺中有個黑袋和一個白袋，我們從沒打開過它們。我們孩子把它當做山爬上去，我們稱它爲白袋婆和黑袋婆，你也叫那些吉普賽人作「老鬼婆」，你喃喃地

图为汤亭亭女士的父亲汤思德先生在《中国佬》某中译本右页边空白处所作的批注。该页写道：“你被吉普赛女人害过两次。”（《中国佬》古典书局国际版第 12 页）汤父用中文在一旁批注道：“和平幸福，小亏何足介怀；三缄其口，避免许多麻烦。”

當代名著精選7

杜鵑休向耳邊啼

(亦名：金山勇士)

張時譯

原著英文本 女作家

湯亭亭生于美國

加省士作頓埠

祖籍中國廣東新會

縣古井泗冲鄉

湯思德書 時年八十

图为《中国佬》张时中译本的扉页，标题下方为汤思德先生手书的批注，介绍汤亭亭在美国的出生地及其中国祖籍地。

虫肆虐就能将他赶出来”（221）。然而，这名男子最终却在沼泽地里被发现，证明了他超乎寻常的机智。

最后，那个野人的照片也与官方定论颇有出入。正如纽鲍尔所述，叙述者“小心谨慎地审视着重要的细节——折进裤腰里的衬衣，白色的内衣汗衫，短头发，都强烈地向她暗示，这名隐匿于沼泽地里的男子可能只因处身荒无人烟之地而心神恍惚，但远远谈不上是个‘野人’”（30）。叙述者以发生在她家附近的一个类似案例结束了这段故事：“在我家附近的沼泽地里也有一个‘野人’，只不过他是个黑人……报纸上说他疯了；还说警方寻他已经寻好长一段时间了，可我们每天都能见到他”（223）。叙述者将这两位有色人种男性的故事并置，他们在叙述者眼中都无恶意并且无害。这表明，所谓发疯可能只是一种官方解释的说辞罢了，肤色却可能在官方判决中充当着非常重要的考量因素。难怪这些男人非要寻求隐匿的生活不可。[1]

迄今为止，有关“中国佬”最为扭曲的“表现”，便是他们在美国编年史当中的缺位。叙述者的祖父阿公，19 世纪时曾在横贯北美大陆的铁路上工作。尽管家族相册中留下了他的几张快照，但铁路竣工时拍摄的历史照片里却没有一个中国工人：“当白洋鬼子摆姿势拍照时，中国佬们就散开了。继续逗留很危险。那时对外籍劳工的驱逐已经开始了。铁路照片中看不到阿公的身影”（145）。最后一句话以简洁有力的笔触陈述了美国主流历史对“中国佬”功绩的严重抹杀。这些“劳作复劳作”（146）的先祖们，冒着生命危险在山脉中炸出足以通车的洞口，随后却被驱逐出境，没有留下任何可供后人凭吊的影像记录。汤亭亭以丰富的想象力对形形色色的男性先祖们的生活予以呈现，对其作品的解读也必须考量这种歪曲事实和不当表征的社会历史语境。

1　这种偏见并不为美国人所独有。叙述者外祖父的第三任妻子是个黑人，叙述者讲述了她被带回中国的痛苦经历：“她来中国时‘像猴子一样叽叽喳喳’说个不停，但从来没有人回应她。‘谁知道她在讲些什么？’她感觉自己变成了哑巴”（86）。这件事和沼泽地里野人的事件都表明，那些强加给“他者”的野蛮印象和看法与大家在种族和语言方面的差异密切相关。

《中国佬》中题为《法律》（“The Laws”：152-159）的那章再现了官方历史跋扈专横的声音，这也正是汤亭亭“讲古”的叙事策略所力求挫败的。这一章排列在该书的中间部分，洋洋洒洒地列举了自1868年《蒲安臣条约》（Burlingame Treaty）到1978年《移民法》（immigration law）期间与华人有关的各种美国法令，却几乎不予评论。这些法规大多公开歧视华人：“1878年：……‘华人、蒙古人和印第安人’不得到法庭‘替白人作有利或者不利的证供’。……1924年：任何与中国女子通婚的美国男子都将失去美国公民身份；任何与美国女子通婚的中国男子都会导致她失去美国公民身份”（153，156）。这些法令具有合法性，因而致使“中国佬”沦为美国社会的下等公民。或许汤亭亭对夏威夷田野里和横贯美洲铁路上的“中国佬”的描绘并非“完全真实”，但是他们肯定比书写在冷酷无情的经典教规里简化了的华人形象要真实可靠得多。

伯公吸食鸦片时经历的幻想之旅也与白人统治阶层父辈们创立的法律格格不入。在从中国到夏威夷的艰难旅途中，伯公吸食鸦片以缓解无聊、晕船和思乡之情。在随之而来的幻象中，他感觉自己与世间的一切人物相知相交：“人们在修路搭桥，尽管已有一个神奇的金电环连接这世上所有的生物，世间万物之手、脚蹼、爪子、触须和翅翼都联结在一起……即使在甲板上的那些洋鬼子们也会发光”（95）。这种白日梦呈现了三次虚幻之景，但又都从现实中消逝。首先，这种博大精深的齐物之论不过是一种幻象。说得更尖锐一点，它与伯公后来在夏威夷种植园面临的现实境遇形成了强烈的反差，因为他在那里不仅要被“白洋鬼子”盘剥，还会被自己的同胞欺骗。最后，这种迷梦是由叙述者所重构的。然而，这段情节却有效地展示了一个谴责残酷现实的乌托邦视角，并与作者自身的和平主义世界观相契合。

与当下美国政府的政策方针相矛盾的反战主题贯穿全书，反复出现。尤其在最后一整章《在越南的弟弟》中，这一主题表现得更为明显。作为华裔美国人，叙述者的弟弟对越战困惑不已。叙述者指出了在美国人普遍印象中华裔士兵与其他美国士兵之间的差别，这令人联想起《黑鹰》（*Blackhawk*，一部描绘盟军空军中队的战时连环漫画）里华人角色的形象："切普切普（Chop Chop）[1]是唯一没有穿蓝黑相间的飞行员制服的黑鹰……他脚上穿着的是拖鞋而不是靴子；身穿睡衣，尾部露出一截汗衫；脚上套着白袜子，腰间系着围裙。他手里拿着一把切肉刀，脑后留着一条辫子，但其实华人男子早在1911年就都把辫子给剪掉了"（274）。其他黑鹰都被画得"和正常人"一样，但连环画里的"切普切普"却"看起来像个卡通人物"。这种令人不快的"中国佬"形象，经由印刷媒体和视觉媒体传播，不可能在叙述者的弟弟身上激起任何隶属美国军队的强烈自豪感。[2]

更糟的是，弟弟在相貌上与敌人很难分辨。"他们居然要派一个东亚佬（gook）去和一群东亚佬们作战，"他若有所思地说道（283）。尽管如此，弟弟在远东的经历即便是恐怖骇人的，却从另一角度补充了伯公的幻想，即世间万物众生相互联结。与伯公相反，士兵弟弟常常因连日噩梦不断而心神不宁，梦里亲人与仇人搅在一起，面貌并无二致：

> 他拿起剑向敌人砍去，把他们砍成碎片。敌人围成圈分散开来。他咬紧牙关，发疯似地向他袭击范围内的所有人砍去。停下来后，他发现自己也杀死了不少无辜者，他们都是亲人哪。那些被吊死的人的脸孔也像是自己家人的脸，他们长着中国人的脸，中国人的眼睛、鼻子和脸颊。他吓得醒了过来。（291）

这类噩梦间接地证实了伯公脑海里浮现的幻象。要认识到世界各国人民之间的深厚联系，就要消除朋友和敌人之间的二元对立，要认识到任何战争的最终结果都只不过是自我毁灭。弟弟关于战争的噩梦与玛克辛对于女勇士令人振奋的想象相去甚远。汤亭亭第一部书中的叙述者沉迷于复仇情绪，而第二部书中的

---

1 译者注：Chop Chop 这个名字是贬义绰号，用于嘲笑华人男子只善于砍肉、切肉和烧菜。此处采用音译和意译相结合的方式，将此人名绰号 Chop Chop 译为"切普切普"。

2 第二次世界大战期间，北美白人文学文化中的日本人形象也好不了多少。小川乐在《欧巴桑》中指出，在那些战时漫画中，"日本人的脸是芥末色的，还长着龅牙"（101）。但至少日本人是因为成了美国人的"敌人"才被描绘成这样的。有关美国流行文化中亚裔男性被"去势"的详细讨论，请参阅赵健秀1972，以及赵健秀和陈耀光的论述。

叙述者却已变成了一位和平主义者。

鉴于汤亭亭的民族志诗学（ethnopoetics）常被误解为不够准确，甚至被认为是混淆视听的证词，我们有必要对此进行深入的探讨。作者意识到历史、记忆和语言有其自身的局限性，因而只提供她自己重新审视过去的视角。她以最充分的*象征手法*在《中国佬》中处处展现各种沉默，即使她披露并谴责这些沉默。叙述者早先承认，大部分关于其父亲与祖辈的故事都基于不可靠的回忆和不可考的证据之上。她告诉我们，作品中的中国故事完全是她自己虚构想象出来的。

> 假如我能拿到签证，我想去中国……我想和广东人聊一聊，他们从来都是革命者和反叛者，他们想象力惊人，曾经造就了金山。我想弄明白究竟是什么让他们走向西方世界，还变成了美国人。我想把我自己想象中的中国与那个实实在在的国家比较一番。（87）

她借助于“讲古”的叙述方式，模糊了直接事实与纯粹虚构之间的界限，从而实现了两个主要目标：纠偏不实的过往，更重要的是，展望崭新的未来。

汤亭亭用来重塑其先祖的第一种方式类似于类型学（typology）。她在美国亲眼看到了弟弟的出生，于是便可以勾勒出父亲在中国出生时的场景；她体会到弟弟（也许还有她自己）作为教师被气得恼火的经历，便为曾在中国乡村做教书先生的父亲也编造了类似的情景。尽管汤亭亭在重塑父亲早年生活时融入了中国民间传说的丰富细节，但这些发生在中国的场景与发生在美国的场景有着明显的对应。[1]

汤亭亭讲故事的第二种方式是重述东西方寓言传说，但这一方式已激起某些华裔美国评论家的强烈抗议。尽管引用文学典故和改编古代文献都是司空见

1　小弗雷德里克·韦克曼（Frederic Wakeman, Jr.）在对《中国佬》的评论中首次注意到汤亭亭对这种方法的使用（42），认为汤亭亭在书中反复使用这种方法来再现作者并未直接了解的先祖们的生活。《中国佬》的结尾讲述了她从一位夏威夷老人身上所学到的：他最大的快乐便是“在一片甘蔗地里干活，周围绿油油的嫩苗正旺盛地生长”（306）。汤亭亭大概是依照这个细节重现了曾祖父伯公对夏威夷甘蔗地惊叹不已的场景。

惯的文学策略，但汤亭亭却因随意篡改引用文献而遭受指责。对她的控诉从挪用中国民间传说到彻头彻尾的抄袭，不一而足。显然，如弥尔顿、乔伊斯、伍尔夫与克里斯塔·沃尔夫（Christa Wolf）等作家便可自由改编古代文献资源，因为大多数读者都很熟悉西方古代经典作品。由于许多美国读者并不熟知中国传奇，汤亭亭的私自改写据说被认为会误导那些对中国文化一无所知的读者，使他们把改写误认为是原著。无疑，这种双重标准在不经意间赋予了欧美作家和读者以特权。作家的想象力不应该被潜在读者的文化背景所牵制和束缚。倘若某位读者无法领略那些让汤亭亭作品的文本内涵更为丰富的大量典故，那也不是作家的错。学者与批评家必须承担起解读更加艰深的典故之责任。（可参见蔡增乐，1991；黄秀玲，1991）

汤亭亭的两部作品均与敬畏古代权威、维护种族纯洁性以及东方–西方二分法等观念背道而驰。她刻意挑战着上述传统观念的底线。倘若要求她忠实于原著故事，这不仅违背了她借题发挥的初衷，更滞碍了她最具创见的、也是她身为华裔美国作家所独有的叙事策略之一：将中国的故事美国化，以及将欧美的故事中国化。有些评论声称汤亭亭只敢重铸中国传说，却不敢改写西方故事。但恰恰相反，事实上她对二者一视同仁。她把母亲在其背后刻字的男将军岳飞的故事嫁接到花木兰的传说中，并将唐敖神话发生的地点移植到北美大陆。与此如出一辙，她也将弥达斯国王和鲁滨逊·克鲁索（Robinson Crusoe）的故事改编成为中国传奇。[1] 通过对文学素材的删修、加工和润饰，她在美国和中国文学传统中均找到了足以借鉴的文学典范，其中既有威廉·卡洛斯·威廉姆斯（William Carlos Williams）的《美国性情》（*In the American Grain*）（《中国佬》被评论界公认与其一脉相承，普法夫［Pfaff］：25），也包括罗贯中的《三国演义》。（这段绚烂动人的中国史诗其实也是基于一段相当枯燥的历史改编而成的。）在不同的写作典范交汇的过程中，多元文化交相辉映，因此需要相当渊博的知识与充沛的创造力。既然弥尔顿一直以来因其用典之广博、对

1　在《中国佬》中，鲁滨逊被化名为 Lo Bun Sun，他“种豆子，做豆腐和豆酱”（227）；他还救了一个食人族，并给他取名为 Sing Kay Ng（在粤语中，这便是“星期五”的意思）。

古典文献天衣无缝的改写而备受赞赏与推崇，那么一位能够熟练掌握两种甚至多种异质文学传统的作家，便不应因“文化真实性”之名头而备受质疑与批驳。

叙述者重塑过去所采用的第三种方式是呈现多个相互排斥的先祖故事的版本。考虑到作品中的爸爸难以改变其缄默性情，以及社会上试图埋没少数族裔历史的修正力量，虚构便成了叙述者典型的诉诸笔端的手段。但是作者也使用这些静默作为背景文本，将一段家族历史转化为一部美国华人的集体史诗，并援引多种可能的信息来源，而非依赖任何一种权威叙事。譬如说，她为父亲抵达美国提供了两个完全不同的版本。在非法抵达的版本中，父亲藏身于木箱中，偷渡到纽约港（New York Harbor）。然而这种生动的描述却以否认的形式结束：“当然，我父亲不可能是这么来美国的”（53）。在合法抵达的版本中，父亲在天使岛移民站被无限期扣留，在那里的墙上他刻下了一首诗，以敦促同胞延续他的“淘金梦”。（天使岛羁留营［Angel Island detention camp］的墙上确实刻有许多这样的诗。）汤亭亭通过想象像父亲一样的华人男子试图以各种方式进入美国，从而将家族史的界限扩展开来，以囊括形形色色的“中国佬”不同的移民经历。叙述者使用诸如“父亲”“祖父”“曾祖父”等敬语称谓，而非直呼他们个人的姓名，将个体的家族成员转变为集体的人物原型。此外，父亲入境美国的两个版本都表明，一旦美国对劳工的需求褪去，便会对“中国佬”施行非人道的待遇，从而逐渐消磨他们入境美国或滞留不归之心。郑明河写道：“真相既源于构建，又超乎于构建；叙述者通过质问传说故事之真实性并提供多元解答，以获得平衡”（1991：12）。较之于任何单一的事实性描述，汤亭亭的“多元解答”能提供更加全面的历史背景，因而也能再现更加真实的历史情景。

最后，“讲古”之叙事策略让故事情节得以转变为纯粹的幻想（譬如伯公的白日梦）。汤亭亭希冀从历史的遗忘中为“中国佬”正名的动力，与一种同样强烈的愿望并驾齐驱：试图构建一个不受社会压迫规则约束的彼岸世界（alternative world）。这一点经常被某些评论家所忽略，他们不断强调汤亭亭在《中国佬》中扮演着历史学家的角色。[1] 如果说重塑系谱的意图驱使她追寻更精确的历史再现，那么，修正主义的欲望则引领她将自己的梦想投射到“祖辈先驱们”身上。汤亭亭运用奇幻文学手法的创作方式，与其他欧美女性作家（譬如夏洛特·珀金斯·吉尔曼、多丽丝·莱辛［Doris Lessing］、乔安娜·拉斯［Joanna Russ］等）使用科幻小说、历史传奇小说或乌托邦小说的创作方式如出一辙，都是为了“将世界可能之模样展现于眼前”（杜普莱西斯，1985b：179）。

正如形形色色的美国华人男女的故事必须先被求知心切的叙述者“听到”，才得以被重述出来；讲故事，无论是作为一种方法还是一种传统，都以吸引听众的注意力为目的。因此，《中国佬》一书以《关于倾听》（“On Listening”）这一章恰如其分地进行了收尾。此章中的叙述者强调倾听他者的声音同样重要，不像《女勇士》中的叙述者专注于以女性主义的身份进行自我表达。在某个聚会上，她听到了关于华人先祖们在菲律宾、墨西哥和西班牙等地四处寻找金山的各种故事。当叙述者针对某个传说提出疑问时，讲述者承诺以后会写信把答案告诉她。“很好，”她暗自思量，并以一种略为鼓励听众的口吻结束了全书：“现在我可以观察那些倾听故事的年轻男士了”（308）。[2]

此处所展现的倾听概念，与《女勇士》文末的翻译概念一样，富于多元阐释。翻译与倾听都假定世间存在不止一种语言，不止一个故事版本。因此，汤亭亭在为她这两本书收尾时，采用了一种富含深意的书写策略，笔者相信，这有助于解决当今女性主义者们所面临的最为紧迫的问题：如何在异质性背景的女性之间，更无须说在男女两性之间，缔结联盟。

---

1 这些历史主义批评家包括纽鲍尔、程美兰和阿尔弗雷德·S. 王。相比之下，李磊伟、圣胡安、李少强和格尔尼科特（1992）则呼吁人们关注汤亭亭对历史和文学资源的颠覆性使用。

2 译者注：张敬珏教授认为汤亭亭在《中国佬》的最后一句话中暗指男性通常并非好的倾听者，他们更经常表现为健谈者，因而此处的 young men 翻译为“年轻男士”而不是“年轻人”。

勇兰在教导孩子们如何区分理智与疯癫时说道："理智的人讲的故事版本多样，疯癫的人只有一个故事翻来覆去地讲"（1989：159）。母亲的教诲在汤亭亭这两部作品中都有所体现，尤其是在《中国佬》一书的文末，作者巧妙地为金山故事设计了多种版本。正如圣胡安所述："这些不同的版本中没有哪个版本凌驾于其他版本之上，因此试图寻求官方权威版本的'我'所提出的那些问题，永远不会得到明确的答案。唯一可以诉诸的方式就是欣赏'倾听'这种美德；为推翻独语式的政治经济体不懈斗争，造就多元的可能性，并开怀地去拥抱这些可能"（560）。

但是，推翻独语症（monologism）不过只是倾听的作用之一。尽管《女勇士》和《中国佬》的尾声部分都重申了汤亭亭对于开放性和多样性的女性主义偏好，但同样，她也暗示读者，她相信翻译和倾听是人们跨越差异、求同存异的希望之所在。在不同的语言之间进行翻译、不止于倾听某个单一的故事版本，也就是去超越自己常规的视野，去领略他人的视角，去亲身体验多样的经历，以及去编织一个主体间性之网。那种通过讲故事的方式来建立联系的愿望，始终贯穿于这两部作品之中。在《女勇士》中，叙述者是这样描述无名女人的："除非我发现她的生命渐渐融入我的生命之中，否则她无法给我任何先祖的训示"（8）。在《中国佬》中，亲密关系超越了血缘关系："即使是甲板上的那些洋鬼子也发了光。"

笔者对汤亭亭这两部作品的解读表明：她的女性主义和族裔感性彼此之间相互增促，并且她使用了女性主义手法来揭露"中国佬"在历史上所遭受的压迫。笔者进而提出，这些手法瓦解了关于男性发声与女性静默的简单二分法。她的女性主义延伸到了整个男性层面，而不是中国或美国的父权制度。尽管汤亭亭具有双重语言和双重文化背景，但她无意重蹈传统或权威叙事形式之覆辙。正如《女勇士》的叙述者似乎证实了作品内外的"我"具有互文指涉性，《中国佬》的叙述者也在尾声部分慷慨声明了一种开放的华裔美国传统。她这样做并没有倾向于选择某种传统而放弃另一种，也并非简单地将二者糅合起来。她通过重铸亚洲与西方神话的方式，让自己在两个传统中均占有一席之地，从而驱离了古老的权威，并让自己摆脱了父权制或殖民主义的束缚。她重新编织起寓言、梦境和幻想，以唤起一个不向陈腐法规、单一文化体制和二元对立低头的新世界。

四、会心的静默:《欧巴桑》

对于第一代移居加拿大的日本侨民而言，荣誉与尊严通过静默得以彰显，有如树枝随风摇曳……而第三代日裔则将静默视为危险的与敌合作。

——小川乐，与苏珊·严的访谈

Joy Kogawa, in Interview with Susan Yim

一方面，每个社会都有其自身关于真理的政治；另一方面，真理应不偏不倚地位于所有真理体制之间。

——郑明河,《女人，土著，他者》

Trinh T. Minh-ha, *Woman, Native, Other*

有一种沉默是不能说话。

有一种沉默是不愿说话。

草丛之下是喃喃呓语，呓语之下是一片有感知的海洋。那放声诉说源于心灵深处。仿佛在告知我，若要倾听它的声音，先要拥抱它的幻影。

我的生命中不曾流淌鲜活的话语，除非石头能迸发诉说的声音，除非种子能绽放言语的花朵。我听到的只是声响，是白音（white sound）。[1]话语，

---

1 译者注:“白音”即为“白噪音”（white noise），指一种包含所有频率的声音信号，具有相同的强度和功率，通常用于屏蔽其他声音或作为背景音。广义上的白噪音来源于各种无规律的能量波动，如海浪、溪流、下雨、风吹等自然界中的声响，这些声音不具有特定的意义。在本章中，“白音”与具有特定能指意义的“鲜活的话语”（“活语”）是一对截然相反的概念。

一旦说出，便如高空坠石，掷地有声。它们似一颗颗冰雹，探寻着地底的泉流。

——小川乐，《欧巴桑》

Joy Kogawa, *Obasan*

大多数评论家在分析小川乐的小说《欧巴桑》时，将语言与静默的等级对立关系应用其中，但其实该小说恰好颠覆了这种等级对立。一些评论家注意到小说中无处不在的静默，然而却往往以完全负面的措辞来描述小说的这一主题。对于伊迪斯·弥尔顿（Edith Milton）而言，该书是"对痛苦的静默之研究，是对不可避免之事盲目而又困惑的逆来顺受"（8）；对于大卫·洛（David Low）而言，这"显然是一部彰显沟通之重要性和沉默之危险性的小说"（22）；对于乔伊斯·韦恩（Joyce Wayne）而言，这是"一个有关被压迫者屈服顺从、陷入沉默的故事"（23）。相比之下，语言早已被奉为"真理的媒介"和处理"沉默悲剧"的解决方案（大卫·洛）。对言语表达广泛推崇的背后潜藏着评论家们这样的视角：文字是透明的，《欧巴桑》本身只是一部简单的历史小说。森田（J. R. Morita）认为："虽然这部小说不完全是事实，但作者却是基于历史事实且从中汲取了力量才写成此书"（516）。圣安德鲁斯（B. A. St. Andrews）也持有相同的看法："这是一部大家族的历史……反映了第二次世界大战及战后日裔加拿大人生活经历的历史"（30）。

格尔尼科特曾指出这种模拟性阅读（mimetic readings）的局限性，认为这一文本"将重构历史的行为比喻成小说创作，从而对重构历史的行为进行了质疑"（1989：287-288）。格尔尼科特（288）与马尼娜·琼斯（Manina Jones：214）均恰切地将《欧巴桑》视为"历史编纂元小说"，根据琳达·哈琴的观点，这类小说"记录并且颠覆了它对世界的模仿。它不拒绝［模仿］……但它用历史话语去对抗艺术话语，的确不可逆地改变了现实主义的任何简单概念或指涉。"（1987：25）。

我们也可以将批评家们对静默普遍的谴责回溯到语言自身的偏见，正如葆拉·冈恩·艾伦所述，“语言体现了其所属文化的不言而喻的假设和取向”（225）。在英语中，“静默”一词往往与“言语”相对立，而中文和日文中用于表达“静默”最常见的表意文字“静”和“宁静”是同义词，与“声音”“噪音”“运动”和“骚动”是反义词。在美国，静默通常被视为是消极被动的；然而在中国和日本的传统中，它象征着沉思、警觉、抑或优雅。[1]

这些差异常常被欧洲中心论的视角所遮蔽，甚至连修正主义批评家们也可能会屈从于这种观点。正如钱德拉·塔尔佩德·莫汉蒂所述，西方女性主义者在描述受压迫的“第三世界”女性时，其隐在的参照物通常是西方女性的自我形象，即受教育程度良好、拥有充分自由（在此，笔者要补充一点：善于用言语表达自我）等形象：“这些区别是基于将某一特定人群作为规范或参照并予以优待而形成的”（337；另参见斯皮瓦克：134-153）。类似的参照标准通常支配着对少数族裔的评价。一位颇为老练的批评家玛丽莲·罗素·罗斯（Marilyn Russell Rose）虽然敏锐地意识到东方主义话语之危险，却同样把责任全都归咎于《欧巴桑》中的受害者：“‘东方主义’现已被这个来自东方的少数族裔内化了，以至于他们的静默成为了向西方霸权无意识地屈膝，从而让这种欺凌变得合法”（1987：293）。对抗东方主义意味着要挑战西方将亚洲特质简化或同质化的行为，但这并不意味着否认或抨击这些亚洲特质本身。毋庸置疑，北美日裔在政治方面受到了盘剥，但若把他们的缄默仅仅视为将西方刻板印象主动内化，则是在摒弃这部小说中对于静默的“另类”看法。

---

1 中文中的表意字符“静”发音为“*jing*”，日语发音为“*jo*”或“*sei*”。关于“静”字的各种字形变化，可参见《辞海》（3：4555）和纳尔逊（Nelson：174）。西田司（Tsukasa Nishida）认为，“日本人在人际交往中最关注的是如何‘捕捉’对方的情感或情绪，不仅可以通过言语表达，而且还可通过诸如非言语表达、眼动、面部表情等各种线索来实现。在日本，强调行动而非言辞的谚语俯拾皆是，例如，‘无声胜有声’（Express in deed not in words，译者注：意指行动胜于言语）……‘言わぬが花’（To say nothing is a flower，译者注：意指沉默是金）……将行动言语化，被认为是掩盖一个人胆怯、恶意或软弱的一种手段”（45-46）。关于日裔美国文化与日本文化之间的延承性以及二者的区别，参见本书第 2 章。亦可参见藤田对《欧巴桑》中“沉默感性”之概念的阐述，以及马格努森（Magnusson）和格尔尼科特（1989）关于小川乐对语言的矛盾情结（ambivalence toward language）的分析。

在《欧巴桑》中，处于两种文化交汇处的小川乐对于语言和静默表现出复杂的态度，并以驳斥逻各斯中心主义的方式对二者进行重新评估。她揭示了拥有话语权和安静的忍耐所具有的力量与局限性；通过这种方式，她强调了言语表达与非言语表达的互补功能。当然，文字的确能解放思想，但它们也能扭曲事实并带来伤痛；[1] 尽管静默或许会抹除信息，但它也能应人所需，抚平伤痛并增进交流。展现小川乐行文主题和风格的言语克制，不仅体现了缄默者的特殊痛楚，也体现了盖尔·K. 藤田所称的叙述者特有的日裔文化传统——一种由"'会心'（attendance）一词所概括的非言语的理解模式"（34）。尽管藤田把几种形式的缄默囊括到"会心"一词的框架之下，笔者认为小川乐区分了保护的（protective）、坚忍的（stoic）和会心的（attentive）静默（并对不同的静默类型秉持不同的态度）。小川乐也谴责那些借由审查制度（censorship）或强制隐形（enforced invisibility）所导致的消音。与作者一样，笔者也不赞成静默本身，但会强调这种不诉诸语言的行为方式的积极功效，只因它对当前盛行的推崇言语的主流批评趋势具有纠偏矫正的作用。

在这部小说中，静默与言语的主题与诗学紧密结合。在主题层面上，主人公夹在她的两位姨母之间，在缄默与喧嚣之间斡旋。小说在风格上同样也呈现出一种"双声"传统（盖茨，1984：4）。直抒胸臆的笔法在这部小说中反复出现，但这却又被斯坦福·莱曼所称的第二代日裔间接表达（nisei indirection）的叙事策略所弱化（参见第 2 章）。[2] 小川乐并未采用直接发声的方式去直面第二次世界大战期间加拿大日裔所遭遇的暴行和凌辱。相反，她诉诸青少年视角、碎片

1 例如，德尔加多（Delgado）和松田（Matsuda）都从法律的角度探讨了仇恨言论对种族主义的受害者们造成的严重伤害。

2 将文化背景与渊源作为对作家风格的唯一诠释当然是不明智的。正如笔者在山本久枝一章中所述，叙事上的间接表达有多重原因，如作者的独特性情、其他作家的影响，以及性别、阶级和种族的限制等等。然而，小川乐本人一贯将言语上的间接表达与更传统的日裔文化联系在一起，尤其是在日本出生或成长的日裔所代表的文化。小说的同名人物欧巴桑是第一代移居北美的日本侨民，她就是善于间接表达的人物典型："她的回答总是迂回晦涩的，完整的故事永远不会直截了当地呈现出来"（18）。"二世"作家小川乐本人的叙事风格也是如此。

化的记忆和幻想、西方童话以及日本寓言等隐晦的叙事方式，一方面强调了小说的虚构性，另一方面提供了比官方对小说中战争岁月的报道更为深刻的“真相”。这些叙事缺省要求读者具有一种与叙述者专注能力相匹配的倾听能力。

音与石

小川乐的《欧巴桑》是基于她自己在第二次世界大战期间的经历、当时的信件、报纸杂志以及官方文件等资料而写成的。[1]1941 年 12 月日本袭击珍珠港后，超过 21 000 名日裔加拿大人（其中 17 000 人出生在加拿大）被剥夺了权利和财产，被迫离开他们位于不列颠哥伦比亚海岸的家园。他们首先被遣送到位于温哥华的黑斯廷斯公园（Hastings Park），然后被遣送去不列颠哥伦比亚内陆各个荒无人烟的鬼镇（ghost towns），这些鬼镇由战时当局（the wartime authorities）匆忙重建而成。那些抵制遣送的人被关押在位于安大略省安格勒

---

1 小川乐（Joy Nozomi Kogawa）于 1935 年出生于加拿大不列颠哥伦比亚省温哥华市（Vancouver, British Columbia），父母是第一代移居北美的日本侨民。她的家人在第二次世界大战期间被驱逐到斯洛坎（Slocan，不列颠哥伦比亚省东部旧银矿区的一个鬼城），1945 年战争结束后转至阿尔伯塔省的科尔代尔镇（Coaldale, Alberta）重新安置。当小川乐的家人被重新安置时，她只有 6 岁，比小说的叙述者直美大一岁。与直美的家庭不同，她的家人当时没有被迫分离：“她的……父亲、母亲和哥哥都在辗转迁移中幸存下来，然后搬到了阿尔伯塔省的一个小镇上”（苏珊·严：D1）。她 1954 年就读于阿尔伯塔大学（University of Alberta），1956 年就读于圣公会女子学院（Anglican Women's Training College）和皇家音乐学院（Royal Conservatory of Music），1968 年就读于萨斯喀彻温大学（University of Saskatchewan）。她曾在渥太华（Ottawa）担任教师和总理办公室的特约撰稿人。自 1979 年以来，她一直住在多伦多（Toronto）。《欧巴桑》是小川乐的第一部小说，曾获 1981 年加拿大全国小说新书奖（Books in Canada First Novel Award）、1982 年加拿大作家协会图书奖（Canadian Authors Association Book of the Year Award）和 1982 年前哥伦布基金会美国图书奖（Before Columbus Foundation American Book Award）。她的其他作品包括小说《欧巴桑》的青少年版本《直美之路》（*Naomi's Road*, 1986），以及四卷诗集:《破碎的月亮》（*The Splintered Moon*，1967）、《梦的选择》（*A Choice of Dreams*，1974）、《耶利哥路》（*Jericho Road*，1977）和《林中女人》（*Woman in the Woods*，1985）等等。她的第二部小说《总有一天》（*Itsuka*）是《欧巴桑》的续篇，1992 年在加拿大出版，不过该书未能及时纳入本书的讨论。

（Angler, Ontario）的拘留营。这部小说赤裸裸地揭露了导致这次驱逐事件的种族主义："为什么在与德国和日本的交战之季，我们的政府会剥夺在加拿大出生的［日裔］加拿大人的财产和家园，而不针对那些出生在德国的德国人？"书中某个人物角色如此发问（38）。截至1944年，居住在不列颠哥伦比亚省的日裔加拿大人被要求必须迁徙至落基山脉以东（east of the Rockies）重新安置，否则就会被驱逐回日本，然而他们之中大多数人根本就不曾去过日本。与那些战后可以重返西海岸的日裔美国人不同，日裔加拿大人直到1949年才获准重返不列颠哥伦比亚省。[1]

这部小说以36岁的日裔教师中根直美的视角来展开叙述。《欧巴桑》中的叙述者和《女勇士》中的叙述者一样，在过去与现在、青年与成年的不同视角之间来回穿梭。小说开始于1972年，那时直美的伯父阿勇（Isamu）还生活在阿尔伯塔省的格兰顿（Granton）。一个月后，阿勇去世，直美前去抚慰他的遗孀，伯母阿彩（Aya），也就是小说标题中的欧巴桑。"欧巴桑"在日语中表示"阿姨、姑姑、大婶"，也可代指所有"妇女"。因此，小说的这一标题隐含着"承认包括直美、她的母亲、她的两位姨母等所有妇女的命运的共通之处"（藤田：41）。在欧巴桑家里，直美发现了一个从埃米莉阿姨处寄来的包裹，里面装着战时的文件、书信，以及埃米莉自己写于1941年12月至1942年5月之间的日记。日记原本是要寄给直美母亲的，但却不曾寄出。[2] 直美在仔细查看包裹中的物件时，不由自主地陷入对往事的回忆之中，尤其是关于她的家族在战时和战后颠沛、流离、失散的那段经历。这个大家族里的成员曾经关系极其密切："中根一家（the Nakanes）与加藤一家（the Katos）像麻糬一样亲密相黏……我的父母

---

1 有关战争期间日裔加拿大人的遭遇的详细讨论，请参阅安达（Adachi）、布罗德富特（Broadfoot）、砂原（Sunahara）和彼得·W. 沃德（Peter W. Ward）的相关论述。关于同时期日裔美国人的遭遇，参见高木和韦格林的论述。此外，丹尼尔斯（Daniels）也曾讨论过日裔在美国和加拿大的经历。

2 埃米莉写给加拿大政府的抗议信是依据日裔加拿大社会活动家北川穆里尔（Muriel Kitagawa）的真实信件改写的。小川乐表示，探索北川书信的冲动源自她的梦境（韦恩：23）。

则像两根棒针一样，将两个家族小心地编织成了一张毯子”（20）。然而，这个大家族先被驱逐至斯洛坎，后又流离到阿尔伯塔省的南部地区，于是它便慢慢分崩瓦解了：父亲死于肺结核；祖父母也因身心交瘁而相继离世。直美和哥哥斯蒂芬（Stephen）由阿勇伯父和阿彩伯母抚养长大。在故事中，直美母亲的神秘缺场一直存疑未决，她曾在第二次世界大战前夕陪直美的外祖母回了日本，当时直美才5岁。直到全书的结尾，直美和斯蒂芬（以及读者们）才发现，母亲在长崎（Nagasaki）核爆中被彻底毁容，没过几年就去世了。去世前，她曾请求阿彩与阿勇隐瞒真相，不让孩子们知道。“一切为了孩子们”（*Kodomo no tame ni*）的论调贯穿全书，反复出现。大人们的保密工作做得很好；直到三十多年过去了，直美才了解到母亲的命运。

小说描述了被大人们隐瞒真相的直美无以诉苦的困境。直美在整个童年和青春期都孤僻内向；她沉静的性格似乎与母亲的离奇失踪有关。当她还是小女孩时，她经常询问母亲失踪的原因，却一直没有得到答案；成年后她便不再询问，因为此时的她，正如山本久枝小说《十七音节》结尾处的罗茜一样，害怕了解真相。A. 琳恩·马格努森（A. Lynne Magnusson）认为，“直美的戏剧人生深深地渗透到她的语言焦虑之中，这种语言焦虑体现了她与他人、自己的文化渊源、萦绕心头的失踪母亲以及自己的过往等等之间的疏离”（58）。对直美而言，正如《女勇士》中的主人公玛克辛一样，双重文化的成长环境与不友善的主流文化之间的冲突，成为了她们语言与身体的伤痛和困惑的根源。两位叙述者都必须努力克服这些困难，才能将其伤痛转化为创作的动力和源泉。

在探寻真相的过程中，直美受到两位姨母对于战时的悲痛经历截然不同的两种态度的影响。抚养直美长大、寡言少语的伯母欧巴桑，劝她选择遗忘和原谅。而政治活动家埃米莉阿姨，则为日裔加拿大人所遭受的不公待遇而大声疾呼。当埃米莉不断催逼外甥女时，她是在敦促直美去直面自己的过往。埃米莉令人想起那些伸张正义的先知们；而欧巴桑则垂范了那些劝人谦卑克己、宽大仁恕、乐善好施的教诲。诚然如此，这两种行事方式都能在日本文化中找到根源。正如美智子·兰伯森（Michiko Lambertson）所述，“日本人的思维方式有两个极端。其一是对于承受、容忍与寡欲的宿命论态度；其二是正义、荣誉及公平的意识”（94）。其实，欧巴桑的行事兼有二者之做派，因此在不同的葬礼上她都能应对自如，随时准备施人以援手。同样，埃米莉的激进观念虽归因于她在加拿大学校所受的教育，却也体现在小川乐对桃太郎这一日本传说的演绎中。传说中的桃太郎是个为了保护村民而勇敢地与凶狠的强盗斗争的男孩（藤田：40-41）。对此，直美这样评论：

> 我的两位姨母太不一样了。一位巧舌如簧，另一位则沉默如石。欧巴桑的语言似乎深藏于地底，而埃米莉阿姨拥有文学学士和硕士学位，是一位不折不扣的言语勇士。她是一名……战士，一只身小年长、头发花白的大力鼠，一位高级社会活动家学士和践行正义事业的全科医师。（32）

这两位姨母令人联想起《女勇士》中无助的月兰，以及另一位言语勇士——那位名副其实的勇兰，不过，欧巴桑远比月兰坚强得多。[1] 正如《女勇士》中的玛克辛憎恨母亲的武断、嘲笑月兰的胆怯一样，直美也抗拒着埃米莉阿姨的训导，并对欧巴桑的沉默困惑不已。她讥讽质疑埃米莉阿姨的辩争之术（polemics），竭力倾听欧巴桑藏于心底的肺腑之言（inner speech）。

白音与活语（Living Word）

小川乐通过直美来表达自己对于文献和历史的疑虑。当直美收到埃米莉满载着种种“话语”（words）的包裹时，起初她抗拒阅读包裹内信件的内容，不愿回顾往日的伤痛：“回忆过去就是回忆痛楚”（45）。尽管她试着忘记过去，但往事始终在她心间挥之不去，就像萦绕在她梦中的场景：“我也想忘怀过去，封尘起充满往事的箱子，下楼回到床上去睡觉。但是我们被困住了，欧巴桑与我，都被我们对逝者的回忆困住了，我们身边所有的逝者，他们都不肯入土为安”（26）。过往的种种不忿在心中投下一层阴霾，如同欧巴桑冰箱里的剩饭剩菜，

1　月兰与欧巴桑在人物塑造上有所差异，部分原因在于叙述者的视角不同。年轻的玛克辛比直美更加西化，她或许会认为沉默寡言的欧巴桑性格懦弱而自卑。

“过期到发霉腐坏了”（45）。这场梦境也呼应了多年前直美与埃米莉阿姨之间的一场争论：

“逝者已矣，为何不让过去的就过去呢？”

“逝者？”她问道，“我没死，你没死，谁死了？”

“但是你无法对抗整个国家，”我说。

“我们就代表这个国家，”她回答道。（42）

大多数评论者都赞同埃米莉的话，认为欧巴桑和直美的举动不仅消极而且无益。但是作者本人对她们的认同则复杂得多。尽管小川乐的小说承认回溯过去时言语表达的重要性，但同时也暴露出许多语言的陷阱（格尔尼科特，1989：291-294）。首先，语言本身就隐含了性别特征，因此很多表意相近的词汇，如“老姑娘”（spinster）与“单身汉”（bachelor），呈现出截然不同的内涵。正如罗宾·拉科夫所言，“单身汉”往往被用来赞美男性，但“老姑娘”却通常带有对女性的贬义：“‘单身汉’往往暗指性自由；而‘老姑娘’则隐喻独身孤寂的生活”（33）。当直美被她的一个学生称为“老姑娘”时，她想起埃米莉对这个绰号的抵触：“她说如果我们能把这个称呼清洗干净，她就考虑接受，但是这个词包含了太多负面的文化沉淀，让人很不舒服”（8）。言辞带着由来已久的偏见，传递着让人难以释怀的父权意识形态。

对语言的曲解曾在直美心中留下刻骨铭心的伤痛。当她还是孩子时曾被邻居高尔老头（Old Man Gower）施以性侵：“他把我举起来，说我的膝盖上有一处伤痕，他可以为我治好。我知道他在说谎。他所说的伤痕几乎看不见，也不疼”（63）。那时还是孩子的直美突然惊觉自己同时遭受到性与语言上的双重欺骗。

对该事件及其余波的描述充满了心理分析的暗示。在直美遇见高尔之前，她感觉自己与母亲如同双位一体：“我紧紧抱住母亲的腿，它犹如从地里生长出来的鲜活的杆子，又像一棵树干，而我正是它的一根枝丫……她的腿仿佛是我身体的轴，而我也承载着她发散的思想”（64）。在遭受高尔的性骚扰之后，直美感到自己的身体仿佛被割裂了：“这个秘密将我们二人分开……我的腿好似被锯成两半”（64-65）。在随后的一章中，我们得知母亲“大约就是在这段时间”

失踪了（66）。马格努森指出：

> 小川乐书写直美与母亲分离的奇特感受，可能最接近于雅克·拉康（Jacques Lacan）借助索绪尔（Saussure）和结构语言学对弗洛伊德观点的再阐释……在这一阐释中，被迫脱离母体的危机恰好与进入语言的象征界（symbolic order）相吻合，其前提是它所指的对象的缺失。因此，进入一个以语言为媒介的关系世界，就是进入一个充满无限渴望与向往的世界。（61）

然而，直美进入这一象征界的过程却使她在双重层面脱离了现实：高尔言辞中的蓄意欺骗使这个符号固有的难以捉摸性更加复杂化。

社会及政治领域内的语言也同样具有欺骗性，但后果却是不容置疑的。正如格尔尼科特所述，“语言能同时塑造，而非仅仅反映，加害者与受害者的现实，其操纵导致了实验性的具体行动”（1989：291）。当肆意的诽谤被当成“新闻”，压制性的条款被立为正式“法令”时，语言无疑是非常可疑的。[1]埃米莉写道，“每当我打开收音机，或者看到报纸头条上印着表示抗议的‘小日本’之类的字眼时，那种恐怖的感觉就席卷而来”（83）。她接着说，这些报纸上印着“彻头彻尾的谎言”：“有张照片里有个年轻的第二代日裔男孩，手里捧着一个金属便当盒，可报纸却一口咬定男孩是个间谍，手里拿的是无线电发射器”（85）。同样，加拿大政府声称日裔居民是社会安全的隐患，以此证明驱逐他们的行为是正当合理的，然而事实上，当时并没有一项叛国罪的指控是指向日裔的。

更微妙的是，公共机构的官方辞令中也蕴含着种族主义的谎言。在战争期间，加拿大当局以语言来掩饰其对具有日裔血统的居民最具侵犯性的举措。即使第二代日裔是在加拿大出生的公民，却依旧被称为“敌国外侨”（enemy aliens：92）；拘留营被粉饰成“内陆住房项目”。埃米莉愤愤不平道，“凭借那样的语言，便可以掩饰任何罪行”（34）。正如格尔尼科特所述（1989：292），直美一家全都被拘禁在被称为“病号海湾”（Sick Bay）和“水塘”（Pool）这样的

---

1 这一主题在汤亭亭的《中国佬》中有许多类似之处；另参见刘大伟（David Palumbo-Liu）关于美国法律话语中模棱两可的表达之论述。本节讨论了语言操纵（linguistic manipulation）的一些实例，这些例子大都在格尔尼科特 1989 年的专著中首次被提及。

地方。水在这部小说中被视为赋予生命的意象，然而这些拘禁之地却明显都缺少用水：

> 我最终才弄明白，“病号海湾”根本就不是什么海滩。而他们称为“水塘”的那个地方也根本不是一塘池水，而是一间位于温哥华黑斯廷斯公园展览场的监狱。来自温哥华郊外“保护区”（一个沿着海岸线绵延上百英里的条状区域）的男人、女人和孩子们，被驱赶到那些地方，像动物一样被就地圈禁，直到他们被运送到内陆省份的公路作业营和拘留集中营。（77）

那些听起来像疗养区和娱乐区的地方实际上就是畜栏，日裔加拿大人在那被当作牲畜一般对待，陷入绝境。例如，中根爷爷就在这个“病号海湾”病倒了。人们可能会进一步质疑：到底谁在“保护区”内受到了保护？受到保护的当然不是那些被剥夺产业、无依无靠的日裔加拿大人，他们的家早已被洗劫一空，再被扣押没收。

并不只是白人加拿大当局与第二代日裔公民对驱逐行动持截然相反的意见，直美家庭成员对此的看法也大有分歧。埃米莉阿姨希望对抗“法西斯主义”加拿大，但是伯父与欧巴桑则对接纳他们生活的国度报以感激之情：“这个国家是最好的。这里有食物，有药品，有养老金”（42）。[1] 他们的回忆也同样不尽相同：“埃米莉阿姨回忆中的 1941 年圣诞节并不似我记忆中的那般模样，”直美说道（79）。更有甚者，同一个人的观点也会随着时间的推移而改变。埃米莉曾非常“倾慕加拿大骑警”，甚至一度经常鼓吹他们的格言——“法律至上”（*Maintiens le droit*），如今目睹昔日心中的英雄如何粗暴地对待“水塘”的同胞们，她对此震惊不已。于是，她之前的格言也因而转变成尖酸的质问：“是维护正义吗？”（Maintain the right?: 100）。

甚至所谓的“事实”也不过就是各种解释的结果。语言，不论它是否被用

---

1 小川乐在一次采访中透露，欧巴桑和伯父与其他第一代日本侨民一样：“他们对自己没有遭遇谋杀而亡的境遇满怀感激……这种情感是直言不讳的第三代日裔……所无法理解的。因此，那些致力于游说加拿大政府进行官方道歉和赔偿的加拿大日裔之间形成了代沟”（苏珊·严：D8）。小川乐希望去弥合加拿大日裔内部的这道鸿沟。

来欺骗，都只能传递出片面和主观的现实。叙述者观察到自己与激昂疾呼的埃米莉阿姨之间的差距："对［埃米莉］而言，眼之所见就是她亲身经历的现实。当她像哈巴谷（Habakkuk）[1]一样被传唤到证人席上时，她的证词犹如星火，照亮了第二代日裔们的生命之光，他们温和而坚韧，一直奋力地证明自己是加拿大人。然而，真相对我而言却是晦暗、模糊和灰色的"（32）。

直美对于真相的疑惑为山本久枝、汤亭亭与小川乐所共有，她们都质疑语言中立或历史中立的概念。然而，她们提出的问题以及她们提供的多重答案本身便指向通往真相的途径。郑明河曾论及通常有效的故事叙述方式："真相……在此并非通过逻各斯中心主义下的既定事实（logocentric certainties）来获得……谎言与真相的界限是……多重的、逆转的、错位的，却又不至于让谎言与真相的概念失去意义。当某个故事被直接质疑时，其真实性也间接地不容置疑"（1991：13-14）。这种看法同样适用于山本久枝、汤亭亭和小川乐这三位作家的作品。三位作家并不赞成"逻各斯中心主义下的既定事实"，她们与郑明河一样秉持怀疑主义：

> 如果没有某种替代性的方式，"言说"（speaking out）只是参与维护辖域化知识（territorialized knowledge）所依赖的二元对立系统（binary opposition，例如，主体 / 客体，我 / 它，我们 / 他们）。它在自我与作品之间形成了一种语义上的距离（semantic distance）。……它保障了言说者的权威地位……真相是我［言说者］对未知领域施加控制的工具，同时，我使之进入到自己的已知领域中（12）

正如我们在第三章所讨论的，言语本身可能未必触及诉说者自我压抑的根源；《女勇士》中的玛克辛向他人发号施令的尝试反而加剧了她的语言焦虑。直美熟悉强制性言语（coercive speech），因而对效仿当局言论的做法极为谨慎。她坚持真相的模糊性是她放弃其权威地位的方式。她不能轻易地昭示心迹，因为她

1　译者注：哈巴谷是迦勒底（巴比伦）人毁灭犹大国时期的一位希伯来先知，哈巴谷书的作者。"哈巴谷"一词的希伯来文意为"信奉""拥抱"。哈巴谷先知持有积极、乐观、对未来充满希望的生活态度。

不愿在自己与所叙述的故事之间设置“语义上的距离”。

直美心中的灰色地带与她对斯洛坎的记忆有关。在她幼小的心灵中，即便是荒芜废弃的鬼镇也能在伯父到来之后变成伊甸园般的仙境：“伯父在前院筑造了一处石景园，底部有一条小溪和瀑布环绕，蜿蜒汇聚至一处小池塘中”（138）。生活变成了“静谧而宜人的假期”（138），直到他们第二次经历“从放逐之地再次被流放”（197）：

> 事实上，在1945年，斯洛坎的花园和庭院还十分引人入胜……事实上，业已支离破碎的家族遭受了永久性的摧毁。去落基山脉东侧，还是回日本，选择方案马上就要确定下来，几乎未给即将分离的父母和孩子们留下些许商议的时间。若不做选择，则会被贴上拒不合作的标签。（183）

“贴上标签”这个词暗示所谓的“事实”也是由推论而得的，这段话的剩余部分揭露了它的主观性本质。直美在斯洛坎时住在一处废弃的木屋里，她对斯洛坎怀旧式的回忆也许很适合化为一幅印象派的画作。但她却成功地传达了这一事实：她的家人勤勉地将一片荒芜之地变为田园牧歌般的世外桃源，并且，与阿尔伯塔的甜菜地相比，斯洛坎确实是一片失乐园；也正因为它的美来之不易，居民们第二次被迫离开才更加令人痛心。

让人无法释怀的还有那些令人伤痛或惊恐到无以表达的经历。直美对埃米莉想将一切公之于众的做法有些恼怒，她回忆起在阿尔伯塔的“烤箱”中和摊位上弯腰劳作的痛苦经历：“那段日子让我无法启齿……我的身体无法开口诉说”（196）。然而即使这些艰难困苦让人无法启齿，比起发生在长崎的核爆事件，这些困顿的生活也算不上什么。外婆尝试去描述这种核爆造成的毁灭，然而她的叙述却是“混乱不清晰的”，“细节零散，语无伦次，毫不连贯”（236）。这种难以言说的事件是很难表述清楚的。

最后，叙述者转而质疑语言自身的有效性。她想知道埃米莉的辩争之术是否能带来任何实质性的东西：

> 埃米莉阿姨所有的话，所有的文件、电报和请愿书，都像谷仓前空地上的划痕一样，是人们活动和勉力工作后留下的证据。但它们有什么用呢，我

> 不知道，那些打字机打出的黑色小铅字，细细密密，如点云滴雨。那些黑色小铅字无法抵达我们在阿尔伯塔省被安置的区域，给我们提供丝毫的帮助……我所有的祈祷都在空中消逝。（189）

对直美而言，埃米莉对事实的收集和说教式的分析只不过是空洞的声音；它们几乎无法缓解切身的痛苦或激起救赎的愿景，更不用说能“引发满足感”（42）。在谈及自己的作品时，小川乐表示：“文件与事实被寄望于矫正我们内心的偏见，然而它们很少能自发地提供方向。我有成箱的文件资料，但我需要的却是启示，而启示来自人际关系之中。那些事实若失去了爱的浇灌，便无法给予我们任何方向上的指引”（雷德考普：15）。

这些实例展示出语言本身蕴涵的矛盾维度。一方面，语言往往是模棱两可的，因为它的能指会发生转变，并且它只能展现“真相”的部分本质。而另一方面，语言的效果也因言说者而异。无权无势的人口中的言辞毫无影响力；它们可发却不可即，一如“祈祷在空中消逝”（189）。然而，有权有势者所使用的语言则构成一种“言语行为”，能够对听者发号施令。埃米莉写道：

> 他们声称为1200~1300位妇女和儿童准备了住宿，就在那么个小公园里！官老爷们在纸上说得轻松，但实际行动上却是一团糟——由此导致的人间地狱却对外屏蔽消息，外界对赐予日本佬的“奢侈生活”早已大做文章了。（92）

回想起拘留营里的生活，她说：“那的确是从温哥华清理出去的……一场‘排泄’。如同粪肥。如同蛆饵。……我们谁也没能……逃脱被扣上帽子的噩运。我们被自己的长相所定义与识别。”不列颠哥伦比亚省的一家报纸把日裔加拿大人描述为“加拿大人鼻孔中的一股臭味”，“因此被扔进了粪坑”（118）。语义造就了政治，也让政治变得畸形化。

正因为不论语言多么不准确或者如何被扭曲，都会带来实质性的后果，所以谎言必须予以纠正。话语尽管与权力紧密联结，但也可能揭示权力的滥用。借用福柯的话来说，“话语传递并催生权力；话语强化权力，但也削弱并暴露权力，使它不堪一击，可能受到阻挠”（1976/1980：101）。然而，爱德华·萨义德却看到了福柯在强调权力的普遍性时存在的局限性："如果权力能压制、掌控和操纵，那么每一件与之对抗的事物都不会在道德上等同于权力，也不会是中立的，而仅仅是对抗该权力的武器。抵抗同样不能成为权力的对应替代品，或者权力的附属功能"（1983：246）。

和《女勇士》中的玛克辛一样，埃米莉尝试去"借用象征性的盔甲，以法律为之命名，并以其法律之道去还治其法律之身"（贾丁：231）。然而，直美想要寻找一个完全不同的语言媒介，一个"在道德上不等同于权力"的媒介。它无须通过高压或武断的方式来吸引听众的注意力，并且能将"白音"转变为"活语"。

会心的静默

如果说对语言的怀疑和对共识的质疑让小川乐与许多女性作家及后现代主义思想家站在同一阵营，那么正如藤田所言，小川乐将各种静默投射出来的能力也可溯源于她的双重文化传统（bicultural heritage）。要体会这种特殊的文化感性，我们绝不可忽略小说中不同旋律的静默之声。诚然，主人公的确奋起反抗压制性的消声。然而，她也对第一代日侨保护的和坚忍的言语克制百感交集，因为它既在她小时候给予她荫庇，也在她成人后麻痹着她。尽管如此，她依然珍惜这些女性先辈们不动声色的悉心照料。因此，这些静默的多副面孔须得一一甄别而论。

小说中压制式的（oppressive）静默以"个体的"和"集体的"两种形式出现，并且男女均受其影响。在猥亵直美之后，高尔老头禁止她向人透露她遭受的侵害："'不要告诉你母亲'，他在我耳边低语"（64）。[1] 后来，当加拿大政府迫害日裔加拿大人时，埃米莉记录道："所有卡片和书信都遭到审查……报纸上没

1 类似的在性骚扰之后对受害人施以禁声的父亲形象，在马娅·安杰卢（Maya Angelou）的《我知道笼中鸟为何歌唱》（*I Know Why the Caged Bird Sings*）以及爱丽丝·沃克的《紫颜色》（*Color Purple*）中也曾出现过。

有关于拘留营的只言片语。一切都被遮掩起来”（101）。

本尼迪克特·安德森（Benedict Anderson）曾令人信服地指出，报纸具有将族群联结在一起的作用，尽管读者都是匿名的，但却能创建一个“想象的共同体”（imagined community：47，49）。小川乐认为，反之亦然。当某一族群在普通媒体上被剥夺了发言权时，他们就与更大的社群失去了交流。另一方面，摧毁其族裔媒体和其他的族裔论坛，意味着强行粉碎一个有凝聚力的社群，并抹杀其文化认同。直美哀叹不已：“我们遭人蔑视，被迫成为沉默的群体，被剥夺了汽车、收音机、照相机和一切通信工具”（111）。这种禁声与某份报纸所宣扬的意图不谋而合：“为了进一步防止某些种族的繁衍”（98）。小说中，直美对此也予以暗示：“有些家族几个世纪以来不断发展，繁衍壮大，生机勃勃。也有些家族则来不及一声啜泣，便从这世界上销声匿迹了”（21）。

与山本久枝和汤亭亭一样，小川乐在追溯直美家族的衰落历程时，并不止步于表现少数族裔女性通常面对的双重危机，也不轻率地将男性刻画成强权代表，而是多方位地探讨性别与种族关系矩阵的复杂机理。小说《欧巴桑》的故事表明，日裔加拿大男性也断然无法逃脱遭受迫害的命运。直美的爷爷、父亲和养父不仅受制于“居于统治地位的［白人］父辈们制定的法律”（格尔尼科特，1989：298），也饱受着加拿大帝国女儿勋章组织（Canadian Imperial Order of Daughters of the Empire）满满的“敌意”，据埃米莉所言，她们“声称我们都是间谍和破坏分子”（82）。这三位日侨父辈被分隔出来，接受“特殊”待遇：突然被迫与家人分离，被安排在修路营（road camps）里工作或是被关押监禁。直美的哥哥斯蒂芬，在战争期间承受了永久性的、或许也是不着痕迹的伤害：结果，他完全背弃了日本文化。

在这样一部聚焦女性互动的小说中，男性角色所遭受的禁声便形成了一种缄默无声却又别具一格的张力。伯父中根勇（Isamu Nakane）是温哥华的一名造船设计师，被迫从他所钟情的沿海地区迁移到内陆阿尔伯塔省。为了舒缓自己对海岸的思念，他把草原上随风起伏的牧草想象成一片汪洋大海。如果我们回想起他的养父离开日本时如何从大海中获得了长久的慰藉，那么他自己被迫与大海分离便更增添了一丝心酸的意味："当离开自己熟悉的岛屿时，他便成了一个陌生人，驶向一座满是陌生人的岛屿。然而这片大海永远是他不离不弃的伴侣。他理解它的愤怒，聆听它的低语，感激它的慷慨"（18）。因此，阿勇伯父实际上经历了双重放逐：他被迫远离家园、远离大海，去往一个令人焦灼的荒原。

现在，最常与他联系在一起的"工艺"是"硬面包"。从船坞到硬面包的转变，标志着他失去了自己的职业以及被迫接受驯化，这是一场异常痛苦的经历，也是他自我封闭的原因之一。然而，硬面包也显示出他刻苦耐劳的性情。在直美看来，伯父到其生命最后的时光一直都是坚韧不拔的典范，丝毫不逊于欧巴桑："伯父堪称卧牛酋长（Chief Sitting Bull）……他有着在草原上晒成的小麦肤色，双颊皱起，深棕色的皱纹如干涸的河床"（2）。

直美的父亲马克·中根（Mark Nakane）未能如伯父和欧巴桑一般在战争中幸存下来。他保护自己的家庭未果，或许经受了比伯父大得多的屈辱。渐渐地，他失去了嗓音，展现了他的无力与无奈，也预示了他的结局。父亲是位成绩斐然的歌者、才华横溢的音乐家，能"即兴演奏各种乐器"（51），却不幸在战时感染了肺结核。因修路营里生活条件恶劣，他的病情加剧，最终导致了死亡。他的身体日渐虚弱也体现在声音上："曾经浑厚丰盈的男中音如今却虚弱而单薄，好像喉咙受伤了一样"（177）。然而，身上的病痛并未削减他对音乐狂热的挚爱。对此，我们从埃米莉对父亲从修路营寄出的信的评论可见一斑："疯子！他脑子里居然只想着斯蒂芬的音乐课"（105）。父亲显然是想不惜一切代价来保护儿子青出于蓝的音乐才华。

尽管父亲关怀备至，斯蒂芬仍旧经历了一段沉默的时光，这种沉默既是字面意义上的，也是象征层面上的。珍珠港事件爆发后，一群白人男孩摔毁了他的小提琴，并对他进行了攻击；到了阿尔伯塔省后，他的长笛也因为严酷的高温而破裂。最终，斯蒂芬还是成为一名西方古典音乐家，广受赞誉，经常在欧洲巡回演出。然而，这一切都是以他放弃自己的日本文化传统为代价而获得的。

他偏离了体恤他人的家风，采取了那些压迫者惯有的偏见和粗暴举止。[1]渐渐地，他越来越厌弃自己的族人和文化。他告诫欧巴桑“说话要得体”（81），并总是对直美不理不睬。当听到伯父朗诵一首日文诗时，他唐突地问道：“这是个什么玩意?”（217）。相比之下，妹妹直美则毫无困难地给出了答案，语气里满是赞赏：“这是一首俳句，一首由十七音节构成的诗句”（217）。就在进拘留营的前夕（那时斯蒂芬慢慢开始与亲戚们的日式作风渐行渐远），他的腿受了伤，走路一瘸一拐，这种身体上的变化似乎是他作为日裔所承受的内心障碍的外在表现。[2]“大腿上的白色石膏，”活像一个“蚕茧”（112），象征着他在自己身上建立的防御外壳。他仿佛是为自己无端受罚而发泄怒火，一到斯洛坎就鲁莽地向周遭的事物施以暴力，用拐杖挥打蝴蝶以泄愤：“顷刻间，地上与草丛间满是伤痕累累、支离破碎的蝴蝶在颤动”（123）。成年后，斯蒂芬离开了家人。他只回去了一次，带着一位离异的法国女性在格兰顿（Granton）待了短短一下午。欧巴桑准备了一顿“她尽其所能做出的非日式午餐，但他们还是一口没尝就离开了”（223）。此后又过了八年，他才在伯父的葬礼上再次出现。

伯父、父亲和斯蒂芬的经历动摇了女性主义对立面的观点——男性至高无上。与《笹川原小姐的传奇》和《中国佬》这两部作品相似，小说《欧巴桑》中存在的种族歧视和性骚扰一样令人窒息。这两种压迫形式的相似性，借由直美之口得以明确地表达出来。当斯蒂芬遭受白人小子们殴打时，他不愿告诉直美自己受伤的真实原因。直美凭借直觉而揣测：“他是不是感到难堪，因而不愿

1 有些读者或许觉得埃米莉个性强势、咄咄逼人，但其实她是一位最体贴的亲人。伯父过世后，她特意打长途电话给直美，担忧地问询欧巴桑的近况，因而直美感触颇深：“感受到有阿姨能分担我的焦虑，真是让人格外心安”（78）。直美这番话的言外之意是说，除阿姨之外，斯蒂芬这个她唯一尚在世的直系血亲，居然变成对家里亲人冷漠无情的模样。关于斯蒂芬冷酷无情的其他例子，可另参见小川乐（1988）。

2 这样一种内心的伤痛，无论是战争造成的还是战争加剧的，也为莫妮卡·曾根（Monica Sone）的自传体小说《“二世”女儿》（*Nisei Daughter*）中的叙述者所亲历和感受：“陈年的伤口被再次撕裂，我发现我的内心正从自己的日本血脉中渐渐萎缩，好似这血脉来自敌人的躯体”（145-146）。关于对《“二世”女儿》和《欧巴桑》两部作品的详细比较，请参阅林玉玲的论述（1990）。

再提起，就如我在高尔老头浴室中的经历一样？”（70）。埃丽卡·戈特利布（Erika Gottlieb）指出，“强暴”在这里被视作“对任何形式之侵害的一种隐喻”（45）。与斯蒂芬一样，许多日裔加拿大人都拒绝描述罗斯所称的加拿大政府向他们施加的“政治上和精神上的强暴”（1988：224）。

这一隐喻有效地确立了受压制与自我压抑之间的关联。大多数强暴事件的受害者都因感到羞耻而对此避之不谈，而非对施暴者加以愤怒控诉。孩童时期的直美与母亲之间一直相互信任，但她在遭到猥亵后开始心事重重，因而与母亲一天天渐行渐远。第二次世界大战后，许多日裔在北美无依无靠、四处飘零，他们试图尽快融入主流社会以免遭人白眼。直美坦言道，“如今我的朋友没有一个是日裔加拿大人”（38）。[1] 一开始，她只是想忘记过去：“就让历史的罪行……湮没在历史中吧……所有这些文书所引发的问题，所有指向过去那场动荡的问题，都没有必要再提起了”（41，45）。然而她的默默顺从最终与整个社会对过往的遗忘契合一致：她强加在自己身上的沉默，助长了主流社会对其施加压力所导致的沉默。

直美的逃避，恰好与心理学的“创伤后应激障碍”（posttraumatic stress disorder）的症状相符合，许多性侵犯和政治迫害的实际受害者都呈现出这种创伤表征。“否认可怕事件的意志与将其宣而告知的意志之间的冲突，在于对心理创伤的核心辩证，”精神病学家朱迪思·刘易斯·赫尔曼（Judith Lewis Herman）指出，“通常，一般人的反应是……将它们从自己的意识中抹除。某些对社会契约的违背实在太骇人，以至于难以启齿：这便是‘不可言说’（unspeakable）一词的含义。”赫尔曼进而强调，然而这些创伤经历自身“拒绝被埋葬……牢记并坦诚直言灾难事件的真相，是恢复社会秩序和抚慰受害个体的先决条件”（1）。同样，直美也意识到摆脱过去几乎绝无可能，并且，即使这么做了，也是一种自我摧残。埃米莉告诫她：“你必须牢记……你就是你自己的历史。如果切除这

1　显然，小川乐将自己的亲身经历融入了小说创作：“还有大量日裔加拿大人像我一样逃到树林里，试图避开我们自己的族人。我们学会了彼此回避，并把日裔加拿大人的聚会视作一群被隔离的鹅。当我发现其实我本可以和日裔加拿大人交朋友时，我的自我认知之旅便上升到一个新阶段。”（1985：60）。

段历史中的任何一部分，你就如同被截了肢的人。不要否认过去。牢记发生过的每一件事。如果你感到痛苦，那就痛苦着吧。大声哭出来！大声喊出来！否认过去就是坏疽”（49-50）。

然而，在耳濡目染第一代日侨保护性和克制性的静默后，直美大声叫喊的能力遭到了遏制。孩童时期，有一次她亲眼看到一只大白鸡把一群黄鸡幼雏活活啄死（这件事无疑预示了即将发生的种族冲突），母亲马上赶来营救：“母亲用她敏捷灵巧的手，先把还活着的小鸡移走，放到她的围裙上。她做这一切的时候，面容平静，动作迅捷，一语不发”（59）。欧巴桑在面临骚乱时，也表现出冷静镇定的气质：即便在被遣散的前夕，“阿彩一直都非常沉着冷静，并且不想在孩子们面前讨论任何事情。她只告诉孩子们，他们就要乘火车去旅行了”（108）。一大批日裔被迫进行的流离迁徙，被她描绘成一次惬意的远行——她这么做是因为“一切为了孩子们”。

当这种沉默以一种被迫而无辜的方式蔓延到对孩子的哄骗时，问题就出现了。直美长大一些后，便对这种保护怀有矛盾的心情。当她迫切要求了解更多关于母亲的信息时，时常对守口如瓶的欧巴桑感到沮丧：“我越急切地想要获得母亲的信息，她的沉默就变得愈加深沉。无论如何刺探，也无法获得任何线索”（45）。当直美向她询问那些日文信件时（信里描述了长崎的核爆事件），欧巴桑却拿出母亲去日本之前与直美合影的一张照片。欧巴桑遵照了直美母亲的遗愿，用甜蜜的回忆来取代残酷的事实。但是，这种共谋式的静默却引发了更加沉重的伤痛。正如迈克尔·菲舍尔在评论迈克尔·阿伦（Michael Arlen）的《阿勒山之行》（*Passage to Ararat*）时所述，“父母总试图避免孩子对过去伤痛记忆的认知，但这么做往往会在孩子心中构建一种萦绕心间的、亟待探索和填补的空白”（204）。尽管这种探索可能会激发孩子的想象力，正如笔者对《女勇士》和《中国佬》的论述一样，但直美的情况却与之不同（至少直观上与之不同），因为直美认为自己在某种意义上需要为母亲的失踪负责。与愤然揭露性侵犯和种族歧视的玛克辛不同，直美遭受侵害的那些记忆时不时浮现在脑海，而她却一直尽力去压制它们，并试图保持沉默。她因内疚而情绪低落，“淹没在自卫式的沉默漩涡之中”（21），然而她那“萦绕心间的空白”却被一次次噩梦所填满。追忆往事时，叙述者怪罪母亲（并且间接责怪了欧巴桑），因为她们试图“用一个个谎言来保护孩子们［斯蒂芬和她］”（242）。

作者对第一代日侨克己坚忍式静默同时秉持欣赏和批判的态度。正如笔者在山本久枝一章中所述，第一代日侨崇尚 *gaman*—— 容忍坚毅，信奉安静的忍耐和庄严的沉默。在战争期间，他们极尽自己所能去容忍白人的偏见、经受拘留营的种种蹂躏，更重要的是，全力保护年轻人，让他们免受身心侵害。山内若子曾有力地描述了这种安静的力量：

> 第三代日裔谴责我们［第一代日侨］不愿谈及被驱逐时的经历。的确如此……当我们亲眼看到那些关于大规模驱逐的老照片时……很少有人能止住自怜自哀的泪水，但或许在这些泪水背后，我们明白也正是这一事件改变了我们的人生进程；同时，尽管我们身边确实有人更加高瞻远瞩、更加英勇无畏，但不论我们选择了哪条路，都还是活下来了——完完整整地活下来了。或许这就是为什么我们当中那么多人对拘留营的经历保持缄默的原因。或许正是在静默之中，我们希望得到尊敬，因为我们成功地活下来了……我们能活下来这一事实就是证明我们英勇的证据。这就足够了。（1979：lxxi）

在美里木谷的《摆脱静默》中，第一代日侨父亲则更进一步地表示：“静默是一种力量。/ 语言逊于 / 无声的反抗”（137-138）。然而在主流文化眼中，这种静默象征着消极无为，因而招致大肆批评。

小川乐把这些关于静默的对立的认知融合在两组接连的比喻中：“我们的静默源自石头发出的声音……我们如露水般悄然消失于来临的晨曦”（111-112）。石头意味着强健、持久和坚不可摧；与之相反，露水却暗示着易碎、幻灭及脆弱。将这两个比喻并置在一起，则展现出日裔“刚柔并济的精神”。此外，这两种意象也揭示了这位日裔加拿大作家复杂而矛盾的心态。小川乐承认第一代日侨外在体魄与内在精神的力量：将自己锤炼得坚如磐石，是在如斯洛坎般的鬼镇和阿尔伯塔的甜菜地这些严酷的环境中生存下来的必要条件。伯父和欧巴桑身上展现出来的静默，旋即证明了他们坚忍和宽容的力量。他们的宽宏大量让他们甘愿忍受主流文化的欺压。正如露水一样，他们可以被轻而易举地“清除干净”（wiped out）。

然而小川乐并不容许静默的负面含义吞没其正面启示，其中最具说服力的便是会心的静默。这种静默的形式似乎与日语中“察し”（*sassi*）的概念相关，是指“从诉说者身上捕捉蛛丝马迹的心智功能”（西田：47），以及“以心伝心”（*ishin-denshin*）、“心灵感应”（telepathy）或“同情、安静的理解”（纳尔逊：126）。作为名词，“察し”可以翻译为“推测、揣摩、猜想、评判和理解某个人或某种符号的含义”；而该词的动词形式为“察しする”（*sassuru*），“它的用法被扩展为‘想象、假设，甚至怜悯、同情和体谅’”（西田：47）。短语“以心伝心”的字面意思是指“以心传心的方式”，该词在中文里亦有根源（国广：57），描述了“一个心灵与另一个心灵之间（关于真相的）瞬间交流”，抑或是一种“心领神会的默契”（增田［Masuda］：556）。[1]

《欧巴桑》中会心的静默融合了“察し”一词所暗含的视觉敏感度和预期回应力，“以心伝心”一词所指涉的直觉理解力，以及这两个词所蕴含的共鸣与共情。正如藤田所述，直美在幼年时，就通过战前她在温哥华家中特别的装饰物习得了“会心”的概念（38）：“在我铺着粉蓝色百纳被（patchwork quilt）的床头上方有一幅画，画中的小女孩膝上抱着一本书，迎头仰望着一棵树，树上栖息着一只小鸟。小姑娘注视着、倾听着，凝神关注着这只小鸟，她的一只手半举在空中”（52-53）。这“仰望”（looking）和“注视”（watching）恰与山本久枝《笹川原小姐的传奇》中的笹川原小姐所遭受的“瞪视”（staring）形成鲜明

---

1 感谢笔者的学生芭芭拉·荣格（Barbara Jung）指出了“察し”与“以心伝心”这两种无声的交流形式之间的关联性。国广正雄发现，日本基本上是一个内婚制社会（endogamous society），“通过语言媒介的解释常常无甚必要，生活在同一屋檐下的家庭成员之间发展起来的那种直觉性的、非言语式沟通在整个社会中传播蔓延”（58）。但国广也指出，“通过非言语表达的方式形成的这种微妙交流的传统”在某种程度上已被“过分强调逻辑的现代文明”所侵蚀（58）。这种侵蚀可能在日裔社群中发展得更快，因其时常受到西方规范的影响和约束，并接受西方的价值判断。

对比。“瞪视”将“他者”转化为客体；会心的“注视”则尝试走入“他者”的内心并预见“他者”的需求。《欧巴桑》中的叙述者能够辨别随意的一瞥、敌意的瞪视，以及带有保护性的关切眼神：“我母亲的眼睛斜视着地板，声称……在所有公共场合，即便只是随意瞟了一眼，也可能失之轻率。若是直瞪瞪盯着别人，简直太缺乏教养……就像赤条条地行走在街上一样，令人无法想象，无法接受”（47-48）。后来，她还描述了母亲灵敏的洞察力，以及满足她需求的能力：“她的眼睛沉稳而真诚，这是典型的日本母亲的眼睛。它们绝不会侵害或是背叛。这是一双能护人周全的眼睛，庇护着孩子内心最深处隐藏的秘密”（59）。但是，视觉上的关注远不止于保护的功能；它也能监测人的情绪变化。当直美得知自己的家族又一次面临迁徙时，这一次得从斯洛坎迁到阿尔伯塔省内陆地区，她从父亲躲闪的目光中感受到不祥的预兆：“我从父亲的眼神中看出来了……他的眼睛正不安地四下张望”（172）。多年以后，当直美向埃米莉阿姨询问母亲和外婆的事时，她又一次捕捉到这种不借助言语传递的信息：“当我提到母亲和外婆时，我能感觉到她眼睛下方的某处好似有扇窗户打开又旋即关闭了。就好像我突然提出了意想不到的问题，瞬间引发了一记沉重的伤痛，必须要即刻将它清除干净”（186）。这种泄密式的信号成功地阻断了随后的发问。[1]

正如卧室那幅图画所描绘的，视觉上的关注与画中小姑娘的沉思以及她那悬空不动的手密切相关。这种形式的静默非但不意味着消极，反而还意味着必须同时精神警觉和身手敏捷。这幅图画的信息由外婆、母亲及欧巴桑所制定，她们意在积极培养和强化直美身上这种会心式静默的意识：

> 当我饿了，还没来得及张嘴，饭就来了。若我倦了，可以就地而睡……稍有些冷，就会有件毛衣加在我身上，若是哪儿疼痛也会即时得到照料。倘若外婆感到不舒服，我就立刻递给她一个垫子。

1　小川乐强调通过眼神进行交流，这与日本文化中的“‘腹艺’（*haragei*，心意沟通的微妙艺术）和‘目は口ほどに物を言う’（*me wa kuchi hodo ni mono o ii*，眼睛和嘴巴一样雄辩）等非言语交流方式相类似，这些交流方式在日本经常被用于“通过非逻辑辩证的方式，来维系人与人之间的和谐关系”（国广：58）。

“可真贴心啊，”外婆回应道。这是对细心机敏（sensitivity）和行为得体（appropriate gestures）的一种赞赏。（56）[1]

母亲与外婆这种“机警而精确的世故”并不涉及明确的请求或公开的询问。当直美的祖父母被送往医院时，欧巴桑同样也给予了无言的安慰（unspoken consolation）。直美表示：

我们必须首先尊重他人的意愿，再考虑自己的意愿。通过抑制自己的情感让事情进展顺利。虽然希望祖父母能留下来，但也必须目送他们离开。若只为了满足自己的需求而罔顾他人的意愿，便是“任意妄为”（*wagamama*），意指“自私而轻率”。欧巴桑教导我要时刻留心每个人的需求，以免自己变得“任意妄为”。这就是为什么她在桥头耐心地等在我身旁。（128）

这些例子将会心的静默追溯至日本文化中的母性传统。直美从外婆、母亲以及她的养母欧巴桑身上学到了这一点，她们三位全都是在日本长大的。[2]不过，这种传统也超越了个人的血亲关系，从温哥华开往斯洛坎的火车上发生的事件就明显地体现了这一点。一名年轻女子在上车前突然临产，身边连一件婴儿用品也没有。欧巴桑感到“心疼，并意识到这位母亲需要关怀”（113），于是她悄悄在她面前放了一个包裹，里面有一条毛巾和一些水果。她的善意让另一位老太太也效仿了此举。见此情景，小直美自己也被她们慷慨相助的精神所感动：她注意到哥哥不开心，于是“在一阵慷慨之情”中将她最喜欢的球作为礼物悄悄塞进了他的口袋（116）。

这些行为与《笹川原小姐的传奇》中的慈善活动形成了鲜明的对比。在《欧巴桑》中，善行善举并未诉诸语言，因此接收方也就不必感到尴尬。而在山本久枝的故事中，被监禁者在获得“慈善”礼物后，被要求向“在拘留营之外”

---

1 藤田将外婆回应的这句日语“Yoku ki ga tsuku ne”翻译成“你真的注意到了 / 意识到了 / 留意到了，不是吗?”，并指出这句话也“呼应了那幅‘关注’树上小鸟的女孩图画”（39）。另可参见马格努森：61。

2 关于日本与美国育儿方式差异的讨论，参见考迪尔和温斯坦的著述（Caudill & Weinstein，1969）。他们发现，在婴儿时期，日本母子的关系远不如美国母子的关系那般依靠语言来进行建构和维系。

的捐赠者们"写下感谢回条"(29)，因而更加深了被拘禁者的羞耻感和作为异族的疏离感。相比之下，火车上的日裔加拿大人"即便初遇素昧平生的陌生人，却也以'欧吉桑'(ojisan，大叔)或'欧巴桑'(obasan，大婶)相称"(112)，以此拉近距离、增进友谊。此情此景宛如乌托邦社会一般，令人想起伯公在《中国佬》中的白日梦。似乎汤亭亭与小川乐都在暗示，只要有足够的关切之情与同理之心，陌生人也能如真正的亲人一般亲密无间。

外婆与母亲早早地从直美的生命中消失，将直美抚育成人的是欧巴桑。[1] 在这位伯母身上，静默的哀痛悲伤与其神奇力量汇聚交织。小川乐选择以"欧巴桑"作为书名，因为正如她在一次访谈中所述，欧巴桑表现出"彻彻底底的沉寂无声。""如果我们不能真正理解欧巴桑"，小川乐表示，"她将永远受到压制"(韦恩：23)。欧巴桑所具有的安静坚韧的特质使得她容易成为被压制的目标，因而小川乐公开呼吁读者去聆听欧巴桑"无法言说的静默"。但她并没有责成欧巴桑去效法埃米莉。作为读者，我们也须谨防自己采取斯蒂芬的态度去蔑视欧巴桑的日本行事风格；抑或采取巴克夫人(Mrs. Barker)的态度：哪怕"瞥一眼欧巴桑也觉得是一种屈尊"(224)。

玛丽亚·卢戈内斯(María Lugones)倡导的"'世界'–穿梭"("world"-travelling)的概念指出了一条更好的路径：

> 通过穿梭至他人的"世界"，我们发现世上存在着种种不同的"世界"，那些由傲慢的认知带来的受害者是真实的主体、鲜活的存在、反抗者或远见卓识的构建者，尽管在主流的建构中，他们只能由傲慢的认知者来赋予生命，因而他们柔韧圆滑、可屈可伸、可锻可塑、可被分门别类。(402)

叙述者直美本人从未傲慢地轻视过欧巴桑。她之所以不同于斯蒂芬和《女勇士》中的玛克辛(这两人都被"教化"成将自己的同族人视为异族人)，或许恰恰是因为她较晚在北美主流学校接受教育。还在学龄前时，她就随着家人迁到了斯洛坎，在那里有相当长的一段时间，她的生活就像一段"安静而愉快的假期"

---

1 关于欧巴桑对直美各方面产生的影响，参见戈特利布：52，藤田：40，以及林玉玲(1990：203)的论述。

（138）。直到 1943 年 5 月，已经七岁的她才“第一次上学读书”（138）。在欧巴桑日式教育方式的长期熏陶下，她在成年之后依然能够穿梭至那方“静默的疆域”（silent territory）。

直美与欧巴桑朝夕相处，对其静默表现出明显的敬意与尊重。她领会到欧巴桑缄默背后蕴藏的言外之意，期望步入“其思想之穹顶”（26）。直美将这种无声之深意诉诸文字：“表达她悲伤的语言便是静默。她对其风格神韵和细微差别都一一掌握得很好。这些年来，她虽然身形单薄，可体内的静默却日渐茁壮成长，变得强劲有力”（14）。欧巴桑是小说中最安静的角色，她也是最体贴的。和森俊雄（Toshio Mori）的《做蓬蓬甜甜圈的女人》（“Woman who Makes Swell Donuts”）中的那位老妇人一样，欧巴桑因其毫不起眼而引人注目。因为她所做的正是华兹华斯（Wordsworth）在《丁登寺》（“Tintern Abbey”）中被称颂的“那些充满善意与爱，却微不足道、常被遗忘的无名琐事”。这部小说的一个显著成就在于作者巧妙地将一个沉默的角色塑造成令人难忘的人物。然而小川乐也告诫我们，不能仅仅以欧洲中心论、甚至修正主义的视角来审视这个人物角色：“欧巴桑……并非来自这种喧嚷嘈杂的文化氛围。她既不在多元文化的乐章中翩然起舞，也不着力回应种族主义者的诽谤。她只留守于一方静默的疆域之内，凭借她劳作的双手来圈定这一疆域的边界”（226）。[1]

这段话可以从小川乐为其父亲戈登·中山（Gordon Nakayama）所著的《一世：第一代日侨》（*Issei*）而写的序言去进行解读：“我并不希冀将第一代日侨的故事浪漫化，但却希望能谦恭而衷心地呈现他们通过双手的劳作与无声的静默所散发的源源不绝的生命力”（1984：7）。直美能够留心聆听欧巴桑的肢体语言，尊敬其“劳作的双手”，这表明直美传承了欧巴桑身上的日本文化。受到这

1　休斯敦（Houston）指出，日裔美国人和美国白人对服务他人的态度往往不同：“在我的家族中，为他人服务或许会令人欢欣雀跃，因为这是一种自我提升的优雅姿态。然而对许多美国白人来说，为他人服务似乎有辱人格，是一种依赖性或软弱性人格的表现，抑或是社会地位低下的表现。热情体贴意味着‘谦卑’或‘愧疚’”（20）。在主流文化中，这种态度占据了主导，或许这可以解释为什么如此多评论家认为欧巴桑这个人物无法打动人心。

种体恤他人的文化传统熏陶的直美在成年后继续对此传统身体力行。在看到欧巴桑登阁楼时，直美便尾随其后，姿态与当年卧室里那幅图画中的小女孩颇为相似——“我的左手扶着楼梯栏杆，右臂半悬在空中，以便万一她跌倒时能搀扶一把”（23）。在为伯父守灵期间，直美极度渴望去探查埃米莉的日记，然而她却抑制住了自己的念头：这本日记“满载着过往的声音，因而倍感沉重……可此时此刻，伯父不在场的声音更急迫地倾诉着，我得留神聆听。”这个不在场的声音叮嘱她要“照顾好欧巴桑”，要“保她平平安安”（46）。由于伯父已经过世了，他与直美之间的交流便是一个“以心传心”的典型范例，这种交流可以不借助言语和手势就能顺畅地进行。因此，直美便待在伯母身边悄悄地照看她：“我的手臂急切着想伸出去揽住她，但拥抱或许会吓着她。我只能默默地坐在她身旁，等待她苏醒过来的细微迹象”（27）。

即使是会心的静默，也有其负面影响。过度颂扬这种对他人的关注可能会强化传统的习俗与观念（譬如那些与母性相关的观念），也恰恰正是因为它一直被誉为美德，所以对女性有特别强的约束力。始终尽心留意他人的需求（母亲们通常就被要求这么做）往往要付出很大的代价，耗费那些细心体贴的人大量的心力。欧巴桑自始至终都在照料他人，却明显对自己关心不够。就其身体状况而言，她已年暮体衰，视觉、听觉和言语能力都变得非常虚弱。一方面，她年老力衰、行动不便，却依然尽心照顾他人，展现了典型的悖论（例如盲人观物）；而另一方面，这也表明社会政治对人的束缚，及其当事人如何进行自我规约（结婚之前，她曾是一位颇有造诣的十三弦古筝演奏家）。叙述者与埃米莉阿姨和父亲（47）一样，深谙文化上与“视觉上的双语”[1]之道，既能褒扬欧巴桑对他人的关注体贴，也能意识到伯母为此付出的艰辛代价。

小说在高潮处重申了静默的害处与益处。直美最终从外婆的来信中获悉了母亲被毁容的真相。困惑之余，她起初只能埋怨母亲的过度呵护：“慈爱的母亲

1 译者注：此处，“视觉上的双语”（visually bilingual）意指“可以读懂东、西方人的表情”。原文为“culturally and ‘visually bilingual’”，是指“不仅了解双重文化，更能参透东、西方人面部表情背后所潜藏的深意”。

啊，我们都在各种静默中迷失了自我。我们的少言寡语便是互相伤害”（234）。可见，母亲的谨言慎行给女儿造成了“双重创伤”：“那个孩子永远不能畅所欲言，永远害怕对人倾诉”（243）。如果说儿时的直美由静默联想到的是母亲的在场、港湾和安全之地，那么叙述者的这些话则体现了她在人生旅途中所经历的变化。正如马格努森所述，“母亲在长崎核爆之后的沉寂，改变了直美对儿时母亲的静默的看法”（66）。

然而笔者不同意马格努森的结论：“这种对过去的修正，强调言说的地位优于静默，即便语言存在各种不足，仍胜过无声无息的虚幻的安全感”（66）。首先，语言与静默的二元对立（由于此类术语在学术领域普遍被使用，这也是笔者自己无法完全避开的一种对立）在小川乐的小说中经常被打破，在她的小说中，静默成为一种修辞（例如，“[欧巴桑]悲痛的语言便是静默”；“埃米莉阿姨和父亲……具备视觉上的双语能力”；“无声话语”等）。其次，《欧巴桑》中的静默，如笔者所示，绝不仅仅只是“无声无息的虚幻的安全感”。而最重要的一点在于，小川乐从未将言说“凌驾”于沉默之上。

几乎就在叙述者批驳保护性静默的同时，她提出了“会心”一词，正如藤田所述，“在直美急需帮助时给予她支持”（39）。这种“会心”贯穿于整个疗伤的过程中：“渐渐地房间里变得寂静无声，仿佛我又回到了伯父身边，聆听那沉寂的大地、静谧的天空，一如过往的我一直这么聆听着……母亲，我正在听。请帮助我，让我听到您的声音”（240）。在这种向外打开、准备接受的状态下，她听到“一声叹息，一丝似曾相识的气息，一片悄然无声的话语”（241）。她能够感知到母亲的存在，并在共鸣之情中恢复最初的情感纽带：“在长崎的年轻母亲啊，我不也在那儿吗?”（242）。这种共鸣性交流延续着：

> 我想，对孩子而言，并没有什么超乎肉身的存在。但或许因为我已不再是孩子，所以尽管你并不在这里，我依然可以感知到你的存在 。今夜的这些书信便是你的骸骨。现在只剩下累累枯骨。然而大地依然静待花开。爱意沿着我们墓穴旁的树根蜿蜒而下。（243）

直美借助“以心伝心”的方式将生命灌注于“化作骸骨”的书信之中。她借由想象的移情所捕捉到的虚幻存在，来自她孜孜不倦的全神贯注。最终，她找到了隐秘碑文的关键所在："那放声诉说源于心灵深处。仿佛在告知我，若要倾听它的声音，先要拥抱它的幻影。"[1]

呓语

小川乐熟知言语与静默之中都潜藏着矛盾对立的两面，因此她使用多义的话语来表达现实的多重性，并采用若干含蓄的手法以突显无声的力量。《欧巴桑》中的杂语现象（polyglossia）已受到评论界的广泛关注。马尼娜·琼斯将其描述为"一部兼具文学性、历史性和理论性的著作"（214；另参见梅里韦尔[Merivale]：68；格尔尼科特，1989：294；林玉玲，1990：291）。和汤亭亭一样，小川乐将纪实与艺术融为一体，并在小说中包容有争议的声音。正如其序言所述，该小说大体"基于历史事件，其中许多人物的姓名都是真实的"。埃米莉日记中的大量引文都摘自加拿大公共档案馆的文献，她的私人日记也大多改编自知名作家北川穆里尔的真实信件。这种将官方文件与私人信件并置的手法，消融了公共话语与私人话语之间的界限。这些声音相互联结、互相映照，有助于在小说中形成多层次的感知。

相对而言较不明显的是，叙述者的声音被其自身的叙述行为所削弱。与《女勇士》的叙事特征相类似，表面直白的叙述声音与实际含蓄的叙述方式往往产生冲突。尽管直美对各种政治活动疑虑重重，但小川乐在日裔加拿大人为其拘禁经历寻求赔偿，以及欧洲和北美的反核运动日益壮大之际出版《欧巴桑》一书，却引起了读者在政治上的共鸣。因此，这部作品能适时问世也许并非巧合。赫尔曼认为，"在为人权大声疾呼的政治运动尚未萌芽时，积极作证必然不会发生，唯有主动忘却。压制、脱离与拒绝承认既是群体意识也是个体意识的

1 小川乐曾在一次采访中表示，她将母亲的缺场与神明的放弃联系起来："只有当爱的力量被剥夺时，我们才能感知和理解爱的存在。然而矛盾的是，当我们接受了爱的无能为力时，它治愈我们的力量才得以出现"（雷德考普：17）。

体现”（9）。[1] 这种让埃米莉 / 北川穆里尔投身其中的政治激进主义，为直美 / 小川乐打破个人的沉默提供了必要的舆论条件。小说《欧巴桑》并未止于叙事，而是以一份“由日裔加拿大人合作委员会（Co-operative Committee on Japanese Canadians）于 1946 年 4 月向加拿大参、众两院提供的备忘录摘要”（248）作为全书的结尾。通过这份抗议驱逐日裔加拿大人的附录文件，作者不动声色地表达了对一众为正义事业而奋斗的政治活动家们的感激之情。

另一种叙述声音与叙述行为的相互背离，体现在对历史的评价问题上。在整部小说中，直美始终否认人们洞察历史的可能性，因为“平凡的故事依时而变，它们被当下的时代所塑构，正如当下被历史所塑构一样”（25）。然而，“早在小说开篇的那章……历史便渐渐浮出地表”（罗斯，1987：292）。因此，当直美质疑埃米莉的信念（即，人们能够“把事实弄清楚”）时（183），这种二重性的具体示例便呈现出来。如前所述，她在埃米莉的包裹中发现了一份剪报和一张写着“阿尔伯塔省被疏散人员真相”的索引卡。剪报上有一张全家福照片，大家面带微笑，站在一堆甜菜周围，旁边有文字备注为：“微笑与欢乐”（193）。然而处在自己的立场，直美却对阿尔伯达省有着截然不同的回忆：

> 那里的气候太炎热，生活太艰难了，我的眼泪忍不住夺眶而出。……成块的泥土黏在我的橡胶靴上，让我负重难行，膝盖下面小腿部分的皮肤在靴子里发红、变硬、瘙痒难止……小腿处细小的汗毛变得粗糙又难看。
>
> 我讨厌自己变丑。
>
> 也讨厌那收割的季节和我的双手，手腕上包裹着破布条以防割破手。……我无法诉说关于那段时光的经历，埃米莉阿姨。我的身体说不出话来。（196）

她最后略带讽刺地重新提及那个照片的备注说明：“‘微笑与欢乐’……？那只

---

1 赫尔曼列举了历史上的三个案例，指出对心理创伤的系统研究也“有赖于政治运动的支持”：人们对癔症（hysteria，即歇斯底里症）的研究起源于 19 世纪末法国的反教权主义政治运动（anticlerical political movement）；对战争神经官能症（combat neurosis）的研究发生在越南战争之后反战运动攀升至顶峰的阶段；而对性暴力和家庭暴力的研究则出现在女性主义运动的兴盛时期（9）。

是一种说法。可事实却并非如此”（197）。直美在反驳报纸上的那些事实时，提供了另一种不同的“说法”，让那场强制性的搬迁展现出更真实的面貌。直美的身体所记录的那些真相，连埃米莉也不曾目睹（因为埃米莉在日裔被驱赶之前已随她父亲迁至温哥华）。通过展现直美的回忆，小川乐以小说性的记录反驳了历史上对于事实真相的篡改；她并未提供社会性的集体回忆，却呈现了直美私人化的个体记忆。

作者展现了对个人记忆与集体记忆进行恰当回应的不同视角。埃米莉与直美之间的争论贯穿全书始终。埃米莉苛责叙述者直美的中立立场：“有些人……忙着了解每一件事的方方面面，以至于消解了人们的担忧，阻碍了必要的行动”（35）。她含沙射影地说，知识分子的圆滑世故可能会妨碍政治活动。尽管直美铭记着埃米莉的苛责，但她仍旧怀疑埃米莉理直气壮的口头讨伐能否更有效地纠正社会上的恶行：“贪婪、自私和仇恨，自人类有史以来就一直存在，难道不是吗？抑或是说，你认为通过游说和立法，演说和讲述，我们就能让自己不再重蹈覆辙吗？难道有任何证据能让我们保持乐观吗？”（199）。直美暗示，埃米莉的抗议是徒然的，因为尽管她拼尽全力，却几乎未能改变什么。她想象埃米莉如何“增删、重写、强调，尝试找到一种直中要害的字眼。就像爱神丘比特（Cupid）一样，她的目标直指人心。然而心却不在那里”（40）。

这种隐喻的、将言辞视为箭矢的类比令人联想到美洲原住民和女性主义者将语言视为武器的观点（参见巴索［Basso］：40；林肯，1983：44；贾丁：231）。然而，叙述者在此处将弓箭射手幻化成爱神丘比特的形象，意在更好地展现其独特的诗学观念。当埃米莉希冀用文字来促成立法变革时，叙述者 / 作者则首先期许自己的文字能直击读者的“心灵”。尽管小川乐内敛的文风可能会让一些读者认为她的作品不够“政治化”，但它确实形成了政治话语之外的一种激进性文本。拉蒙·萨尔迪瓦（Ramón Saldívar）对谢丽·莫拉加（Cherríe Moraga）的《战争年代的爱情》（*Loving in the War Years*）的评论同样也适用于《欧巴桑》：

> 父辈们的语言，即有关政治、宗教以及道德世界的权威话语，往往力图确定主体与世界及其他主体之间相互关系的基础。与此形成鲜明对比的是，

> 莫拉加在书中展现的是爱的话语。……这种爱的话语被剥夺了一切特权，没有任何权威充当其后盾，甚至未被看作是独立的意识形态话语。（197）

从这个意义上来说，那位质疑埃米莉辩证逻辑效度的叙述者自身也正在努力迈向一种“适当的组合”（right mix）。加里·威利斯（Gary Willis）将小说的“情感”归因于叙事的力量，认为情感“是一种远比论说更为强大的力量”（249）。然而笔者却相信这种力量尤其源自作者所使用的静默修辞，源自作者以沉默点缀言辞的含蓄笔法。支离破碎的意象弥漫于直美自己的回忆中，有时被描述为一种“记忆碎片中的碎片”，或“故事中的片段”（53）；有时也被视为“梦境中的掠影”（112）。读者须得细心留意那些不曾予以明示的片段之间的连接处，并将这些断裂的部分拼接起来；潜在的意义渗透在小说的字里行间。

客体与言辞无疑都能激发和宣泄那些心灵深处的洪流，即使那些激流看似与实际能指并不相称。在谈及自己对母亲挥之不去的思念时，直美解释道：“哪怕只是瞥了一眼那套由旧布拼接缀缀而成的被罩，那个老问题就仿佛一只巨型飞蛾从夜空中蹿了出来”（26）。言辞同样也能开启回忆的阀门，正如直美在埃米莉日记中看到敬语“姉”（Nesan）时的反应：

> 当这个字一跃入我的眼帘……便以一种辛酸而温馨的感觉触动了我。它的意思是“长姉”，那正是埃米莉阿姨平常对母亲的称呼。加藤外婆也时不时把母亲唤作“姉”，尤其在她与埃米莉阿姨交谈的时候。我记得有一次我也把母亲唤作了“姉”，加藤外婆听到后大笑不止。（46）

这个字眼令直美心神激荡并非因为其字面意思，而是因为它让直美联想到母亲和外婆，联想到那段无忧无虑的幸福时光。在埃米莉日记的所有字眼里，这个字眼总是轻易间悄然潜入直美的心田。叙述者的言辞往往隐秘晦涩，如同一床充满隐喻的百纳被，以寓言和梦境的形式，共同编织出一张言语与情感交相辉映之网。

与汤亭亭一样，小川乐同时以西方和东方的寓言故事，将过去与当下连接起来，并将幻想与现实进行对比。但是，汤亭亭对传说类素材的加工最终往往演变成自我实现的幻想（张敬珏，1990a），而小川乐对童话故事的改写则更加突显了直美内心焦灼的渴望，正如她对金发姑娘（Goldilocks）传说的双重叙述展现的一样：

在斯蒂芬的某本书里，有个故事讲的是一个长着金色长卷发的孩子，名叫金发姑娘。有一天，她来到森林中一座古朴的房屋前，里面住着一家熊。显然，我们就是那住在森林中古怪房子中的熊家族。我是熊宝宝，金发姑娘坐坏了我的椅子，吃光了我的麦片粥，还睡在我的床上。又或者这也不是真的，毕竟我才是那位金发姑娘。早晨，我还能否走出森林，找到回家的路？在我马宝区（Marpole）[1] 家里的房中，画中的鸟儿在床头鸣叫，而活生生的鸟儿在我卧室敞开的窗前那株桃树上欢唱。（126）

与金发姑娘故事原本预设的盎格鲁－撒克逊白人读者不同，直美并未轻易认同这个故事的寓意。事实上，引发她回忆起这个童话故事的，是她在斯洛坎听到母亲最喜爱的一张唱片《金发银丝》（“Silver Threads among the Gold”）。对此，直美评论道，“我未曾细想为什么母亲会喜欢这首歌。我们的白发可不会长在金发里面”（126）。同样，我们也没有金发姑娘的“一袭金色长卷发”。因此，直美首先将自己视为那个肤色棕黄的“他者”，就像那只被金发姑娘为了自己舒适而侵占了地盘的熊宝宝一样。然而，她本能地对这个受害者角色感到厌恶（尽管她也出于直觉对其产生了某种认同），这促使她将自己重塑成为故事中的女主人公。她觉得，如果自己是那位金发姑娘，一切都会好起来的。如此一来，她便可以回到战前伊甸园般美好的家园。在那里，画中之鸟与空中之鸟和平共处，“能指”与“所指”和谐共鸣。然而，正如佩科拉永远无法拥有最蓝的眼睛一样，直美也绝无可能成为那位金发姑娘。画中的女孩与现实中的女孩不曾、也不会命运相似。这种不可能性预示着她回归故里的愿望遥遥无期：“不论我怎样期盼，我们都回不了家了”（126）。

金发姑娘的故事很可能触及了直美的另一痛处，她从小就被教导不要变得 *wagamama*，即不要变得自私利己、轻率任性。当直美得知母亲要远赴日本去

---

1 译者注：马宝区（Marpole）是加拿大温哥华市南部的一个区。中根直美一家被驱逐到内陆地区之前曾居住在那里，那个家充满着直美童年美好的回忆。

照顾生病的曾外祖母时，她的静默掩饰了她内心的抗拒："病重的曾外祖母需要母亲。可母亲需不需要我呢？在这人世间，哪家交易市场可以让我的需求去交换曾外祖母的需求？"（67）。尽管如此，她却一次也不曾用言辞或行动来表达自己的渴望。直美的经历与那童话故事中不考虑别人感受的女孩多么不同：金发姑娘非但没有受到惩罚（至少在直美读的那个故事版本中没有受到惩罚），还能在舒适的家中醒来；然而一直小心翼翼地克制自己需求的小直美，却不得不每天都在陌生之处的陌生床上醒来。

直美最喜欢的日本寓言故事《桃太郎》似乎更真实地讲述了她的生活。这个故事经过小川乐的重述后，在直美和读者之间泛起涟漪般的情感效应。藤田曾表示，"小说中的'会心'明显与……桃太郎的故事有关"（38）。故事讲述了一个男孩从一个桃子当中诞生，令一对无儿无女的老夫妇高兴不已。桃太郎长大后，他到邻近的一个岛上与强盗作战；他战胜了强盗，为年迈的养父母带来了荣耀。故事的情节非常简单，但叙述者笔下的每一处细节都富于影射意义。年迈的老夫妇看到桃太郎从桃子中迸出来时的喜悦，恰与直美在战前的童年所感到的快乐情状相似。那时，她身边的大人们都对她倾注着爱意和照拂，仅仅"作为孩子无忧无虑地活着，便令人快乐无比"（55）。桃太郎离开父母踏上漫长艰险之征途的那天，同样也与直美的经历十分相似。离别的哀伤和对悲伤的压抑都被巧妙地在下文中勾勒出来：

> 桃太郎要出发的那天终于来临了。寂静如片片羽毛般的雪花，落满了蒲草纸搭成的小木屋顶。屋内的人动作不紧不慢。老奶奶跪坐在桌前做饭团，手指尖微微蘸水，将糯米饭搓揉成圆圆的米饭团。她用一块小方布将饭团包裹起来，双手捧住饭团，将为桃太郎远行准备的干粮递给他。没有眼泪，也没有安抚。桃太郎启程的时候，老爷爷和老奶奶十分克制，不愿让他们心中的忧伤加重桃太郎肩上的负担。
>
> 两位相依为命的老人，又一次在雾霭蒙蒙的深山中，静静等待。（56）

这幅无声胜有声的场景预示了小说《欧巴桑》中几场告别的情景：当母亲和加藤外婆奔赴日本时；当父亲离开斯洛坎时；当中根祖父母前往医院时；当

斯蒂芬远赴多伦多时；在所有这些场合中，没有人留下一滴眼泪，告别也不过几句只言片语。然而，与桃太郎的故事大相径庭的是，这些离别的人，包括斯蒂芬，没有一位最终能真正回来。

关涉到欧巴桑，这个寓言故事便有了多重含义，欧巴桑如今“比她［直美］小时候所认识的奶奶还年长，比现在［她认识的］所有人都年长”（54）。欧巴桑与伯父也是一对无儿无女的夫妇。当欧巴桑成为斯蒂芬和直美的监护人时，她同样也把这两个孩子当作亲生子女来养育。埃米莉在日记中告诉直美的母亲：“她说你把孩子们托付给了她，他们现在就是她的孩子，直到你回来”（108）。寓言故事中的那对老夫妇对桃太郎的爱并不诉诸言语表达或肢体安抚，而是通过老奶奶双手有条不紊的动作来表达；同样，欧巴桑对孩子们的爱意也由她“劳作的双手”得以流露。寓言故事中的那对老夫妇的体贴式静默，同样也出现在直美母亲、爷爷、伯父和欧巴桑的言行举止中，他们都设法保护斯蒂芬和直美，使孩子们免于悲伤之苦。

然而，小川乐也在处理欧巴桑与斯蒂芬的关系时，对桃太郎的故事进行了令人伤感的改编。老奶奶把饭团交给桃太郎的场景引出了火车上的一幕。欧巴桑给了斯蒂芬一个饭团。“我不吃这种东西，”斯蒂芬生气地拒绝了她的食物（115）。这段插曲预示着斯蒂芬排斥与日本有关的一切事物，包括自己的养母。在斯蒂芬离家去音乐学校的那天，直美认为她哥哥就像“桃太郎启程去征服世界”（214）。而欧巴桑却如同那个寓言故事中的老奶奶一样，努力掩饰着心中的忧伤，“在他离开后仍然呆呆地立在原地，一动也不动”（214）。然而，斯蒂芬远行的动机与桃太郎相去甚远。他或许会作为一位钢琴演奏家在音乐界获得桂冠，但绝不会将这份荣誉献给自己年迈的养父母。在寓言故事的原型中，静默体现着彼此之间的关心，但斯蒂芬与日俱增的沉默寡言却是一个不折不扣的反例。他“冲动易怒，几乎不与欧巴桑交流”（215），欧巴桑“将他的旧袜子和旧衬衫缝缝补补，他却不再穿上；她在桌上备好食物，他也一口不尝”（215）。最终，他彻底避开了欧巴桑：“无法忍受她重门深锁的自闭……于是，［他］逃往世界的尽头”（14）。斯蒂芬“总是对任何‘太日本化’的东西充满反感”（217），因而他忽略了埃米莉言简意赅的观点："桃太郎的寓言其实是一个加拿大故事。我们就是加拿大人，难道不是吗？加拿大人所做的每件事都是加拿大故事"（57）。

藤田指出，埃米莉本人就是桃太郎精神的绝佳典范，叙述者以"一份像埃米莉阿姨过去一直在研究的文件"作为小说的结尾，加入了埃米莉的言语之战，为"第十章中尚未完结的桃太郎故事收了尾"（38，40）。就像桃太郎离家去与盗匪作战一样，埃米莉周游了加拿大和美国，与社会不公作战。小川乐将桃太郎身上的英勇精神移接至埃米莉身上，重新定义了传统的英雄主义，使之与其小说中的反战主义主旨相契合。她拒绝崇拜战争的勇武，并在直美版本的寓言故事中删略了所有关于格斗的描述。汤亭亭将有关男性将军的传奇故事移植到她本人对女勇士的幻想之中，小川乐则将桃太郎的精神特质投射到埃米莉身上。汤亭亭将舞枪弄剑的女剑客化身为执笔作剑的女勇士，小川乐则将桃太郎与匪盗进行的搏击转化为埃米莉向种族主义者发起的"纸笔作战"（paper battles: 189）。这些剧情的转变让女性得以进入抗争社会的公共舞台，而不必迎合父权制社会的尚武精神。

最后，那对传说中的老爷爷和老奶奶孤独的等待，预兆了直美期盼母亲归来时内心的焦灼之苦："对于彼时五岁心智的我来说，重要的不是她不得不离开的原因，而是寂静无望的等待。……过了一段时间，那种寂静变得如此难以忍耐，就像一层阴影如空气般在我身边环绕弥漫"（66）。小直美随后发现，要先人后己地考虑别人的需求更难以做到。但她必须沿着这条艰难之路前行。

小川乐用不到半页的篇幅，以蒙太奇的形式扼要地展现了小说角色们对彼此隐藏的情感，并将这种自我克制追溯至童年成长时期的寓言故事。作者本人也从中获益不少。她启发唤醒式的行文风格，为枯燥的官方文件和埃米莉激昂的言辞提供了一种对照和补充。读者必须透过她精雕细琢的文字，来揣度其深层难以言表的弦外之音（the inexpressible）。

小川乐也通过"梦中呓语"（speaking dreams）的方式来传递叙述者（那个"从小不说话"的孩子）所掩藏的偏执情绪。[1] 在直美少年的经历中，有三个特

1　关于小说中类似梦境的讨论，另参见戈特利布和藤田的论述。

定的梦境标志着她的成长。自从遇到高尔老头后，她便常常被一个反复出现的噩梦所纠缠困扰："在我儿时的梦里，总会出现山崩地裂的场景。母亲站在裂缝的一边，我站在另一边。我们俩都无法触碰彼此。我的双腿正被撕裂成两半"（65）。这个梦将直美生理上的撕裂与心理上对母亲的疏远联系在一起，如前所述，母亲正是"在这个时候"消失的（66）。直美噩梦的接连出现与母亲的不见踪影，暗示着这个孩子"认为被母亲抛弃必定是因为自己遭遇了难以启齿的性侵而受到惩罚，因为她不再纯洁了"（戈特利布：46）。

受害者无法摆脱罪恶感与羞耻感，这些感觉进而演化成直美成年后反复出现的梦魇。在梦中，三位美丽的东方女子被一群英国士兵俘虏并看守着，赤身裸体地躺在一条泥泞的路上。三位女子"在仇恨与欲望之间摇摆"，当其中一位试图去色诱那些士兵时，他们便玩起了射击这些女子腿脚的游戏。直美写道："要征服这些士兵是不可能的。女人们心中满是恐惧和憎恨"（62）。这个梦再次将性暗示与惩罚联系起来，突显了做梦者的自卑心态。

就在直美最终得知母亲在长崎的苦难遭遇的前夕，她便经历了最具预示性的梦境，这个梦影射了陀思妥耶夫斯基（Dostoyevsky）《卡拉马佐夫兄弟》（*The Brothers Karamazov*）中的"大检察官"（Grand Inquisitor）。在梦中，那位"大检察官"（此处是指高尔老头）正在用力撬开她的眼睛和母亲的嘴巴。

> 他要求知道真相，这既是审判和责问，也是拒绝聆听。他［向母亲］审问得越多，便越成为她的控诉者和加害者。他越扼杀她，她的静默便越深沉。大检察官从未明白的是，通往言语的道路也正是通往静默的道路。*若要倾听我母亲的心声，要倾听她的话语，要倾听石头的声音，他必须首先沉静下来。*只有当他进入母亲离弃的状态中，才能从自己的处境中解脱出来。（228；斜体着重部分为笔者所标）

在评论"大检察官"撬开直美的眼睛来折磨她时，戈特利布写道："这与（西方或浪漫主义）传统中将邪恶与黑暗联结起来相比是多么不同啊。在这部小说中，我们见证了邪恶昭然暴露在日常生活之中、在光天化日之下"（41）。在此，言说与静默的等级对立也同样被重新排列。强迫人开口说话不仅让人联想起《女勇士》中的玛克辛对她那个沉默女同学的折磨，更令人想起在直美的想象中埃米莉为她实施的手术：

> 埃米莉阿姨，你坚持要知道所有的一切，你是个用文件夹和归档卡来剖开我颅骨的外科医生吗？记忆从我的脸颊倾泻而下，但这还不够，不是吗？你的手探入我的腹部，拉扯下我腹壁内层增生的东西，但也带来麻醉师，打开麻醉气体，盖上麻醉面罩，让麻醉气体进来……这手术到底什么时候才能结束啊，埃米莉阿姨？（194）

玛丽莲·罗斯认为这次手术对直美是必要的、有益的（1988：223），毫无疑问，埃米莉必定是为了直美好。但当我们得知那个关于“大检察官”的梦给直美带来的痛苦，便能明白埃米莉的方法也有不足之处。当埃米莉急切地想要知道一切、全力帮助直美发声的时候，她或许会因为没能充分倾听直美内心的声音，没能充分关注阻碍直美发声的心理障碍而感到内疚。更值得注意的是，直美是通过她在想象或回忆中与埃米莉阿姨的对话来打破沉默的。因为每当与这位言语勇士直面交谈时，我们的叙述者便会言辞木讷或是噤若寒蝉。

直美从夜间的梦境中获得了顿悟。此时她突然意识到，自己无意间扮演了“大检察官”的角色，成为了试图从母亲嘴中撬出答案的人。[1] 她如今拷问自己，“我是在怀疑她的爱吗？我是在指控她吗？”（228）。这个梦促使直美认识到自己“指控母亲所犯下的罪过”，这令她设身处地痛他人之所痛，并让她在被母亲抛下之后依然对母爱充满信心（藤田：39）。正当直美决定放弃其“盘问审讯”时，她便豁然明白了事情的真相。静默之道与言说之路终于彼此交融，汇聚一体。

这些梦境也让我们想起了前文所讨论的各种静默之形式 。第一个梦境用夸张的手法呈现了直美被禁声的事件。第二个梦境将她的压抑回溯到童年时代的羞耻感和罪恶感。第三个梦境催生了会心式静默的寓言。前两个梦境中的受害者将关注聚焦于他们自己所受的痛苦之中；而在最后一个梦境中，直美将母亲视为同病相怜的受难者。一旦她把关注点从自己的痛处转移到母亲所受的折磨

1　叙述者本人在小说开篇与一个鳏夫约会时，曾因对方屡屡冒犯性地发问而表达她不耐烦的情绪：“这个鳏夫的问题太多了，我几乎以为他会问我要身份证来查看”（7）。

时，她便意识到自己一直都在 *wagamama*——于是为自己曾经提出自私的要求而感到愧疚。直美让他人的需求与自己的需求保持一致，尽管自己内心暗藏悲伤却仍然保持对他人的热诚；她无愧于成长中所受到的日本文化浸润，并始终忠诚于她的人生榜样欧巴桑。

富有悖论意味的是，正因为直美甘愿默默“聆听石头的声音”，那石头才得以訇然中开。在小说随后的一章中，她得知了日本长崎所发生的惨剧。尽管令人大为震惊，但了解到这一事件的真相却让直美最终摆脱了困扰她多年的疑惑，以及难以启齿的罪恶感。

水与石

在《欧巴桑》的结尾，与《女勇士》的结尾一样，呈现了多重意义上的和解：母亲与女儿、过去与现在、死亡与生存等，以及最为重要的，欧巴桑所代表的非言语表达与埃米莉所代表的言语表达两种模式之间的和解。然而，在这些和解达成之前，叙述者已感到心疲力倦：

> 我想我累了，因为我想逃离所有这一切。从过去和所有这些文件中脱身，从现在、从记忆中、从死亡中、从埃米莉阿姨以及她振振有词的话语中脱身。我想摆脱那沉重的身份，那被遗弃的证据，那尚未表达的激情，以及那被误解的礼节。我厌倦了在死亡和葬礼之间挣扎的生活，被礼仪的重担压得透不过气来，无以喊出心声、放声歌唱、纵情跳舞，无以放肆尖叫、高声咒骂，无以开怀大笑，甚至无以大口呼吸。（183）

发出这哀叹之后不久，直美便从加藤外婆寄给加藤外公的信件中得知了母亲的命运。如前所述，这封信起初只被她视为未被“爱”复苏的“骸骨”。直美早已习惯于用静默的方式来审视爱，为此她还引用了一联中文古诗：“常恐所思露，瑶华未忍折”（228）。[1] 这联诗句表明直美自己对言语的不安感，尤其是那

1 直美的某个学生曾取笑她，问她可曾“恋爱”过，她把学生们的注意力转向了问句中的介词：“在恋爱中？（In love?）大家想想看，为什么当我们谈论爱情时，要用这个介词‘in’？”（6）。

些看似自怜的言辞："那些常常逢人便卖惨的人令我感到不适。他们似乎把自己的苦难当作某种武器或勋章来炫耀一样"（34）。外婆也同样为自己的举止而道歉："请原谅我之前那些话让你承受了负担"（236）。

但是这些信件本身便否定了那些坚忍的、庇护的、体贴的静默，与自我伤害的、利己自私的、咄咄逼人的述说之间构成的二元对立。直美印象中"瘦削而坚韧，低调行事，喜怒不形于色"的外婆，在描述那场战争灾难及其余波时，居然"一发不可收拾"（234）。外婆的信件向直美表明，无论当时多么痛苦，书写内心无法承受之思都能缓解悲伤并帮助书写者"从过去的束缚中得以解脱"（236）。这种表达方式定然比母亲所说的"沉默的守望"更有益身心（vigil of silence: 236），因为母亲保护式的静默一直被直美误解为自己被抛弃的证据。然而具有讽刺意味的是，正因为外婆冲动地揭开了真相，直美才得以知晓外婆和母亲心底"深沉的爱"（233）。

从外婆的信件中流露出来的不只是恐惧。直美通过这些信件了解到，外婆在爆炸后一苏醒过来，便立即全力拯救她侄女的两个孩子："加藤外婆只字未提她自己身上所承受的伤痛"（238）。彼时，母亲容貌尽毁，身负重伤，竟然还在搭柴堆，准备为一个刚离世的孩子进行火葬。战争灾难当前，人们心中仍然充满着同情心，这样的例子不胜枚举，为直美先前的质疑提供了明确而肯定的答案。尽管贪婪、仇恨、自私作为人性的一部分将永远存在，但如今直美已然能够坦然接受这些让人保持乐观的证据了。

因此，外婆的信向直美提供了亦私亦公的理由，去书写个人及家族的各种静默。对于个人而言，写作让她"从过去的束缚中解脱出来"。对于群体或社会而言，通过讲述历史故事，"我们得以不再重蹈覆辙"。然而叙述者（或小川乐）之所以具有"历史学家"般的说服力，恰恰在于她与诸多西方历史学家明显不同，芭芭拉·奥莫拉德（Barbara Omolade）曾尖锐地批评西方历史学家的研究路径：

（续 175 页）译者注："常恐所思露，瑶华未忍折"这联诗出自南朝梁武帝萧衍的《有所思》，生动地描述了一位在闺中苦等丈夫归来的妻子的情状，是离别思亲主题的诗歌，这两句诗也表达了情感的克制以及亲人间深沉的爱意。

> 将观察者置于象牙塔中，让他们用钢笔、便笺本、望远镜或者书本去观察底层民众的人来人往，这便是西方思维方式的基点。……距离的作用只是让观察者表面上具有客观性，但实质上仍对其所观察的对象进行主观判断。如此一来，兼任观察者角色的学者便与征服者和奴隶主关联起来，因为他的观察变成了解释和决定操控观察对象的有效数据。(286)

与之相比，直美则对历史持疑，坚持认为事实本身并不创造历史。她小心翼翼地缓缓穿越历史景观，传递了从沉默的受难者之立场出发的微观视角。她的散文追溯并呈现了凡人肉眼看不到、耳朵捕捉不到的情感波动；它闪现出一幅幅影像拼图，预示着恐惧、渴望，以及源自天性的、反映人类残忍与爱兼具的矛盾性潜能的符号。

尽管小说《欧巴桑》聚焦于一个日裔家族在某段特定历史时期的故事，但它确实具有超越个人悲剧和政治悲剧的普适性意义。如果说汤亭亭通过赋予笔下人物尊称而将家族历史转化为民族史诗，那么小川乐的创作手法也如出一辙：她将笔下人物泛称为欧巴桑、伯父、父亲、母亲、外婆等，借此便赋予了人物不受时间影响的永恒性品格。特别是欧巴桑这一称呼，不仅与许多日本传说中的年老妇人相呼应，还可影射“这人世间每个小村落中的老妇人……［她］便是这片土地上真正合法的主人”(15-16)。作者本人似乎从欧巴桑处继承了“通向未知之门和通向令人惊奇的隧道网格的钥匙”。她也是一位“洞悉生活中无尽细节的观察者”，毫无疑问，这种能力是她多年来会心吸纳、默默积攒而成的(16)。

随着小说渐渐临近尾声，静默和言语愈加互为补充、缺一不可，正如直美对“爱”这个词的两种表意文字的审视一样。第一个字［愛］包含了表示“心”、“手”和“动作”的偏旁——爱是手与心合一，付诸行动。另一个字［戀］，意为“炙热的爱恋”，由代表“心”、“诉说”以及“长线”的偏旁组成(228)。爱或以欧巴桑的劳作之手的形式展现，或体现在埃米莉（以及外婆）激情洋溢的诉说之中：“这颗心就像一根长绳，一端连着欧巴桑的线头，另一端连着埃米莉阿姨的包裹”(228)。

《欧巴桑》一书好似徐徐延展的一条长线，将这些形形色色的、坚强而伟大

译者李汉平先生手书“爱”“恋”二字
2016 年，上海

的女性串联起来。“细线”（filament）这一意象贯穿了整部小说，小说甫一开始它常与蜘蛛网联系在一起，令直美“自投罗网”，被过往所“束缚”：“我们被困住了，欧巴桑和我，都被对死者的回忆困住了。……过往就像破旧蜘蛛网的细蛛丝，依然黏糊糊地悬在空中，等待着我们就地屈服，或转身离开。趁我最不备的时候，一段记忆从黑暗中闪现出来，在空中旋转，编织成网，即将捕获我，把我困在古老而复杂的谜题之中”（26）。小说的结尾处，这些捕食之网变成了一张维系女性关系的精密之网，将看似迥异的叙事线联结起来，形成了一张交织着言语回响与种种静默的网。日文字符“系”（*kei*）是“*nikkei*（日本血统、日裔）”一词的组成部分，表示家族、世系或关系；它由表示“线”的字符“糸”组成，也构成了表示“热恋”的字符“戀”的一部分。通过解开自己过往的纠缠，叙述者得以象征性地重新编织因战争或因分家而被拆散的家族，进而将四处分散的日裔社群重新编入加拿大历史的织锦之中。[1]

在小说抒情的结尾处，静默与言语再次联结在一起。此时直美决定重访她曾与伯父每年在长崎核爆纪念日去参拜祭奠的深谷（虽然以前她一直不曾知晓来此朝圣的原因）。在那里，她经历了象征性的洗礼，进入一种超脱世俗的意境：“树林之上，是一弯纯洁如白石的月亮。月影反照，河面上泛起涟漪——水石共舞，交映生辉。那是一场寂静的芭蕾舞会，鸦默鹊静，唯余呼吸之声”（247）。正如格尔尼科特所述，这神迹的显现，“在沉默如‘磐石’与语言似‘流水’之间……保持着和谐调和的张力”（1989：297）。

这种和谐融入了该小说的风格之中。在追忆与记录往昔之时，直美 / 小川乐回应了埃米莉 / 北川关于当众发表言论的诉求。作者通过创作一本无声胜有声的书、一本注重形象和细腻情感的书，歌颂了欧巴桑的沉默。小说中最为尖锐的章节并非那些摘自埃米莉日记的解释性或争议性的条目，而是直美笔墨疏宕、言辞婉约的散文。小川乐认为，公开的指责和坦率的诉求尽管是必须的，但还远远不够。倘若没有人真正关心，埃米莉对正义的高声疾呼并不能解决任

1 关于 *kei* 的各种词形变体，见纳尔逊的论述（89）。在此，感谢小岛由纪子（Yukiko Kinoshita）提醒笔者注意 *kei* 一词的词源和词形。

何问题。读者在品读小说叙事中嵌入的诗歌时，在见证欧巴桑等第一代日侨身上蕴藏的沉静之力时，或许会彻底地经历一场心路改变的历程。

直美曾在论及木匠技艺时表示："不同于加拿大的木匠技艺，日本木匠技艺的独特之处在于他们擅于掌控拉力而非蛮用推力"（24）。这一观察含蓄地对比了日裔群体与加拿大主流群体行事方式的迥异之处。小川乐借助其双重文化传统（two-toned heritage）的优势，雕琢出一种通过各色静默之力来控制其写作张力的创作风格。

五、尾声

局外人的优势之一就是可以在从主流的生命建构转向其他生命建构的过程中保持灵活性，能出入自如。这种“挠性”（flexibility）对局外人来说是必要的，但也可以被那些如鱼得水的主流社群刻意运用。我推崇这种刻意的演练，并称其为“‘世界’–穿梭”。

——玛丽亚·卢戈内斯：《游戏性，“世界”–穿梭，爱的感知》

María Lugones, “Playfulness, ‘World’-Travelling, and Loving Perception”

自构思《静墨流声》一书以来，学界已发生了一场小革命。许多有色人种作家的作品已被纳入北美的课程教学之中，因此，形形色色的少数族裔文学作品有时也与主流文学经典一同被研究探讨。尽管笔者“应和着多元文化之箫声翩翩起舞”（《欧巴桑》: 226），但仍感觉自己如同小川乐笔下的直美回应埃米莉的文件那样：既欣赏其诚挚的付出，又渴求“适当的组合”（40），于笔者而言，这便是文本与教学、艺术与政治、女性主义与文化特质之和谐呼应。

在女性主义和族裔研究领域，强调多元性与异质性的反主流观点业已崭露头角。白人至上的父权制曾是众矢之的，然而如今在被边缘化的少数族裔群体内部却已出现分裂。在“第三世界”与“第一世界”的女性主义者之间，以及女性与男性有色人种作家之间的纷争有增无减。在这些分歧中，笔者寻求了一种更为激进的方法来讨论这一多样性，并指出不同种族、性别，甚至学科之间可能存在的联系。

将那些尚被排除在外的作家作品纳入讨论范围，是发掘经典的极为重要的第一步。然而，其危险在于：将这些作品放到那些拒绝差异的认知系统里，会被看作是偏离了正典。要实现课程的实质性变革，我们需要改变思维定式，革新文艺批评方法。我们必须允许不同作家的作品来重塑我们脑海中根深蒂固的观点，乃至教育方法——尤其是关于谁可以发声，谁的观点不曾被听到。正如笔者对《女勇士》与《欧巴桑》的分析所述，不仅抑制言语会阻碍人们发声，强迫开口同样也会令人难以启齿。两位叙述者的经历并非完全相似。直美压抑沉默的性格由性、文化以及政治上的多重因素所致；玛克辛的沉默寡言则在很大程度上归咎于美国主流的学校教育未能顺应双重文化背景的学生之需求。

尽管在北美，言语与静默的形态并非全然一致，但许多人仍倾向于将言语等同于表达（或自我表达），而将沉默视为消极的体现。本书所揭示的压抑式静默与表现式静默的种种表征则动摇了这些成见。当笔者将论证的焦点投向那些要打破性别、文化和种族因素所强加的静默而面临各种困境的女性时，笔者并不完全认同“第一世界”的女性主义将强力发声作为唯一可行模式的主张。

笔者亦不赞同将亚洲人的沉静少语与女性气质或难以捉摸的性格特征相提并论。人类没有任何一种文化对试图了解其文化的人是完全屏蔽的，尽管理解程度也许取决于他们是否愿意暂停其接收的语言和知识之影响。本书选取的这三位作家的作品，都尽力为那些沉默者发声，并诠释了五光十色的种种静默之意义。笔者在分析她们的作品时尝试构建一种平等的跨文化对话，并致力于促进玛丽亚·卢戈内斯所倡导的“‘世界’–穿梭”之理念。如她所述，这种穿梭之旅，于“局外者”而言是必要而无可避免的，但局内人同样也能置身其中。

在族裔研究和女性主义研究中，我们也需要双向通道。《静墨流声》通过交叉讨论女性主义与族裔诗学（和政治学）的方式为“解读女性写作”开辟了新路径。这种在女性文本中探索女性主义信息的阐释策略，亦能有助于倾听其他颠覆性话语的弦外之音。例如，在《笹川原小姐的传奇》中，家族、社群和国家的规约机制相互映照，然而三者却在多重沉默中得以呈现。在《女勇士》中，叙述者对自己所在的移民社群蔑视女孩的做法愤怒不已是可以理解的，这实际上掩藏着美国教育体制向其灌输的强烈的种族自憎。

山本久枝、汤亭亭和小川乐同时在主流文化和她们各自的族裔文化中抵制父权制。她们揭穿了被主流接受的既定的历史、法律或文化领域内所谓的“真理”，并采用规避社会束缚的叙事策略来揭露语言的共谋性。三位作家借助间隙、矛盾和碎片等方式重塑了过去，即将权威去中心化、分散权威以及质疑权威，而非重启权威。《笹川原小姐的传奇》、《中国佬》和《欧巴桑》等都通过消融私人历史与公共历史、事实与虚构之间界限的方式，来打破英美文类和史学上的成规。这些作家拒绝以任何方式扮演“代言人”的角色，因为这样可能会否认其主体性或削弱其颠覆性力量；她们笔下的角色，连同其叙述性的证词一起，揭示了官方文件的同质化问题。

三位作家不仅修正了族裔历史，还重塑了其所属的族裔性。她们将相互竞争的文化传统等量齐观，动摇了亚洲人和美洲白人单一的思维范式。这一过程远不似那些社会同化主义者或文化民族主义者所提出的路线那般简单粗暴，前者往往回避族裔特性的问题，而后者则呼吁对亚洲英雄文化传统不加批判的继承。她们所选择的艰辛之路，避开了非此即彼的二元对立问题，不论是在尚未定论的东西方二元对立，还是在依然存疑的族裔、女性二元对立问题上皆然。尽管这些作家意识到主流的力量，她们并未通过复兴“真实的”亚洲神话来加以反抗，因为那些传统神话往往维系着某种父权制精神。无论她们采用俳句的诗体形式，或借用花木兰、桃太郎的传奇故事，其目的绝非追本溯源，而是意图讲述不同的故事：山本久枝一面对俳句十七音节的束缚愠恼不已，一面又为其简明含蓄的力量振臂高呼；汤亭亭执笔为剑，用以取代女勇士的满身盔甲；小川乐则删略了桃太郎传说中的战斗场景，以契合小说的反战主义宗旨。她们灵活自由地借鉴亚洲和英美的文化传统，却又坚定地拒绝被二者所界定或牵制。

作为文学批评家，笔者本人在论述中同样十分审慎地对待这些文化传统。笔者所讨论的日本人与北美日裔之间交流风格的传承或许会被误读为“东方主义”，被误读为延续了“东方”与“西方”的二分法。笔者对“西方”女性主义和后结构主义理论的自由运用，或许又会被视为是针对亚美文本的“帝国主义”。

其实，笔者一直试图表明的是，这些截然不同的文化传统无疑都为三位女性作家的作品注入了活力，但更重要的是，它们被三位作家进行了改编与诠释。

由于不愿在女性主义与民族主义之论战中站队表态，笔者运用了女性主义的阐释策略来揭示各种男性静默的形式和内涵。各种男性静默之间的差别也必须得到承认。主流社会对早期男性亚裔移民的种族歧视历来就呈现了性别化的形式特征。在美国立法和大众传媒的“呈现”下，亚裔美国人就是赵健秀所称的“惹人喜爱的娘娘腔种族”（1972：66）。然而在本书所涉及的作品中，那些北美亚裔父辈们跨越了相互矛盾的静默铭文：他们既是有尊严的亚洲人，又是纤弱的东方人；既是家族中独断的家长，又是劳作中温顺的异乡人；既是坚忍而英勇的幸存者，又是不加抵抗的受害者。甚至于他们默然的温柔也常常被曲解成不善言辞。在审视这些矛盾时，我们不仅能看到对男子气概的跨文化约束，也能看到亚裔男性所面临的特殊窘境：他们对男子气概的理解与主流文化不同，其“男性的”缄默加剧了他们在北美白人社会历史上和政治上双重隐匿的境遇。那些将性别两极分化的理论，或将所有男性和女性无差别对待的理论，都削弱了这些文本中特别具有启发性的情节。

同时聚焦于种族与性别领域的各种静默，并非是要抹杀二者之间的种种差异。然而，关注种族、性别和文化之间环环相扣的关联，却能避免将颐指气使的男性与沉默寡言的女性简单地模式化对立。更为重要的是，对这些交叉领域的讨论，可能会激发有色人种女性与白人女性主义者，以及亚美女性与男性之间的共鸣和共情。如此一来，女性主义政治便可将其关怀延伸至其他被迫“女性化”的群体，而非仅仅局限于揭露女性所遭受的压迫。

那些使用福柯所称的“‘逆转’话语”（“reverse” discourse）的“叛逆”群体（“outlawed” group），当他们以“同样的词汇，使用同样的范畴（他们被认为不够资格这样做）”（1976/1980：101）来寻求合法的认同时，需得小心行事。譬如，有色人种男性往往通过追捧大男子主义的方式，来驳斥他们被强加的阴柔的刻板印象，或通过压制女性的方式来重塑“男性尊严”，因而遭人诟病。其实那些遭受“心理阉割”的男性，理应对长久以来未能获得与男性同等权益的女性内心的挫败沮丧身怀同感。他们可以学会同时瓦解白人至上主义和男权至上主义。

若要了解种族“他者”与性别“他者”的生命历程，需得亲身走进他/她们的世界，然而这条路目前还不曾在地图上出现。因为存在着不同级别的通道，不同方式的交流，以及各种交流障碍，并非所有处于边缘地带的人都能够或者愿意开口倾诉。若要在“民主环境”中听见他/她们的声音，就必须有人站出来了解和学习他/她们沉默的话语方式，并使其心声被众人听见。笔者相信，本书所讨论的三位作家通过对各种静默的发声和清晰的诉求表达，已经成功地引领我们进入了别样纷呈的内心世界。

是为记。

跋

四十英里外的阿卡迪亚被山火点着了。我内心虽挂念着火情，却只能看到窗外的一小片天空被日光与火光映得灰黄。我也惦记着张敬珏教授与她的诸多好友。疫情封锁，他们与她们如何了？是否也与我一样，在美国总统大选的热度中不忍看那一条条充斥着“无助的暴力”的新闻呢？

再度翻开《静墨流声》，我忆起那天晚上在张教授家中，远行的游子放下乡愁纵情歌唱，年过半百的老人们和年轻人促膝而谈，其乐融融，在明黄的灯光下笑着闹着，聊得热火朝天。张教授从书房中拿起这本书，赠予我此宝贵礼物。

“快乐的时光不该只是昙花一现”，我一边看一边想。

世界是热闹的：大选、大疫情、大热点、大数据、人工智能、脑机接口。可为何面对这样的加速与喧嚣，却愈加感到一丝冷然孤寂？随着令人眼花缭乱的社会结构逐渐转移到线上，我们本应嬉笑怒骂，为何沉静时还会迷离茫然，思索如何回到过去？

回过神来，翻开的书页正与我谈论笹川原小姐的传奇。细品着书中第二次世界大战后美国遗留的民族主义，复看着日渐紧张的故土与居所的两国关系，念及书内的社会群体用“畸形的正常”来限制、排挤与之不同的个体，又想起随着美国大选愈演愈烈，两党之中立场不同的同袍们口剑刀笔交争之锋锐，恍惚间，竟分不清书里书外两个世界的界限何在。

一时哑然。

《静墨流声》谈的是文学中的静默，却又不局限于此。张教授的分析环环相扣，将中外文学史上的音符一个个解构打散，重构编排成美妙的奏鸣曲。作品中，含蓄的静默、挑衅的静默、会心的静默，共同燃起跨越年代的篝火。如果说书中勾勒出一种静的沉默，那么现在现实的喧嚣无疑构筑了一种更深的、更富有压迫力的“动的沉默”。群体众声喧哗，个体无语凝噎。然而，这两种静寂的内核却极为相似。或许逆全球化浪潮与疫情时局难免让我们的口默然，但却不能，也不该让我们的心漠然。读毕内省，便可让人免于不自觉间成为逼迫他人静默的施压者。

《静墨流声》是一柄万用钥匙。门后，在张敬珏教授构筑的世界中，悲悯与善良的火在歌唱。燧人氏与普罗米修斯促膝长谈。历史与当下，传记与生活，女权与阳刚，岔路的左右两侧皆通往同一目的地。在那里，大音希声，大象无形，大爱无疆。

朱宇明

UCLA 学生，师从张敬珏教授

参考文献

Adachi, Ken. 1976. *The Enemy That Never Was: A History of the Japanese Canadians.* Toronto: McClelland & Stewart.

Ahmad, Aijaz. 1987. "Jameson's Rhetoric of Otherness and the 'National Allegory.'" *Social Text,* no,17, 3–25.

Allen, Paula Gunn. 1986. *The Sacred Hoop: Recovering the Feminine in American Indian Traditions.* Boston: Beacon.

Althusser, Louis. 1971. "Ideology and Ideological State Apparatuses." In *Lenin and Philosophy and Other Essays,* trans. Ben Brewster, 127–186. New York: Monthly Review Press.

Anderson, Benedict. 1983. *Imagined Communities: Reflections on the Origin and Spread of Nationalism.* London: Verso.

Angelou, Maya. 1969. *I Know Why the Caged Bird Sings.* New York: Random House.

Anzaldúa, Gloria. 1981, "Speaking in Tongues: A Letter to Third World Women Writers." In *This Bridge Called My Back: Writings by Radical Women of Color,* ed. Cherríe Moraga and Gloria Anzaldúa, 165–173. New York: Kitchen Table Press.

—.1987. *Borderlands/La Frontera: The New Mestiza.* San Francisco: Spin- sters/Aunt Lute.

—,ed. 1990. *Making Face, Making Soul/Haciendo Caras: Creative and Critical*

Perspectives by Women of Color. San Francisco: Aunt Lute Foundation Books.

Ardener, Shirley, ed. 1975. *Perceiving Women.* London: Malaby Press.

Auerbach, Nina. 1978. *Communities of Women: An Idea in Fiction.* Cambridge: Harvard University Press.

Axford, Roger W. 1986. *too Long Silent: Japanese Americans Speak Out.* Lincoln, Neb.: Media.

Baker, Houston A., Jr. 1980. *The Journey Back: Issues in Black Literature and Criticism.* Chicago: University of Chicago Press.

Bakhtin, M. M. 1981. *The Dialogic Imagination: Four Essays by M. M. Bakhtin.* Ed. Michael Holquist. Trans. Caryl Emerson and Michael Holquist. Austin: University of Texas Press.

Basso, Keith H. 1983. "Stalking with Stories: Names, Places, and Moral Narratives among the Western Apache." In *Text, Play, and Story: The Construction and Reconstruction of Self and Society,* ed. E. Bruner and S. Plattner, 19–55. Washington, D.C.: American Ethnological Society.

Bauer, Dale M. 1988. *Feminist Dialogics: A Theory of Failed Community.* Albany, N.Y.: SUNY Press.

Bhabha, Homi. 1984. "Representation and the Colonial Text: A Critical Exploration of Some Forms of Mimeticism." In *The Theory of Reading,* Frank Gloversmith, 93–122. Totowa, N.J.: Barnes & Noble.

Blauvelt, Wm. Satake. 1989. "Hisaye Yamamoto Recalls Miss Sasagawara." *International Examiner Literary Supplement,* 19 July, 19.

Boelhower, William Q. *Through a Glass Darkly: Ethnic Semiosis in American Literature.* New York: Oxford University Press.

Bouchard, Donald F. 1977. Preface to *Language, Counter-Memory, Practice: Selected Essays and Interviews,* by Michel Foucault. Ithaca: Cornell University Press.

Broadfoot, Barry. 1977. *Years of Sorrow, Years of Shame: The Story of the Japanese*

Canadians in World War II. Toronto: Doubleday Canada.

Brodzki, Bella. 1985. "'She Was Unable Not to Think': Borges' *Emma Zunz* and the Female Subject." *MLN,* March, 330–347.

Bruchac, Joseph, ed. 1983. *Breaking Silence: An Anthology of Contemporary Asian American Poets.* Greenfield Center, N.Y.: Greenfield Review Press.

Butler, Judith. 1991. "Imitation and Gender Insubordination." In *In- side/Out: Lesbian Theories, Gay Theories,* ed. Diana Fuss, 13–31. New York: Routledge.

Cage, John. 1961. *Silence: Lectures and Writing.* Middletown, Conn.: Wesleyan University Press.

Carby, Hazel. 1987. *Reconstructing Womanhood: The Emergence of the Afro-American Woman Novelist.* New York: Oxford University Press.

Carroll, David. 1983. "The Alterity of Discourse: Form, History, and the Question of the Political in M. M. Bakhtin." *Diacritics* 13.2: 65–83.

Castillo, Debra A. 1992. *Talking Back: Toward a Latin American Feminist Literary Criticism.* Ithaca: Cornell University Press.

Caudill, William, and Harry A. Scarr. 1962. "Japanese Value Orientations and Culture Change." *Ethnology* 1: 53–91.

Caudill, William, and Helen Weinstein. 1969. "Maternal Care and Infant Behavior in Japan and America." *Psychiatry* 32.1: 12–43.

Chan, Jeffery Paul. 1977. "Letters: The Mysterious West." *New York Review of Books,* 28 April, 41.

Chan, Jeffery Paul, Frank Chin, Lawson [Fusao] Inada, and Shawn Wong. 1981. "Resources for Chinese and Japanese American Literary Traditions" *Amerasia Journal* 8.1:19–31.

—,eds. 1991. *The Big Aiiieeeee! An Anthology of Asian American Writers.* New York: New American Library/Meridian.

Chan, Sucheng. 1986. *This Bittersweet Soil: The Chinese in California Agriculture,*

1860—1910. Berkeley: University of California Press.

—,1989, "On the Ethnic Studies Requirement, pt. 1: Pedagogical Implications." *Amerasia Journal* 15.1: 267–280.

—.*Asian Americans: An Interpretive History.* Boston: Twayne-Hall.

Chen, Jack. 1981. *The Chinese of America.* San Francisco: Harper & Row.

Chesler, Phyllis. 1973. *Woman and Madness.* New York: Avon.

Cheung, King-Kok. 1988. "'Don't Tell': Imposed Silences in *The Color Purple* and *The Woman Warrior.*" *PMLA,* March, 162–174.

—.1990a. "Self-fulfilling Visions in *The Woman Warrior* and *Thousand Pieces of Gold.*" *Biography: An Interdisciplinary Quarterly,* Spring, 143–153.

—.1990b. "The Woman Warrior versus the Chinaman Pacific: Must a Chinese American Critic Choose between Feminism and Heroism?" In Hirsch and Keller, 234–251.

—.1991. "Double-Telling: Intertextual Silence in Hisaye Yamamoto's Fiction." *American Literary History* 3.2:277–293.

—.1991–92. "Thrice Muted Tale: Interplay of Art and Politics in Hisaye Yamamoto's 'The Legend of Miss Sasagawara.'" *MELUS* 17.3:109–125.

—.1994. "Attentive Silence in Joy Kogawa's *Obasan.*" In *Listening to Silences: New Essays in Feminist Criticism,* ed. Elaine Hedges and Shelley Fisher Fishkin, 113–129. New York: Oxford University Press.

Chin, Frank 1972. "Confessions of the Chinatown Cowboy." *Bulletin of Concerned Asian Scholars* 4.3: 58–70.

—.1984. "The Most Popular Book in China." *Quilt* 4: 6–12.

—.1985. "This Is Not an Autobiography." *Genre* 18: 109–130.

—.1991. "Come All Ye Asian American Writers of the Real and The Fake." In Chan et al. 1–92.

Chin, Frank, and Jeffery Paul Chan. 1972. "Racist Love." In *Seeing through Shuck,* ed. Richard Kostelanetz, 65–79. New York: Ballantine.

Chin, Frank, Jeffery Paul Chan, Lawson Fusao Inada, and Shawn Wong, eds. 1974/1983. *Aiiieeeee! An Anthology of Asian-American Writers.* Washington, D.C.: Howard University Press.

Ching, Frank, and Frank Chin. 1972. "Who Is Afraid of Frank Chin, or Is It Ching?" *Bridge* 2.2: 29–34.

Christ, Carol P. 1980. *Diving Deep and Surfacing: Women Writers on Spiritual Quest.* Boston: Beacon.

Christian, Barbara. 1987. "The Race for Theory." *Cultural Critique* 6 (Spring): 51-64.

Chu, Louis. 1961/1979. *Eat a Bowl of Tea.* Seattle: University of Washington Press.

Chua, C. Lok. 1981. "An Exorcism: Two Asians in America." *Massachusetts Review* 22.2: 361–367.

—.1991. "Mythopoesis East and West in *The Woman Warrior.*" In Lim 1991, 146–150.

Cihai: The Encyclopaedic Chinese Dictionary. 1979. 3 vols. Shanghai: [Ci Shu]; Hong Kong: Joint.

Cisneros, Sandra. 1988. *The House on Mango Street.* Houston: Arte Público Press.

Cixous, Hélène, and Catherine Clément. 1986. *The Newly Born Woman.* Trans. Betsy Wing. Minneapolis: University of Minnesota Press.

Clément, Catherine. 1980. "Enslaved Enclave." In Marks & Courtivron, 130–136.

Crow, Charles L. 1984, "Home and Transcendence in Los Angeles Fiction." In *Los Angeles in Fiction: A Collection of Original Essays,* ed. David Fine, 189–205. Albuquerque: University of New Mexico Press.

—.1986. "The *Issei* Father in the Fiction of Hisaye Yamamoto." In *Opening Up Literary Criticism: Essays on American Prose and Poetry,* ed. Leo Truchlar, 34–40. Salzburg. Wolfgang Neugebauer.

—.1987. "A *MELUS* Interview: Hisaye Yamamoto." *MELUS* 14.1: 73–84.

Daniels, Roger, 1981. *Concentration Camps, North America: Japanese in the U.S.*

and Canada during World War II. Malabar, Fla.: R. E. Krieger.

Danuenhauer, Bernard P. 1980. *Silence: The Phenomenon and Its Ontological Significance.* Bloomington: Indiana University Press.

Davis, Angela Y. 1983. *Women, Race & Class.* New York: Vintage/Random House.

Dearborn, Mary V. 1986. *Pocahontas's Daughters: Gender and Ethnicity in American Culture.* New York: Oxford University Press.

Delgado, Richard. 1982. "Words That Wound: A Tbrt Action for Racial Insults, Epiphets, and Name-Calling." *Harvard Civil Rights-Civil Liberties Law Review* 17.1: 133–181.

Diamond, Irene, and Lee Quinby, ed. 1988. *Feminism & Foucault: Reflections on Resistance.* Boston: Northeastern University Press.

Dostoyevsky, Fyodor. 1958/1982. *The Brothers Karamazov.* Trans. David Magarshack. New York: Viking.

Douglas, Mary. 1973. *Natural Symbols: Explorations in Cosmology.* London: Barrie & Jenkins.

DuPlessis, Rachel Blau. 1981/1985. "For the Etruscans." In *The New Feminist Criticism: Essays on Women, Literature, and Theory,* ed. Elaine Showalter, 271–291. New York: Pantheon.

—.1985. *Writing beyond the Ending: Narrative Strategies of Twentieth-Century Women Writers.* Bloomington: Indiana University Press.

Eagleton, Terry. 1976. *Marxism and Literary Criticism.* Berkeley: University of California Press.

Eakin, Paul John. 1985. *Fictions in Autobiography: Studies in the Art of Self-invention.* Princeton: Princeton University Press.

Felman, Shoshana. 1991. "Women and Madness: The Critical Phallacy." In *Feminisms: An Anthology of Literary Theory and Criticism,* ed. Robyn R. Warhol and Diane Price HerndL, 6–19. New Brunswick, N.J.: Rutgers University Press.

Fischer, Michael M. J. 1986. "Ethnicity and the Post-modern Arts of Memory." In *Writing Cultures: The Poetics and Politics of Ethnography,* ed. James Clifford and George E. Marcus, 194–233. Berkeley: University of California Press.

Fishkin, Shelley Fisher. 1991. "Interview with Maxine Hong Kingston." *American Literary History* 3.4: 782–791.

Foucault, Michel. 1976/1980. *The History of Sexuality.* Trans. R. Hurley. New York: Vintage.

—.1977/1980. *Language, Counter-memory, Practice: Selected Essays and Interviews.* Ed. Donald F. Bouchard. Ithaca: Cornell University Press.

—.1979. *Discipline and Punish: The Birth of the Prison.* Trans. Alan Sheridan. New York: Vintage/Random House.

Friedman, Susan Stanford. 1989. "The Return of the Repressed in Women's Narratives." *Journal of Narrative Technique* 19.1: 141–156.

Fujita, Gayle K. 1985, "'To Attend the Sound of Stone': The Sensibility of Silence in *Obastm*'." *MELUS* 12.3: 33–42.

Gates, Henry Louis, Jr. 1991. "'Authenticity,' or the Lesson of Little Tree." *New York Times Book Review,* 24 November, 1, 26–30.

—,ed. 1984. *Black Literature and Literary Theory.* New York: Methuen. Gibson, Donald B. 1989. "Text and Countertext in Toni Morrison's *The Bluest Eye." LIT: Literature Interpretation Theory* 1.1–2: 19–32.

Gilbert, Sandra M., and Susan Gubar. 1979. *The Madwoman in the Attic: The Woman Writer and the Nineteenth-Century Literary Imagination.* New Haven: Yale University Press.

Gilman, Charlotte Perkins. 1892/1973. *The Yellow Wallpaper.* New York: Feminist Press.

Glissant, Edouard. 1989. *Caribbean Discourse: Selected Essays.* Trans. J. Michael Dash. Charlottesville: University Press of Virginia.

Goellnicht, Donald C. 1989. "Minority History as Metafiction: Joy Kogawa's *Obasan." Tulsa Studies in Women's Literature,* Fall, 287–306.

—.1991. "Father Land and/or Mother Tongue: The Divided Female Subject in Kogawa's *Obasan* and Hong Kingston's *The Woman Warrior.*" In *Redefining Autobiography in Twentieth-century Women's Fiction: An Essay Collection,* ed. Janice Morgan and Colette T. Hall, 119–134. New York: Garland.

—.1992. "Iang Ao in America: Male Subject Positions in *China Men.*" In *Reading the Literatures of Asian America,* ed. Shirley Geok-Lin Lim and Amy Ling, 191–212. Philadelphia: Temple University Press.

Gottlieb, Erika. 1986. "The Riddle of Concentric Worlds in *Obasan.*" *Canadian Literature* 109 Summer: 34–53.

Gould, Stephen Jay. 1981. *The Mismeasure of Man.* New York: Norton.

Griffin, Susan. 1981. *Pornography and Silence: Culture's Revenge against Nature.* New York: Colophon/Harper.

Gubar, Susan. 1981. "'The Blank Page' and the Issues of Female Creativity." *Critical Inquiry* 8: 243–263.

Hall, Edward T. 1959. *The Silent Language.* New York: Doubleday.

Henderson, Mae Gwendolyn. 1989, "Speaking in Tongues: Dialogics, Dialectics, and the Black Woman Writer's Literary Tradition." In *Changing Our Own Words: Essays on Criticism, Theory, and Writing by Black Women,* ed. Cheryl A. Wall, 16–37. New Brunswick, N.J.: Rutgers University Press.

Herman, Judith Lewis. 1992. *Trauma and Recovery.* New York: Basic Books.

Hirsch, Marianne, and Evelyn Fox Keller. 1990. *Conflicts in Feminism.* New York: Routledge.

Hom, Marlon, K. 1984. "A Case of Mutual Exclusion: Portrayals by Immigrant and American-Born Chinese of Each Other in Literature." *Amerasia Journal* 11.2: 29–45.

—,trans and ed. 1987. *Songs of Gold Mountain: Cantonese Rhymes from San Francisco Chinatown.* Berkeley: University of California Press.

Homans, Margaret. 1983. "'Her Very Own Howl': The Ambiguities of Representation in Recent Women's Fiction." *Signs* 9.2: 186–205.

—.1986. *Bearing the Word: Language and Female Experience in Nineteenth- Century Women's Writing.* Chicago: University of Chicago Press.

hooks, bell. 1984. *Feminist Theory from Margin to Center.* Boston: South End Press.

Houston, Jeanne Wakatsuki. 1985. *Beyond Manzanar: Views of Asian-American Womanhood.* Santa Barbara, Calif.: Capra.

Hsu, Kai-yu, and Helen Palubinskas, eds. 1972/1976. *Asian-American Authors.* Boston: Houghton Mifflin.

Hutcheon, Linda. 1980. *Narcissistic Narrative: The Metafictional Paradox.* Waterloo, Ont.: Wilfrid Laurier University Press.

—.1987. "Beginning to Theorize Postmodernism." *Textual Practice* 1.1: 10–31.

—.1988. *A Poetics of Postmodernism: History, Theory, Fiction.* New York: Routledge.

Hwang, David Henry. 1983. *FOB.* In *Broken Promises: Four Plays,* 3–57. New York: Avon.

—.1989. "Afterword." In *M. Butterfly,* 94–100. New York: Plume/ Penguin.

Ichioka, Yuji. 1980. "*Amerika Nadeshiko:* Japanese Immigrant Women in the United States, 1900—1924." *Pacific Historical Review* 59.2: 339–357.

—.1988. *The Issei: The World of the First Generation Japanese Immigrants, 1885—1924.* New York: Free Press.

Irigaray, Luce. 1985a. *Speculum of the Other Woman.* Trans. Gillian C. Gill. Ithaca: Cornell University Press.

—.1985b. *This Sex Which Is Not One.* Trans. Catherine Porter with Carolyn Burke. Ithaca: Cornell University Press.

Islas, Arturo. 1983. "Maxine Hong Kingston: From an Interview between Kingston and Arturo Islas." In *Women Writers of the West Coast Speaking of Their Lives and Careers, ed.* Marilyn Yalom, 11–19. Santa Barbara, Calif.: Capra.

Iwata, Edward. 1990. "Word Warriors." *Los Angeles Times,* 24 June, Ei.

Jameson, Fredric. 1981. *The Political Unconscious. Narrative as a Socially Symbolic Act.* Ithaca: Cornell University Press.

—.1986. "Third-World Literature in the Era of Multinational Capitalism." *Social Text,* no. 15, 65–88.

JanMohamed, Abdul R., and David Lloyd, eds. 1990. *The Nature and Context of Minority Discourse.* New York: Oxford University Press.

Jardine, Alice. 1981. "Pre-texts for the Transatlantic Feminist." *Yale French Studies* 62: 220–236.

Jehlen, Myra. 1981. "Archimedes and the Paradox of Feminist Criticism." *Signs* 6.4: 575–601.

Jensen, J. Vernon. 1973. "Communicative Functions of Silence." *ETC.: A Review of General Semantics* 30.3: 249–257.

Johnson, Barbara. 1978. *The Critical Difference: Essays in the Contemporary Rhetoric of Reading.* Baltimore: Johns Hopkins University Press.

Johnson, Diane. 1977. "Ghosts." Review of *The Woman Warrior,* by Maxine Hong Kingston. *New York Review of Books,* 3 February, 19.

—.1982. "Anti-autobiography: Maxine Hong Kingston, Carobeth Laird, and N. Scott Momaday." In *Terrorists and Novelists,* 3–13. New York: Knopf.

Jones, Manina. 1990. "The Avenues of Speech and Silence: Telling Difference in Joy Kogawa's *Obasan.*" In *Theory between the Disciplines: Authority/Vision/Politics,* ed. Martin Kreiswirth and Mark A. Cheetham, 213–229. Ann Arbor: University of Michigan Press.

Juhasz, Suzanne. 1985. "Maxine Hong Kingston: Narrative Technique and Female Identity." In Rainwater & Scheick, 173–189.

Kammer, Jeanne. 1979, "The Art of Silence and the Forms of Women's Poetry." In *Shakespeare's Sisters: Feminist Essays on Women's Poetry,* ed. Sandra Gilbert and Susan Gubar, 153–164. Bloomington: Indiana University Press.

Kennedy, Colleen, and Deborah Morse. 1991. "A Dialogue with(in) Tradition: Maxine Hong Kingston's *The Woman Warrior.*" In Lim, 1991, 121–130.

Kikumura, Akemi. 1981. *Through Harsh Winters: The Life of a Japanese Immigrant Woman.* Novato, Calif.: Chandler & Sharp.

Kikumura, Akemi, and Harry H. L. Kitano. 1981. "The Japanese American Family." In *Ethnic Families in America: Patterns and Variations,* ed. Charles H. Mindel and Robert W. Habenstein, 2d ed., 49–60. New York: Elsevier.

Kim, Elaine H. 1982. *Asian American Literature: An Introduction to the Writings and Their Social Context.* Philadelphia: Temple University Press.

—.1987. "Defining Asian American Realities through Literature." *Cultural Critique* 6: 87–111.

—.1990. "'Such Opposite Creatures': Men and Women in Asian American Literature." *Michigan Quarterly Review,* Winter, 68–93.

Kingston, Maxine Hong. 1976/1989. *The Woman Warrior: Memoirs of a Girlhood among Ghosts.* New York: Vintage/Random House.

—.1978, "San Francisco's Chinatown: A View from the Other Side of Arnold Genthe's Camera." *American Heritage,* December, 35–47.

—.1980/1989. *China Men.* New York: Vintage/Random House.

—.1980. *Du juan xiu xian er bian ti* [a Chinese edition of *China Men*]. Trans. Zhang Shi. Taibei shi, Taiwan: Huang Guan chu ban she. [The edition in which Kingston's father wrote commentary in the margins.]

—.1982. "Cultural Mis-readings by American Reviewers." In *Asian and Western Writers in Dialogue: New Cultural Identities,* ed. Guy Amirthanayagam, 55–65. London: Macmillan.

—.1983. "Imagined Life." *Michigan Quarterly Review* 22.4 (Fall)：561–570.

—.1987. *Hawa'i One Summer.* San Francisco: Meadow.

—.1989/1990. *Tripmaster Monkey: His Fake Book.* New York: Vintage/Random House.

—.1991. "Personal Statement." In Lim 1991, 23–25.

Kitagawa, Muriel. 1985. *This Is My Own: Letters to Wes & Other Writings on Japanese Canadians, 1941—1948.* Ed. Roy Miki. Vancouver: Talonbooks.

Kitano, Harry H. 1969. *Japanese Americans: The Evolution of a Subculture.* Englewood Cliffs, N.J.: Prentice-Hall.

Kogawa, Joy. 1981. *Obasan.* Toronto: Lester & Orpen Dennys; Boston: David R. Godine, 1982.

—.1984. Preface to *Issei: Stories of Japanese Canadian Pioneers,* by Gordon G. Nakayama. Toronto: NC Press.

—.1985. "The Japanese-Canadian Dilemma." *Toronto Life,* December, 29–33, 58, 60.

—.1988. Excerpt from a sequel to *Obasan. Seattle Review* 11.1: 115–125.

—.1992. *Itsuka.* Toronto: Viking.

Kolodny, Annette. 1975. "Some Notes on Defining a 'Feminist Literary Criticism.'" *Critical Inquiry* 2.1: 75–92.

—.1980. "A Map for Rereading; or, Gender and the Interpretation of Literary Texts." *New Literary History* 11.3: 451–467.

Kondo, Dorinne K. 1990. *Crafting Selves: Power, Gender, and Discourses of Identity in a Japanese Workplace.* Chicago: University of Chicago Press.

Koppelman, Susan, ed. 1985. *Between Mothers and Daughters.* New York: Feminist Press.

Kristeva, Julia. 1980. *Desire in Language: A Semiotic Approach to Literature and Art.* Ed. Leon S. Roudiez. New York: Columbia University Press.

—.1981, "Women's Time." Trans. Alice Jardine and Harry Blake. *Signs: Journal of*

Women in Culture and Society 7.1: 13–35.

Krupat, Arnold. 1989. *The Voice in the Margin: Native American Literature and the Canon.* Berkeley: University of California Press.

Kunihiro, Masao. 1976. "The Japanese Language and Intercultural Communication." In *The Silent Power: Japan's Identity and World Role,* ed. Japan Center for International Exchange, 51–73. Tokyo: Simul Press.

Lacan, Jacques. 1977. *Écrits: A Selection.* Trans. Alan Sheridan. New York: Norton.

LaCapra, Dominick. 1985. *History & Criticism.* Ithaca: Cornell University Press.

Lai, Him Mark, Joe Huang, and Don Wong, eds. 1980. *The Chinese of America,* 1785–1980. San Francisco: Chinese Culture Foundation.

Lakoff, Robin. 1975. *Language and Woman's Place.* New York: Harper & Row.

Lambertson, Michiko. 1982. Review of *Obasan,* by Joy Kogawa. *Canadian Woman Studies* 4.2: 94–95.

Lanser, Susan Sniader. 1981. *The Narrative Act.* Princeton: Princeton University Press.

—.1989, "Feminist Criticism, 'The Yellow Wallpaper,' and the Politics of Color in America." *Feminist Studies* 15.3: 415–441.

Lauter, Paul. 1985. "Race and Gender in the Shaping of the American Literary Canon: A Case Study from the Twenties." In *Feminist Criticism and Social Change: Sex, Class, and Race in Literature and Culture,* ed. Judith Newton and Deborah Rosenfelt, 19–44. New York: Methuen.

Lebra, Takie Sugiyama, and William P. Lebra. 1984. "Nonconfrontational Strategies for Management of Interpersonal Conflicts." In *Conflict in Japan,* ed. E. S. Kraus, T. P. Rohlen, and P. G. Steinhoff, 41–60. Honolulu: University of Hawaii Press.

Lee, Robert G. 1991. "*The Woman Warrior* as an Intervention in Asian American Historiography." In Lim 1991, 52–63.

Leighton, Alexander H. 1945. *The Governing of Men: General Principles and*

Recommendations Based on Experience at a Japanese Relocation Camp. Princeton: Princeton University Press.

Lentricchia, Frank. 1983. *Criticism and Social Change.* Chicago: University of Chicago Press.

Li, David Leiwei. 1990, "*China Men:* Maxine Hong Kingston and the American Canon." *American Literary History* 2.3: 482–502.

Li Fang et al., comps. 1974. *T'ai-p'ing kuang chi,* vol. 1. Taiwan: T'ai-nan p'ing p'ing ch'u-pan-she.

Li, Ju-Chen. 1965. *Flowers in the Mirror.* Trans. Lin lai-yi. Berkeley: University of California Press.

Lim, Shirley Geok-lin. 1990. "Japanese American Women's Life Stories: Maternality in Monica Sone's *Nisei Daughter* and Joy Kogawa's *Obasan.*" *Feminist Studies* 16.2: 289–312.

—.ed. 1991. *Approaches to Teaching Kingston's "The Woman Warrior."* New York: Modern Language Association.

Lincoln, Kenneth. 1983. *Native American Renaissance.* Berkeley: University of California Press.

—.1992. *Indi'n Humor: Bicultural Play in Native America.* New York: Oxford University Press.

Ling, Amy. 1990. *Between Worlds: Women Writers of Chinese Ancestry.* New York: Pergamon.

Lionnet, Francoise. 1989. *Autobiographical Voices: Race, Gender, Self-portraiture.* Ithaca: Cornell University Press.

Low, David. 1983. Review of *Obasan,* by Joy Kogawa. *Bridge* 8.3: 22, 28.

Lowe, Lisa. 1991. "Heterogeneity, Hybridity, Multiplicity: Making Asian American Differences." *Diaspora* 1.1: 24–43.

Lu Xun. 1972. *Selected Stories of Lu Hsun.* Trans. Gladys Vang and Yang Hsien-yi.

Beijing: Foreign Languages Press.

Lugones, María. 1990. ''Playfulness, 'World'-Travelling, and Loving Perception." In Anzaldúa 1990, 390–402.

Lyman, Stanford M. 1971. "Generation and Character: The Case of the Japanese Americans." In *Roots: An Asian American Reader,* ed. Amy Tachiki et al., 48–71. Los Angeles: UCLA Asian American Studies Center.

—.1988a. "On Nisei Interpersonal Style: A Reply to S. Frank Miyamoto." *Amerasia Journal* 14.2: 105–108.

—.1988b. "'American' Interpersonal Style and Nikkei Realities: A Rejoinder to S. Frank Miyamoto." *Amerasia Journal* 14.2: 115–123.

Lyotard, Jean-Francois. 1984. *The Postmodern Condition: A Report on Knowledge.* Trans. Geoff Bennington and Brian Massumi. Minneapolis: University of Minnesota Press.

McCaffery, Larry. 1982. *The Metafictional Muse: The Works of Robert Coover, Donald Barthelme, and William H. Gass.* Pittsburgh: University of Pittsburgh Press.

McDonald, Dorothy Ritsuko, and Katharine Newman. 1980. "Relocation and Dislocation: The Writings of Hisaye Yamamoto and Wakako Kmauchi." *MELUS* 7.3: 21–38.

McDowell, Deborah E. 1988. "That Nameless . . . Shameful Impulse': Sexuality in Nella Larsen's *Quicksand* and *Passing.*" In *Black Feminist Criticism and Critical Theory,* ed. Joe Weixlmann and Houston A. Baker, Jr., 139–167. Greenwood, Fla.: Penkevill.

—.1989. "Negotiating between Tenses: Witnessing Slavery after Freedom—*Dessa Rose.*" In *Slavery and the Literary Imagination,* ed. Deborah E. McDowell and Arnold Rampersad, 144–63. Baltimore: John Hopkins University Press.

Macherey, Pierre. 1978. *A Theory of Literary Production*. Trans. Geoffrey Wall. New York: Routledge.

Magnusson, A. Lynne. 1988. "Language and Longing in Joy Kogawa's *Obasan.*" *Canadian Literature/Littérature Canadienne* 116 (Spring):58–66.

Marks, Elaine. 1978. "Women and Literature in France." *Signs* 3.4: 832–842.

Marks, Elaine, and Isabelle de Courtivron, eds. 1980. *New French Feminisms*. New York: Schocken.

Masuda, Koh, ed. 1974. *Kenkyusha's New Japanese-English Dictionary*. 4th ed. Tokyo: Kenkyusha.

Matsuda, Mari J. 1989. "Public Response to Racist Speech: Considering the Victim's Story." *Michigan Law Review* 87.8: 2320–2381.

Matsumoto, Michihiro. 1988. *The Unspoken Way [Haragei: Silence in Japanese Business and Society]*. Tokyo and New York: Kodansha International.

Matsumoto, Valerie. 1991. "Desperately Seeking 'Deirdre': Gender Roles, Multicultural Relations, and Nisei Women Writers of the 1930s." *Frontiers* 12.1: 19–32.

Matsuura, Shinobu. 1986. *Higan: Compassionate Vow*. Trans. Matsuura family. Berkeley, Calif.: Privately printed.

Merivale, P[atricia]. 1988. "Framed Voices: The Polyphonic Elegies of Hébert and Kogawa." *Canadian Literature/Littérature Canadienne* 116 (Spring):68–82.

Miller, Nancy K. 1981. "Emphasis Added: Plots and Plausibilities in Women's Fiction." *PMLA* 96: 36–48.

—.1986. "Arachnologies: The Woman, the Text, and the Critic." In *The Poetics of Gender*, ed. Nancy K. Miller, 270–295. New York: Columbia University Press.

Milton, Edith. 1982. Review of *Obasan*, by Joy Kogawa. *New York Times Book Review*, 5 September, 8, 17.

Mirikitani, Janice. 1981. *Shedding Silence: Poetry and Prose.* Berkeley: Celestial Arts.

Mistri, Zenobia Baxter. 1990. "'Seventeen Syllables': A Symbolic Haiku." *Studies in Short Fiction* 27.2: 197–202.

Miyamoto, S. Frank, 1986–87. "Problems of Interpersonal Style among the Nisei." *Amerasia Journal* 13.2: 29–45.

—.1988. "Miyamoto Reply to Stanford Lyman." *Amerasia Journal* 14.2: 109–113.

Miyoshi, Masao. 1974. *Accomplices of Silence: The Modern Japanese Novel.* Berkeley: University of California Press.

Mohanty, Chandra lalpade. 1984. "Under Western Eyes: Feminist Scholarship and Colonial Discourses." *Boundary 2* 12.3/13.1: 333–358.

Mori, Toshio. 1949/1985. "The Woman Who Makes Swell Donuts." In *Yokohama, California,* 22–25. Seattle: University of Washington Press.

Morita, J. R. 1983. Review of *Obasan,* by Joy Kogawa. *World Literature Today* 57.3: 516.

Morrison, Toni. 1970. *The Bluest Eye.* New York: Washington Square Press.

Nakayama, Gordon G. 1984. *Issei: Stories of Japanese Canadian Pioneers.* Preface by Joy Kogawa. Toronto: NC Press.

Naylor, Gloria. 1982. *The Women of Brewster Place.* New York: Penguin.

Nee, Victor G., and Brett de Bary Nee. 1973/1981. *Longtime Californ': A Documentary Study of an American Chinatown.* New York: Pantheon.

Nelson, Andrew Nathaniel, comp. 1974. *The Modern Reader's Japanese-English Character Dictionary.* 2d rev. ed. Rutland, Vt.: Charles E. Tuttle.

Neubauer, Carol E. 1983. "Developing Ties to the Past: Photography and Other Sources of Information in Maxine Hong Kingston's *China Men.*" *MELLIS* 10.4: 17–36.

Niiya, Brian T. 1990. "Open-Minded Conservatives: A Survey of Autobiographies by Asian Americans." M.A. thesis, University of California, Los Angeles.

Nishida, Tsukasa. 1979. "Comparing Japanese-American Person-to-Person Communication: A Third Culture Approach." Ph.D. diss., University of Minnesota.

Nomura, Gail M., Russell Endo, Stephen H. Sumida, and Russell C. Leong, eds. 1989. *Frontiers of Asian American Studies: Writing, Research, and Commentary.* Pullman: Washington State University Press.

O'Barr, William M., and Bowman K. Atkins. 1980. "'Women's Language' or 'Powerless Language'?" In *Women and Language in Literature and Society,* ed. Sally McConnell-Ginet, Ruth Borker, and Nelly Furman, 93– 110. New York: Praeger.

Ogawa, Dennis M. 1978. *Kodomo no tame ni* [For the sake of the children]. Honolulu: University Press of Hawaii.

Okada, John. 1957/1984. No-No *Boy.* Seattle: University of Washington Press.

Olsen, Tillie. 1965/1972. *Silences.* New York: Dell.

Omi, Michael, and Howard Winant. 1986. *Racial Formation in the United States: From the 196os to the 1980s.* New York: Routledge.

Omolade, Barbara.1990. "The Silence and the Song: Toward a Black Woman's History through a Language of Her Own." In *Wild Women in the Whirlwind: Afra-American Women and the Contemporary Literary Renaissance,* ed. Joanne M. Braxton and Andrée Nicola McLaughlin, 282–295. New Brunswick, NJ.: Rutgers University Press.

Orenstein, Gloria Feman. 1990. *The Deflowering of the Goddess.* New York: Pergamon.

Osajima, Keith. 1988. "Asian Americans as the Model Minority: An Analysis of the Popular Press Image in the 1960s and 1980s." In *Reflections on Shattered Windows: Promises and Prospects for Asian American Studies,* ed. Gary Y.

Okihiro et al., 165–74. Pullman: Washington State University Press.

Ostriker, Alicia Suskin. 1986. *Stealing the Language: The Emergence of Women's Poetry in America.* Boston: Beacon.

Palumbo-Liu, David. 1990. "Discourse and Dislocation: Rhetorical Strategies of Asian-American Exclusion and Confinement." *LIT: Literature Interpretation Theory* 2: 1–7.

Petersen, William, Michael Novak, and Philip Gleason, eds. 1982. *Concepts of Ethnicity.* Cambridge: Belknap/Harvard University Press.

Pfaff, Timothy. 1980. "Rik with Mrs. Kingston." *New York Times Book Review,* 15 June, 1.

Picard, Max. 1948/1952. *The World of Silence.* Trans. Stanley Godman. Chicago: Henry Regnery.

Portch, Stephen R. 1985. *Literature's Silent Language: Nonverbal Communication.* New York: Peter Lang.

Pratt, Annis. 1976. "The New Feminist Criticisms." In *Beyond Intellectual Sexism,* ed. Joan Roberts, 175–195, New York: David McKay.

Pryse, Marjorie, and Hortense Spillers, eds. 1985. *Conjuring: Black Women, Fiction, and Literary Tradition.* Bloomington: Indiana University Press.

Rabine, Leslie W. 1987. "No Lost Paradise: Social Gender and Symbolic Gender in the Writings of Maxine Hong Kingston." *Signs* 12: 471–492.

Rabinowitz, Paula. 1987. "Eccentric Memories: A Conversation with Maxine Hong Kingston." *Michigan Quarterly Review* 26.1: 177–187.

Radhakrishnan, R. 1990. "Ethnic Identity and Post-structuralist Differanee." In JanMohamed & Lloyd, 50–71.

Radner, Joan, and Susan Lanser. 1987. "The Feminist Voice: Coding in Women's Folklore and Literature." *Journal of American Folklore* 100: 412–425.

Rainwater, Catherine. 1985. "Anne Redmon: The Fugal Procedure *of Music and*

Silence." In Rainwater & Scheick, 69–83.

Rainwater, Catherine, and William J. Scheick, eds. 1985. *Contemporary American Women Writers: Narrative Strategies.* Lexington: University Press of Kentucky.

Rayson, Ann. 1987. "Beneath the Mask: Autobiographies of Japanese-American Women." *MELUS* 14.1: 43–57.

Redekop, Magdalene. 1989. "The Literary Politics of the Victim." *Canadian Forum,* November, 14–17.

Rich, Adrienne. 1979. *On Lies, Secrets, and Silence: Selected Prose,* 1966—1978. New York: Norton.

Rodriguez, Richard. 1983. *Hunger of Memory: The Education of Richard Rodriguez.* New York: Bantam.

Rose, Marilyn Russell. 1987. "Hawthorne's 'Custom House,' Said's *Orientalism,* and Kogawa's *Obasan:* An Intertextual Reading of an Historical Fiction." *Dalhousie Review* 67.2/3: 286—296.

—.1988. "Politics into Art: Kogawa's *Obasan* and the Rhetoric of Fiction." *Mosaic* 21 (Spring)：215–226.

Rose, Mike. 1989/1990. *Lives on the Boundary: A Moving Account of the Struggles and Achievements of America's Educational Underclass.* New York: Penguin.

Rowe, Karen E. 1986. "To Spin a Yarn: The Female Voice in Folklore and Fairy Tale." In *Fairy Tales and Society: Illusion, Allusion, and Paradigm,* ed. Ruth B. Bottigheimer, 53–74. Philadelphia: University of Pennsylvania Press.

Rubenstein, Roberta. 1987. *Boundaries of the Self: Gender, Culture, Fiction.* Urbana: University of Illinois Press.

Russ, Joanna. 1983. *How to Suppress Women's Writing.* Austin: University of Texas Press.

Said, Edward W. 1979. *Orientalism.* New York: Vintage/Random House.

—.1983. *The World, the Text, and the Critic.* Cambridge: Harvard University Press.

St. Andrews, B. A. 1986. "Reclaiming a Canadian Heritage: Kogawa's *Obasan.*" *International Fiction Review* 13.1: 29–31.

Saldivar, Ramón. 1990. *Chicano Narrative: The Dialectics of Difference.* Madison: University of Wisconsin Press.

San Juan, E., Jr. 1991. "Beyond Identity Politics: The Predicament of the Asian American Writer in Late Capitalism." *American Literary History* 3.3: 542–565.

Schenck, Celeste.1988. "All of a Piece: Women's Poetry and Autobiography." In *Life/Lines: Theorizing Women's Autobiography,* ed. Bella Brodzki and Celeste Schenck, 281–305. Ithaca: Cornell University Press.

Schueller, Malini. 1989. "Questioning Race and Gender Definitions: Dialogic Subversions in *The Woman Warrior.*" *Criticism* 31.4: 421–437.

Schweik, Susan. 1989. "The 'Pre-Poetics' of Internment: The Example of Tbyo Suyemoto." *American Literary History* 1: 89–109.

Showalter, Elaine. 1982. "Feminist Criticism in the Wilderness." In *Writing and Sexual Difference,* ed. Elizabeth Abel, 9–35. Chicago: University of Chicago Press.

Sledge, Linda Ching. 1980. "Maxine Hong Kingston's *China Men:* The Family Historian as Epic Poet." *MEWS* 7.4: 3–22.

Smith, Sidonie. 1987. "Maxine Hong Kingston's *Woman Warrior:* Filiality and Women's Autobiographical Storytelling." In *A Poetics of Women's Autobiography: Marginality and the Fictions of Self-representation,* 150–173. Bloomington: Indiana University Press.

Smith, Valerie. 1987. *Self-discovery and Authority in Afro-American Narrative.* Cambridge: Harvard University Press.

Sollors, Werner. 1986. *Beyond Ethnicity: Consent and Descent in American Culture.* New York: Oxford University Press.

Sone, Monica. 1953/1979. *Nisei Daughter.* Seattle: University of Washington Press.

Sontag, Susan. 1966. *Styles of Radical Will.* New York: Farrar, Straus.

Spelman, Elizabeth V. 1988. *Inessential Woman: Problems of Exclusion in Feminist Thought.* Boston: Beacon.

Spivak, Gayatri Chakravorty. 1988. *In Other Worlds: Essays in Cultural Politics.* New York: Routledge.

Stout, Janis P. 1990. *Strategies of Reticence: Silence and Meaning in the Works of Jane Austen, Willa Cather, Katherine Anne Porter, and Joan Didion.* Charlottesville: University Press of Virginia.

Sue, Diane M., and David Sue. 1988. "Asian Americans." In *Experiencing and Counseling Multicultural and Diverse Populations,* ed. Nicholas A. Vacc, Joe Wittmer, and Susan B. DeVaney, 2d ed., 241–262. Muncie, Ind.: Accelerated Development.

Sumida, Stephen H. 1989. "Asian American Literature in the 1980s: A Sampling of Studies and Works." In Nomura et al., 151–158.

—.1991. *And the View from the Shore: Literary Traditions of Hawai'i.* Seattle: University of Washington Press.

Sunahara, Ann Gomer. 1981. *The Politics of Racism: The Uprooting of Japanese Canadians during the Second World War.* Toronto: James Lorimer.

Sundquist, Eric J. 1988. "The Japanese American Internment: A Reappraisal." *American Scholar* 58: 529–547.

Suzuki, Bob H. 1977. "Education and the Socialization of Asian Americans: A Revisionist Analysis of the 'Model Minority' Thesis." *Amerasia Journal* 4.2: 23–51.

Tajiri, Vince. 1990. Review of *Seventeen Syllables and Other Stories,* by Hisaye Hamamoto. *Amerasia Journal* 16.1: 255–257.

Takaki, Ronald. 1989. *Strangers from a Different Shore: A History of Asian Americans.* Boston: Little, Brown.

Talbot, Stephen. 1990. "Talking Story: Maxine Hong Kingston Rewrites the American Dream." *Image* [magazine of the *San Francisco Examiner*], 24 June, 6–17.

Tannen, Deborah, and Muriel Saville-Troike, eds. 1985. *Perspectives on Silence.* Norwood, N.J.: Ablex.

Iate, Claudia. 1986. "On Black Literary Women and the Evolution of Critical Discourse." *Tulsa Studies in Women's Literature* 5.1: 111–123.

TenBroek, Jacobus, Edward N. Barnhart, and Floyd W. Matson. 1954. *Prejudice, War, and the Constitution: Japanese American Evacuation and Resettlement.* Berkeley: University of California Press.

Tong, Benjamin R. 1971. "The Ghetto of the Mind: Notes on the Historical Psychology of Chinese America." *Amerasia Journal* 1.3: 1–31.

—.1977. "Critic of Admirer Sees Dumb Racist." *S.F. Journal,* 11 May, 20.

Trinh T. Minh-ha. 1989. *Woman, Native, Other: Writing Postcoloniality and Feminism.* Bloomington: Indiana University Press.

—.1991. *When the Moon Waxes Red: Representation, Gender, and Cultural Politics.* New York: Routledge.

Tsai, Shih-shan Henry. 1986. *The Chinese Experience in America.* Bloomington: Indiana University Press.

Tsushima, Yuko. 1989. "The Silent Trader." Trans. Geraldine Harcourt. In *The Graywolf Annual Six: Stories from the Rest of the World,* ed. Scott Walker, 1–11. Saint Paul, Minn.: Graywolf Press.

Uchida, Yoshiko. 1982. *Desert Exile: The Uprooting of a Japanese-American Family.* Seattle: University of Washington Press.

Ueda, Makoto, ed. and trans. 1976. *Modern Japanese Haiku: An Anthology.* Toronto: University of Toronto Press.

Venant, Elizabeth. 1990. "Atypically English." Review of *The Remains of the Day,* by Kazuo Ishiguro. *Los Angeles Times,* 8 November, EI, E18–19.

Wakeman, Frederic, Jr. 1980. "Chinese Ghost Story." Review of *China Men. New York Review of Books,* 14 August, 42–45.

Wald, Alan. 1987. "Theorizing Cultural Difference: A Critique of the 'Ethnicity School.'" *MELUS* 14.2: 21–33.

Walker, Alice. 1970. *The Third Life of Grange Copeland.* New York: Harcourt Brace Jovanovich.

—.1982/1983. *The Color Purple.* New York: Washington Square.

—.1983. *In Search of Our Mothers' Gardens.* New York: Harcourt Brace Jovanovich.

Walker, Nancy. 1989. "Language, Irony, and Fantasy in the Contemporary Novel by Women." *LIT: Literature Interpretation Theory* 1.1–2: 33–57.

Wang, Alfred S. 1988. "Maxine Hong Kingston's Reclaiming of America: The Birthright of the Chinese American Male." *South Dakota Review* 26.1: 18–29.

Ward, J. A. 1985. *American Silences: The Realism of James Agee, Walker Evans, and Edward Hopper.* Baton Rouge: Louisiana State University Press.

Ward, Peter W. 1982. *The Japanese in Canada.* Ottawa: Canadian Historical Association.

Washington, Mary Helen. 1984. "'Taming All That Anger Down': Rage and Silence in Gwendolyn Brooks's *Maud Martha.*" In Gates 1984, 249–262.

Watts, Alan W. 1957. *The Way of Zen.* New York: Pantheon.

Wayne, Joyce. 1981. "*Obasan:* Drama of Nisei Nightmare." *RIKKA* 8.2: 22–23.

Weglyn, Michi. 1976. *Years of Infamy: The Untold Story of America's Concentration Camps.* New York: William Morrow.

Wetzel, Patricia J. 1988. "Are Towerless' Communication Strategies the Japanese Norm?" *Language in Society* 17.4: 555–564.

White, Hayden. 1978. *Tropics of Discourse.* Baltimore: John Hopkins University Press.

Willis, Gary. 1987. "Speaking the Silence: Joy Kogawa's *Obasan.*" *Studies in*

Canadian Literature 12.2: 239–249.

Wittig, Monique. 1969/1985. *Les Guérillères.* Trans. David Le Vay. Boston: Beacon.

Wong, Jade Snow. 1945/1989. *Fifth Chinese Daughter.* Seattle: University of Washington Press.

Wong, Sau-ling Cynthia. 1988. "Necessity and Extravagance in Maxine Hong Kingston's *The Woman Warrior:* Art and the Ethnic Experience." *MELUS* 15.1: 3–26.

—.1991. "Kingston's Handling of Traditional Chinese Sources." In Lim 1991, 26–36.

—.1993. *Reading Asian American Literature: From Necessity to Extravagance.* Princeton: Princeton University Press.

Woo, Deborah. 1990. "Maxine Hong Kingston: The Ethnic Writer and the Burden of Dual Authenticity." *Amerasia Journal* 16.1: 173–200.

Yaeger, Patricia. 1988. *Honey-Mad Women: Emancipatory Strategies in Women's Writing.* New York: Columbia University Press.

Valom, Marilyn. 1985. *Maternity, Mortality, and the Literature of Madness.* University Park: Pennsylvania State University Press.

Yamamoto [DeSoto], Hisaye. 1941. "Et Ego in America Vixi." *Current Life,* June, 13.

—.1976a. ". . . I Still Carry It Around." RIKKA 3.4: 11–19.

—."Writing." 1976b. *Amerasia Journal* 3.2: 126–133.

—.1988. *Seventeen Syllables and Other Stories.* Latham, N.Y.: Kitchen Table Press.

Kmauchi, Wakako. 1966/1983. "And the Soul Shall Dance." In Chin et al., 232–239.

—.1976. "Songs My Mother Taught Me." *Amerasia Journal* 3.2: 63–73.

—.1977, "Handkerchief." *Amerasia Journal* 4.1: 143–150.

—.1979. "The Poetry of the Issei on the American Relocation Experience." In *CALAFIA: The California Poetry,* ed. Ishmael Reed, Ixxi-lxxviii. Berkeley: Y'Bird Books.

Yanagisako, Sylvia Junko. 1985. *Transforming the Past: Tradition and Kinship among*

Japanese Americans. Stanford: Stanford University Press.

Yarborough, Richard. 1986. "Breaking the 'Codes of Americanness'" *American Quarterly* 38.5: 860–865.

Yasuda, Kenneth. 1957. *The Japanese Haiku: Its Essential Nature, History, and Possibilities in English, with Selected Examples.* Rutland, Vt.: Charles E. Tuttle.

Yim, Susan. 1984. "In a Hailstorm of Words." *Honolulu Star-Bulletin,* Evening ed., 20 September, D1, D8.

Yogi, Stan. 1988. "Legacies Revealed: Uncovering Buried Plots in the Stories of Hisaye Yamamoto and Wakako Yamauchi." M.A. thesis, University of California, Berkeley.

—.1989. "Legacies Revealed: Uncovering Buried Plots in the Stories of Hisaye Yamamoto." *Studies in American Fiction* 17.2: 169–181.

中国人民大学出版社读者信息反馈表

尊敬的读者：

感谢您购买和使用中国人民大学出版社的 ________________________ 一书，我们希望通过这张小小的反馈表来获得您更多的建议和意见，以改进我们的工作，加强我们双方的沟通和联系。我们期待着能为更多的读者提供更多的好书。

请您填妥下表后，寄回或传真回复我们，对您的支持我们不胜感激！

1. 您是从何种途径得知本书的：

□书店　□网上　□报纸杂志　□朋友推荐

2. 您为什么决定购买本书：

□工作需要　□学习参考　□对本书主题感兴趣　□随便翻翻

3. 您对本书内容的评价是：

□很好　□好　□一般　□差　□很差

4. 您在阅读本书的过程中有没有发现明显的专业及编校错误，如果有，它们是：

____

____

____

5. 您对哪些专业的图书信息比较感兴趣：

____

____

____

6. 如果方便，请提供您的个人信息，以便于我们和您联系（您的个人资料我们将严格保密）：

您供职的单位：____

您教授的课程（教师填写）：____

您的通信地址：____

您的电子邮箱：____

请联系我们：黄婷　程子殊　王新文　王琼　鞠方安

电话：010-62512737，62513265，62515580，62515573，62515576

传真：010-62514961

E-mail：huangt@crup.com.cn　chengzsh@crup.com.cn　wangxw@crup.com.cn
crup_wy@163.com　jufa@crup.com.cn

通信地址：北京市海淀区中关村大街甲59号文化大厦15层　邮编：100872

中国人民大学出版社

Articulate Silences: HISAYE YAMAMOTO, MAXINE HONG KINGSTON, JOY KOGAWA
By King-Kok Cheung
Originally published by Cornell University Press